grafit

Chemnitzer Str. 31, D-44139 Dortmund
E-Mail: info@grafit.de
Internet: http://www.grafit.de

Umschlagzeichnung: Peter Bucker
Druck und Bindearbeiten: Fuldaer Verlagsanstalt GmbH
ISBN 3-89425-043-7
3. 4. 5. / 2005 2004 2003 2002

Theo Pointner

Scheinheilige Samariter

Kriminalroman

grafit

Der Autor:

Theo Pointner erblickte am 28.05.64 in Bochum das Licht der Welt. Bis heute lebt und arbeitet er in der Ruhrgebietsmetropole. Schon als Jugendlicher verfaßte er Liedertexte (u. a. für die Deutsch-Rock-Gruppe »Impuls«) und Kurzgeschichten. 1992 erschien sein Kriminalromandebut *Tore, Punkte, Doppelmord* (GRAFIT Verlag), mit dem Pointner überregional auf sich aufmerksam machte. Für den Sammelband *Der Mörder ist immer der Gärtner* steuerte er den Kurzkrimi *Hab Wespen im Garten* und für *Der Mörder bläst die Kerzen aus* die Story *Miriam wird heute vierzehn* bei (beide Bände erschienen im GRAFIT Verlag, 1993).

1.

Als das Telefon losbrüllte, zeigten die dunkelrot leuchtenden Digitalziffern des Radioweckers 06:52 Uhr an.

Bisher war Ulli Zander immer stolz darauf gewesen, daß er noch keines dieser Plastikerzeugnisse der Telekom, die statt einer richtigen Klingel einen computergesteuerten Soundchip hatten, besaß. Doch als der Klöppel unbarmherzig gegen die Schelle schlug, wünschte er das Ding mindestens auf den Mond.

Ärgerlich zog der Sozialarbeiter die Decke über den Kopf und kniff krampfhaft die Gesichtsmuskeln zusammen. Samstags morgens war er um diese Zeit für niemanden zu sprechen.

Nach dem zehnten Klingeln blieb das Telefon still. Zufrieden schlug Ulli die Decke wieder zurück und holte tief Luft. Schläfrig tastete seine rechte Hand nach einem der kleinen Knautschkissen, als sein Sprachrohr zur Außenwelt erneut zu bimmeln begann.

Wütend schlug er die Bettdecke ganz zur Seite und sprang auf. Noch bevor er in der Senkrechten war, zuckte ein stechender Schmerz durch seine Schädeldecke. Nach einem herzzerreißenden Stöhnen faßte er mit seinen kalten Fingern an die Schläfen und drückte kurz zu. Wenigstens half das, diese kreisende Deckenlampe wieder still hängen zu lassen.

Der Boden unter seinen nackten Füßen war beinahe gefroren. Seine Pantoffeln standen ausnahmsweise mal da, wo sie hingehörten: In der Diele, etwa drei Meter von seiner Schlafstätte entfernt. Fluchend ging er auf den Hacken die paar Schritte bis zum Schuhschrank, auf dem auch das Telefon stand, zog die lammfellgefütterten Treter über die Zehen und nahm den Hörer ab.

»Zander«, nuschelte er undeutlich.

»Guten Morgen, Ulli«, flötete eine gutgelaunte Stimme am anderen Ende, »hier ist die Karin von der Vier. Habe ich dich geweckt?«

Scheiß Psychiatrie, dachte er, noch nicht mal am Wochenende hat man seine Ruhe. »Allerdings«, antwortete er stinksauer. »Und wenn du keinen guten Grund dafür hast, gehe ich sofort wieder in die Pofe.«

»Jetzt sei mal nicht gleich eingeschnappt«, beschwerte sich Karin lachend. »Eigentlich wollte ich dich nur bitten, mal kurz nachzusehen, ob die Martina da ist. Sie ist seit einer halben Stunde überfällig.«

»Bin ich ihr Kindermädchen?« fragte er. »Die wird schon noch auftauchen.«

»Sei doch nicht so«, schmeichelte Karin. »Sie geht nicht ans Telefon, und sie wohnt doch nur eine Treppe über dir.«

Zander schnaufte hörbar durch und fügte sich in sein Schicksal.

»Na gut, ich seh mal nach und sag dir dann Bescheid.«

Nachdem er den Hörer wieder auf die Gabel gelegt hatte, ging er zurück ins Schlafzimmer und hob die schwarzen Plastiklamellen ein wenig an. Draußen fiel leichter Nieselregen, die Luft war dunstig und drohte, sich in Nebel zu verwandeln. Durch den schmalen Schlitz des auf Kippe gestellten Fensters zog ein feuchtkalter Wind in seine Wohnung. Ärgerlich knallte Ulli die Thermopanescheiben in den Rahmen und sah sich um. Pinguine hatten sich noch nicht eingenistet, aber trotzdem war es für das letzte Oktoberwochenende lausig kalt. Fröstelnd ging er ins Badezimmer, um zu pullern.

Als er fertig war, schlüpfte er in seine Trainingsjacke, steckte seinen Haustürschlüssel ein, öffnete die Wohnungstür und trat auf den Flur.

Martina Pielert wohnte ein Stockwerk über ihm. Behäbig schlurfte er die sechzehn Stufen nach oben, stieß sich wie immer an der schadhaften Treppenstufe fast die Zehen kaputt, dann stand er schweratmend vor der Wohnungstür seiner Arbeitskollegin. Als er auf den Klingelknopf drückte, war aus der Wohnung nur das Schrillen der Glocke zu hören.

Nach dem dritten Versuch holte er seinen Schlüssel hervor und schloß auf. Wenn Martina noch mit irgendeinem Typen im Bett lag, hatte er sie lange genug vorgewarnt.

Die Wohnung war verlassen, es sah nicht so aus, als ob jemand die letzte Nacht darin verbracht hätte. Das Bett war ordentlich zurechtgezogen, in der Küche stand lediglich eine benutzte Kaffeetasse in der Spüle. Wohnzimmer und Diele waren ähnlich sauber aufgeräumt, abgesehen von dem Stapel Zeitschriften neben der Garderobe, die Martina alle sechs Monate zur Altpapiersammlung beisteuerte.

Ulli gähnte herzhaft und trabte wieder nach unten. Bevor er in seine eigene Wohnung zurückkehrte, ging er bis zu den Briefkästen herunter und klaubte die WAZ aus dem Zeitungsfach. Der Schalker Sieg gegen Freiburg vom gestrigen Abend verübelte ihm den verpatzten Morgen noch mehr. Seit sich der VfL in den Niederungen der zweiten Liga tummelte, tat jeder Erfolg der Königsblauen doppelt weh.

Mit einem eleganten Schwung beförderte er die Zeitung auf den Küchentisch und griff zum Telefon. Schon nach dem zweiten Klingeln war Karin zur Stelle.

»Station Vier, Schmitz.«

»Is nich«, grunzte Ulli.

»Bitte was?« fragte Karin.

»Martina ist nicht zu Hause«, erklärte er mit Engelsgeduld. »Darf ich jetzt wieder ins Bett?«

»Och verdammt, was mach ich denn jetzt? Eigentlich hab ich schon frei.«

»Ich auch. Ich geh jetzt ins Bett. Nacht.«

»Altes Ekel«, fauchte Karin. »Wenigstens bedauern könntest du mich.«

»Na gut, von mir aus auch das. War's das?«

»Kommst du nachher noch vorbei?« kam statt einer Antwort die Gegenfrage.

Ulli runzelte die Stirn. »Warum sollte ich?«

»Deine Kamera steht noch hier rum. Bevor du gestern abend völlig abgestürzt bist, hast du mich gebeten, sie aufzubewahren. Wann warst du eigentlich im Bett?«

Zander wußte noch nicht mal, wie er nach Hause gekommen war.

»Keine Ahnung«, gestand er ehrlich, »irgendwann muß ich die Übersicht verloren haben.«

»Na ja, auf jeden Fall warst du der Star der Fete. Wußte gar nicht, daß du so gut tanzen kannst.«

Ullis Gedächtnis streikte. »Tanzen? Ich?«

Karin platzte los. »Natürlich. Wir zwei haben einen Lambada auf die Matte gelegt, daß die anderen blaß geworden sind. So eine Beweglichkeit in den Hüften hätte ich dir gar nicht zugetraut.«

»Liegt die Kamera wenigstens im Koffer oder kann da jeder drauf rumpatschen?« lenkte er gekonnt ab. Filmrisse waren ihm immer peinlich.

»Schön eingepackt. Kommst du nun nachher vorbei, oder nicht?«

»Aber nur, wenn du 'nen Kaffee machst.«

»Kaffee? Ich denke, du stehst auf Jägernod?«

Ulli durchfuhr ein kalter Schauer. »Was ist das denn?« fragte er entgeistert.

»Halb Jägermeister, halb Pernod.«

»Du bist ja pervers«, meinte er entsetzt. »Das überlebt doch keiner.«

»Doch. Du. Gestern abend.«

Wenigstens wußte er jetzt, woher die Kopfschmerzen kamen. »Mach man lieber 'nen Kaffee. Bis nachher.«

Die Ehrenfeldstraße lag fast mitten in der Bochumer City. Von Zanders Wohnung schaffte man es in zehn Minuten zu Fuß bis zur Bochumer Einkaufszone, der Kortumstraße. Wenn Ulli aus seinem Schlafzimmerfenster blickte, konnte er fast in den Hof des Bestattungsunternehmens spucken, welches nicht weit vom ältesten Unfallkrankenhaus der Welt auf Kunden lauerte. Vom Wohnzimmerfenster hatte er einen herrlichen Blick auf den S-Bahnhof Bochum-Ehrenfeld, der wochentags alle zehn Minuten durch die qietschenden Bremsen der haltenden Züge auf sich aufmerksam machte, und auf die kleine Spedition, von der der Güternahverkehr in die Metropolen Castrop-Rauxel und Marl-Sinsen aufrecht erhalten wurde. Wochentags brauchte er fast keinen Wecker, denn die Startgeräusche der Dieselmotoren ließen selbst Tote auferstehen. Nur am Wochenende konnte man einigermaßen ungestört auspennen.

Daß Zander trotzdem nicht mehr einschlafen konnte, lag an seinem Brummschädel. Mittlerweile war er wach genug, um die Kopfschmerzen richtig auskosten zu können. Ständig ratterte ein Preßlufthammer durch sein Kleinhirn, selbst die eiskalte Flasche Mineralwasser, die er auf seiner Stirn hin- und herrollte, brachte keine Linderung.

Bis viertel vor acht blieb er liegen, dann kapitulierte Ulli. Ächzend und stöhnend schleppte er sich zur Dusche, drehte den Hahn für das kalte Wasser bis zum Anschlag auf, holte zweimal tief Luft und sprang todesmutig in die eisigen Fluten.

Merklich erfrischt kam er schließlich aus der Dusche und rubbelte sich trocken. Sein Spiegelbild zeigte den gewohnten rötlichen Haarschopf, der widerspenstig in alle Richtungen zeigte. Eine annehmbare Frisur bekam er nur mit Haargel und gekonnten Bürstenstrichen hin. Aber sonst erkannte er sich kaum wieder — müde Augen starrten aus einem übernächtigten, bleichen Gesicht in den Spiegel.

Nach einem spärlichen Frühstück trat Zander gegen neun Uhr vor die Haustür. Es regnete immer noch erbarmungslos, der Wind blies ihm das Wasser fast waagerecht ins Gesicht und in den Nacken. Fröstelnd schlug er seinen Kragen hoch und sah sich suchend nach seinem Auto um. Der weiße Mazda war allerdings nirgends zu entdecken.

Fluchend donnerte er seine Abfalltüte in den Ascheimer und drückte sich eng an die Hauswand. Er konnte sich nicht nur nicht erinnern, wie er nach Hause gekommen war, er wußte noch nicht einmal, wo sein Wagen geblieben war.

Ulli stopfte die Hände in die Taschen seines Parkas und trabte los. Erst nach einigen Metern fiel ihm auf, daß auch der Autoschlüssel verschwunden war. Seine Taschen waren leer, abgesehen von seinem Tabakpäckchen, dem Feuerzeug und seinem Hausschlüssel.

Achselzuckend überquerte er den Parkplatz, der direkt an der Bessemer Straße lag, und steuerte die U-Bahn an. Bevor er die Haltestelle enterte, riskierte er einen Slalom über die Hattinger Straße, überstand ihn ohne größere Verletzungen und eilte zum Sparkassenautomaten, um etwas Geld abzuheben.

Nachdem er das Geld verstaut hatte, stiefelte er zurück zur U-Bahn. Die Acht/Achtzehn war natürlich gerade abgefahren. Rauchend wartete er auf den nächsten Zug.

Drei Haltestellen später stieg er aus und kam an der Bildungsanstalt für ehemals höhere Töchter (so oder ähnlich hieß der Laden) ans Tageslicht. Sofort lief ihm wieder der Regen in den Parka und in die ausgelatschten Turnschuhe.

Er kam gerade rechtzeitig, um den Rücklichtern des Anschlußbusses hinterherzuwinken. Die Fahrplankoordination der *Bogestra* war mal wieder vorbildlich. Na ja, wenn der Oberbürgermeister schon Aufsichtsratsvorsitzender war ...

Also lief er die letzten zweihundertfünfzig Meter bis zur Klinik, holte sich an der Bude gegenüber vom Tierpark frischen Tabak und Blättchen und war froh, als er schließlich die Eingangstür zur Vorhalle aufreißen konnte.

Ulli schüttelte sich erst einmal ein paar Liter Wasser vom Leib, ein Patient von der Langzeittherapie, der genauso roch wie er aussah, bekam ein paar Spritzer ab und schoß giftige Blicke in seine Richtung. Zander grinste und durchquerte den Eingangsbereich.

Die Heizung lief bereits auf vollen Touren, dankbar zog Ulli den triefenden Parka aus und nahm behäbig die ersten Treppenstufen. Samstags morgens war hier der Hund vergraben; als er rechts den langen Flur, vorbei an der Ambulanz, betrat, war weit und breit niemand zu sehen.

Von der Station eins führte ein kleiner Aufgang in den ersten Stock, zur Station vier. Zander stieg schwerfällig nach oben. Auch hier war der Gang menschenleer, die meisten Patienten waren bestimmt schon im Wochenendurlaub. Als er am Aufenthaltsraum vorbeikam, entdeckte er nur vier Leutchen, die gelangweilt Kniffel spielten.

Mit einem kräftigen Schwung warf er sich schließlich gegen die Tür des Stationszimmers.

»Wat is nu mit Kaffee?« brüllte er.

Karin Schmitz zuckte zusammen und verschüttete vor

Schreck das Desinfektionsmittel, mit dem sie gerade am Waschbecken hantierte.

»Idiot«, fauchte sie, »kannst du nicht wenigstens anklopfen?«

Ulli feuerte seinen Parka auf den Garderobenhaken und sich selbst auf den Besuchersessel. »Wer hat mich denn mitten in der Nacht aus dem Bett geschmissen?« fragte er scheinheilig.

Karin stellte das Desinfektionsmittel auf die Ablage über dem Spülstein und breitete einige Papierhandtücher über die Pfütze auf dem Fußboden. Den 28jährigen Sozialarbeiter, der inzwischen seine Füße über die Lehne des Bürostuhls gelegt hatte, beachtete sie nicht mehr.

»Entschuldige bitte«, meinte Zander, »wußte ja nicht, daß du eine Grobmotorikerin bist.«

Ihre Bewegung war viel zu schnell, als daß er reagieren konnte. Zwei der durchtränkten Papierlappen landeten direkt in seinem Gesicht. Ulli schmeckte das liebliche Aroma von ungebleichtem Zellstoff und Spitacid auf der Zunge.

»Halbseitig gelähmt oder immer noch besoffen?« fragte Karin arglos.

Zander würgte die Reste seines Frühstücks wieder herunter, ließ sich am Waschbecken kaltes Wasser durch das Gesicht laufen und setzte sich beleidigt wieder hin.

»Jetzt tu bloß nicht so«, forderte Karin. »Hab sogar extra frischen Kaffee für dich gekocht. In der Kanne hinter dir.«

Nachdem er sich eingeschenkt hatte, bediente sich Ulli noch freizügig von Karins Filterzigaretten. Die Füße hingen wieder über der Lehne.

»Wie bist du eigentlich nach Hause gekommen«, erkundigte sich Karin, während sie ihre Säuberungsarbeiten zu Ende führte.

»Keine Ahnung. Ich weiß nur, daß ich heute morgen alleine in meinem Bett lag. Wann und wie ich da angekommen bin ...«

»Warst ja mächtig in Form, gestern abend.«

Der Angesprochene richtete den Blick an die Decke. »Hab ich eigentlich was sehr Dummes angestellt?«

Sie schüttelte den Kopf. »Eigentlich nicht. Aber daß du

den Feuerlöscher zum Tanzen aufgefordert hast, war die absolute Nummer des Abends.«

Ulli wurde rot.

»Peinlich wurde es, als du Ludger Berger herausgefordert hast.«

»Herausgefordert?« fragte er kleinlaut.

»Schrottsaufen. Ein Loch in eine Bierdose, umdrehen und dann den Verschluß aufreißen. Nach vier Dosen hast du ausgesehen wie ein Brauereipferd beim Abdecker.«

»Wo steht eigentlich meine Kamera?« erkundigte sich Zander so beiläufig wie möglich.

»Hab ich in die Küche gestellt, auf die Spülmaschine. Denk dran, sie nachher mitzunehmen.«

Ulli stellte die Tasse ab und goß nach. Der Kaffee tat gut.

»Sag mal, liegen hier auch zufällig meine Wagenschlüssel? Die sind auch verschütt gegangen.«

Karin hob grinsend die Brauen. »Wegen Trunksucht und Geistesschwäche entmündigt. Sonst hast du aber noch alles beisammen, oder?«

»Mein Wagen«, erklärte er zögernd. »Ich hoffe, wenigstens der steht noch auf dem Parkplatz.«

Die Krankenschwester brüllte los. »Mein Gott«, stöhnte sie danach, »du mußt ja restlos abgefüllt gewesen sein. Weißt du denn wenigstens noch, daß du mich zum Pizzaessen eingeladen hast?«

Das war zwar das letzte, an was er sich erinnern konnte, aber Zander hätte sich lieber die Zunge abschneiden lassen, als das zuzugeben. »Zufällig ja. Hatten wir schon 'nen Termin?«

»Freitag abend, um acht. Du wolltest mich abholen.«

Dabei holte Karin einen kleinen Zettel hervor, auf den sie ihre Adresse kritzelte.

In diesem Moment blitzte im Türrahmen etwas auf. Klaus Dieter Schaller, am unvermeidlichen weißen Kittel als Arzt vom Dienst erkennbar, stand grinsend im Zimmereingang, Zanders Kamera vor der Brust.

»Ulli Zander als Held der Arbeit. Kommt in 10x15 ans schwarze Brett.«

Feixend stülpte der Doc den Staubschutz wieder über die

Linse und stellte den Apparat vorsichtig auf den Schreibtisch. Dann bediente er sich auch am Kaffee. Ulli langte hingegen noch einmal zu Karins Zigarettenschachtel.

»Bei euch piept's wohl«, beschwerte sich Karin. »'nen Arzt und 'nen Sozialarbeiter durchfüttern is bei KR 6a nicht drin.«

Schaller und Zander schmunzelten sich verschwörerisch an, verkniffen sich aber jedweden Kommentar.

»Sag mal«, fuhr Schaller fort, »seit wann haben soziale Hilfskräfte denn Wochenenddienst?«

»Seit sie von herzlosen Krankenschwestern aus der wohlverdienten Nachtruhe gerissen werden. Normalerweise läge ich noch in tiefem Schlummer.«

»Also wirklich, meine Liebe, auch wenn die Sehnsucht nach dem strahlenden Juwel in der Krone deiner Träume unbezwingbar ist, solltest du deine Affären nach dem Dienst ausleben.« Schaller legte bei seinen Worten den Kopf leicht in die Schräge und blinzelte Karin herausfordernd an.

Sie schnappte nach Luft. »Ihr habt se ja nicht alle. Ich hab den Penner nur gebeten, bei Martina anzuklopfen und sie zum Dienst zu schicken. Denn eigentlich hab ich seit drei Stunden Feierabend.«

Schaller runzelte die Stirn und sah fragend über den Rand seiner Brille. »Ist Martina nicht erschienen?«

Ulli schüttelte den Kopf. »Nee, in ihrer Wohnung war sie auch nicht. Wer weiß, wer die abgeschleppt hat. Aber Karin macht es, glaube ich, nichts aus, ihren Dienst am Patienten noch ein wenig auszudehnen.«

Die Krankenschwester streckte ihm zur Antwort bloß stumm ihre Zunge entgegen.

»Tröste dich, Mädchen, auch mich hat der liebliche Ruf nach Arbeit viel früher erreicht, als ich erwartet hatte. Punkt sechs Uhr rief Kollege Cremer an und bat, ob ich nicht etwas früher übernehmen könne, man fühle sich nicht so, und überhaupt.« Dabei rollte Schaller vielsagend mit den Augen.

»Ach, der schöne Michael hat schlapp gemacht?«

Der Doc zuckte die Achseln. »Bringt ja auch nichts, wenn

der AvD ständig mit Dünnschiß auf dem Töpfchen hockt. Und um neun mußte ich sowieso übernehmen.«

»Sag mal, Klaus, stimmt das eigentlich, daß Cremer jede freie Minute im Bodybuilding Studio rumhängt?« erkundigte sich Karin neugierig.

»Keine Ahnung«, kam nach einer kurzen Pause die Antwort. »Nicht jeder, der wenig Haare auf dem Kopf hat, taugt als Double von Bruce Willis. Das bißchen Hantelstemmen hilft meinem hippokratischen Kollegen auch nicht weiter.«

»Bloß gut, daß hier nicht gelästert wird«, seufzte Zander und erhob sich von seinem Sitz. Die Kamera hängte er sich über die Schulter.

Schaller kippte seinen Rest Kaffee in einem Zug und hieb dem Sozialarbeiter freundschaftlich auf den Rücken. »Möchte ja nicht daran erinnern, wer damit angefangen hat. Wer weiß, was alles über uns kursiert.«

»Besonders seit gestern abend«, ergänzte Karin, aber Zanders Blick brachte sie zum Schweigen.

Der Arzt hob zwar kurz die Brauen, verzichtete aber auf weitere Details. Mit einer angedeuteten leichten Verbeugung gab er Zander den Weg frei.

»Holst du mich denn am Freitag ab?« rief Karin Ulli hinterher.

»Von mir aus. Bis dann.«

Nach ein paar Metern auf dem Flur knuffte Schaller seinen Ellbogen in Ullis Seite. »Sag mal, hab ich da gerade zarte Bande gestört?«

»Quatsch«, fauchte Zander unwirsch. »Angeblich hab ich sie gestern zur 'ner Pizza eingeladen. Dummerweise kann ich mich überhaupt nicht mehr daran erinnern — auf Rothaarige stehe ich eigentlich gar nicht.«

Der Doc warf einen amüsierten Blick auf Zanders Haarschopf und grinste breit. »In Wirklichkeit ist sie doch hellblond. Stand ihr besser als diese gefärbten Fransen.«

»Wirklich erstaunlich, welche Einzelheiten ein verheirateter Assistenzarzt von einer unverheirateten Krankenschwester kennt. Wahrscheinlich weißt du sogar ihre BH-Größe.«

»Körbchengröße C. Kennerblick. Ciao, ich muß los.«

Sprach's und verschwand im Treppenhaus zum nächstgelegenen Stockwerk. Zander grinste hinter ihm her und trabte langsam die Stufen zum Keller herunter, nachdem er seinen Kamerakoffer eingesammelt hatte. Im Keller befand sich das Personalcasino, ein trostloser, ewig schattiger Raum. Mit phantasievoller Dekoration versuchte der Chefkoch, seinen Gästen die Mahlzeiten schmackhafter zu machen. Zur Zeit war herbstliches Ambiente angesagt.

Hier hatte gestern abend das allgemeine Betriebsbesäufnis stattgefunden — die alljährliche organisatorische Herausforderung für den Personalrat. Die sieben Mitglieder hatten es tatsächlich geschafft, ohne Unterstützung des hiesigen ÖTV-Bezirkes, fünfzehn Kästen Bier, drei Kästen Cola und andere Sachen zu besorgen. Die erfolgreiche Abfüllung der Belegschaft garantierte ihre ewige Wiederwahl.

Ulli hängte seinen Parka auf den Garderobenständer vor dem Eingang und stieß die Tür zur Küche auf. Abgestandener Dunst von verschaltem Bier und kaltem Nikotin schlug ihm entgegen. Hätte er nicht seinen Autoschlüssel gesucht, für nichts in der Welt wäre er heute morgen hier erschienen.

Zander stellte seine Kamera auf die Theke für die Essensausgabe und trat forschen Schrittes durch die Verbindungstür in die Kantine. Mit einem fröhlich gebrüllten »Morgen, Leute« munterte er die Gewerkschaftssklaven, die bleichgesichtig, mit Lappen und Schrubbern bewaffnet, versuchten, die Spuren ihrer Kollegen von den Tischen und vom Boden zu kratzen, allerdings kaum auf.

Ein undeutliches Gemurmel antwortete ihm mürrisch. Nur Ludger Berger, eine Riese von Kerl und Vortänzer von der Truppe, stellte dankbar seinen Scheuerbesen in die Ecke und hielt ihm seine Rechte hin. »Morgen, Ulli. Find ich mächtig nett, daß du uns helfen willst.«

Zander hißte die weiße Fahne. »Laß man. Wenn ich mich bücke, habt ihr noch mehr Arbeit. Wollte nur kurz fragen, ob ihr 'nen Autoschlüssel gefunden habt.«

Berger schüttelte den Kopf. »Nee, ham wa nich. Vielleicht hast du den ja stecken lassen. Soll vorkommen.«

»Ludger, als ich gekommen bin, war ich nüchtern. Das zumindest weiß ich noch.«

Der Angesprochene zuckte die Schultern. »War ja nur ein Vorschlag. Hier ist jedenfalls nichts. Aber wenn ich außer plattgetretenen Erdnüssen und zerquetschten Kippen noch etwas finden sollte, weiß ich wenigstens, wem es gehört.«

Die beiden tauschten noch einige Artigkeiten aus, dann trollte sich Zander. Sein Parka war immer noch klamm, sogar das Innenfutter war feucht. Widerwillig zog er ihn an und zog den Reißverschluß bis in Höhe des Bauchnabels zu. Dann griff er in seine Seitentasche, um seinen Tabak hervorzuholen. Dabei stießen seine Finger auf etwas Hartes, Spitzes. Sein Autoschlüssel.

Kopfschüttelnd bestaunte er den kleinen Gegenstand in seiner Hand und setzte sich langsam in Bewegung. Einen solchen Filmriß hatte er noch nie gehabt, Halluzinationen auch nicht. Nachdenklich kurbelte er seine Fluppe fertig und zündete sie an.

Als er die Ausgangstür vom Kellergeschoß zum hinter der Klinik gelegenen Parkplatz aufschloß, zog er den Kopf zwischen die Schultern. Tief durchatmend trat er auf den Parkplatz und sah sich nach seinem Wagen um.

Von den fünf dort abgestellten Autos war keines sein weißer Japaner. Doch erkannte er durch das spärlich belaubte Buschwerk die Umrisse seiner Rostbeule auf der Klinikstraße. Dabei wußte er hundertprozentig, daß er niemals da geparkt hatte.

Langsam wurde ihm die Sache unheimlich. Schon als er an der Absperrungsschranke vorbeiging, sah er, daß der Wagen von oben bis unten mit braunen Lehmklumpen und Dreckspritzern übersäht war.

Fassungslos drehte er eine Runde um sein Auto. Die einzig mögliche Erklärung war, daß er gestern im volltrunkenen Zustand noch eine Spritztour gemacht hatte, aber sehr einleuchtend erschien ihm diese selbst nicht. Mit zusammengekniffenen Augen blinzelte er durch die hochgekurbelten Scheiben. Der Innenraum sah noch halbwegs ordentlich aus, nur die Lehmbrocken auf der Trittmatte unter den

Fußpedalen auf der Fahrerseite waren gestern abend noch nicht da gewesen.

Nachdenklich schloß Ulli auf und ließ sich in den Sitz fallen. Der Rückspiegel war ein wenig verstellt, die Rückenlehne stand etwas zu senkrecht. Außerdem war die Handbremse angezogen, was er nie tat, schon gar nicht im Winter, wenn es eventuell frieren könnte.

Zander stellte Sitz und Spiegel wieder ein und ließ den Motor an. Der Chocke war bis zum Anschlag gezogen, eine Todsünde bei diesem Wetter.

Ihm wurde klar, daß sich jemand in der letzten Nacht sein Auto ausgeliehen haben mußte. Selbst wenn er besoffen gefahren wäre, hätte es keinen Grund gegeben, Sitz und Spiegel zu verstellen.

Nach einem kurzen Schulterblick fädelte er sich in den spärlichen Verkehr ein und fuhr direkt zur nächsten Waschanlage. Anschließend kaufte er noch einige Lebensmittel ein, um den Rest des Wochenendes inklusive Feiertag in Agonie zu verbringen.

2.

In der Oveneystraße 70 war Krimizeit. Aber nicht dieser fiktionale Kram wie *Derrick* oder *Der Alte* flimmerte über den Bildschirm. Nein, heute gab es Krimi aus dem richtigen Leben: *Aktenzeichen XY — Ungelöst.*

Karl Heinz Czyborra richtete sich aufmerksam in seinem gemütlichen Lehnstuhl auf und verfolgte gespannt, wie drei hundserbärmliche Schauspieler einen Raub auf einen pensionierten Goldschmied nachstellten. Die beste schauspielerische Leistung brachte im Moment zweifelsfrei die Aktentasche, in die die billigen Schmuckimitate geschaufelt wurden.

Gutgelaunt zündete sich Czyborra eine weitere Zigarre an. Sein Bierglas war leer, in der Flasche befand sich ebenfalls nur noch ein kleiner Rest. Er sah auf die Wanduhr neben dem Eichenschrank. Erst halb neun. Noch eine dreiviertel Stunde Gangsterjagd lag vor ihm. Ohne Bier entschieden zu lang.

Als der Filmfall beendet war und Konrad Töns zur Personenfahndung nach dem mit an Sicherheit grenzender Wahrscheinlichkeit bewaffneten, gemeingefährlichen Gewaltverbrecher und Gefängnisflüchtling blies, holte sich der Rentner ein weiteres Bier aus dem Kühlschrank.

Seit das ZDF das erste Mal auf Verbrecherhatz gegangen war, war Czyborra dabei; doch nie hatte er einem der Aufnahmestudios oder einer Polizeidienststelle sachdienliche Hinweise, die zur Aufklärung des Verbrechens geführt hätten, geben können. Auch der Bankräuber, nach dem nun gefahndet wurde, war ihm unbekannt.

Plötzlich fühlte der 72jährige Hobbyschnüffler etwas Warmes, Feuchtes an seiner Hand. Harras, sein Rauhaardackel, saß treu ergeben seinem Herrn und Meister zu Füßen.

Czyborra wußte sofort, was los war. »Jezz nich, Harras. Sin man bloß noch zwanzig Minuten. Kneiff man solange noch zusammen.«

Der Hund starrte mit seinen dunklen Augen unablässig nach oben. Herrchen bekam ein schlechtes Gewissen.

»Du wars doch ers heute nachmittag. Musse etwa schon wieder?«

Wie zur Bekräftigung fing der Dackel an, zu wimmern und zu janken. Czyborra ergab sich seinem Schicksal. Das folgende Sexualdelikt an der 80jährigen, alleinstehenden Witwe Erna K. aus Ostberlin mußte ohne ihn stattfinden.

»Is ja gut, du olle Töle. Ich komm ja schon.«

Wie der Blitz schoß das Tier zur Haustür, als sich sein Besitzer schwerfällig aus dem Sessel wuchtete. Bevor Czyborra in den gelben Friesennerz und die Gummistiefel stieg, schob er eine Kassette in den Videorekorder und startete die Aufnahme. Die letzten Fälle wollte er sich auf keinen Fall entgehen lassen.

Seit seine Emmy vor vier Jahren gestorben war, lebten Czyborra und Harras alleine in dem gemütlichen Einfamilienhaus in Nähe des Kemnader Stausees. Ihre Nachbarschaft bestand aus Feldern, Wiesen und Wäldern. Im Winter war es hier menschenleer, höchstens am Wochenende trafen die beiden bei ihren Rundgängen auf Spaziergänger, Radfahrer oder Jogger. Im Sommer dagegen trauten sich Herr und Hund nur in den frühen Morgenstunden oder spätabends aus dem Haus, vor lauter Angst, von den erholungssuchenden Massen erdrückt zu werden. Doch an diesem kalten Novemberabend hätten sie beide den ganzen See aussaufen können, ohne daß es jemand gemerkt hätte.

Als Czyborra die Tür öffnete, sauste sein Hund durch den Vorgarten auf die Straße Richtung Seeufer. So fett wie der is, macht der auch nich mehr lange, dachte der alte Mann etwas wehmütig. Langsam trabte er seinem Tier hinterher, welches schon etliche Meter Vorsprung hatte. Nach ein paar Minuten hatten sie die Ruhr erreicht.

Die Nacht war kalt, der Himmel verhangen. Das spärliche Mondlicht spendete aber genug Helligkeit, um die Umgebung deutlich erkennen zu können. Drüben, auf der anderen Seite des Ufers, erkannte der Rentner die Trasse der A 43, auf der gelegentlich die Scheinwerfer eines Autos aufblitzten.

Außer ihm und seinem Hund war niemand auf die Schnapsidee gekommen, spazieren zu gehen. Lange würde er bei dieser Kälte auch nicht draußen bleiben; er spürte die kalten Temperaturen schon durch die Regenbekleidung kriechen.

Seine Zigarre, auf der er die ganze Zeit herumgekaut hatte, war ausgegangen. Elegant schnippte er sie mit Mittelfinger und Daumen in den nächsten Mülleimer und sah sich suchend nach seinem Hund um. Harras war irgendwo in der Uferböschung verschwunden. Ab und zu tauchte die wedelnde Rute seines Hinterteiles zwischen den Büschen auf.

Czyborra konnte schon das Stauwehr erkennen. Dort ging er meistens über die Brücke und spazierte dann noch einige hundert Meter auf der anderen Seeseite entlang, um dann umzudrehen und den Rückweg anzutreten. Er überlegte, ob er seine normale Route abkürzen sollte, da die Kälte immer unangenehmer wurde, aber Harras war schon weit voraus. Da der Rentner seinem Weggefährten den

Spaß nicht verderben wollte, verschränkte er die Arme auf dem Rücken und stiefelte weiter.

Plötzlich fing der Hund an, zu kläffen und zu winseln. Czyborra hob den Kopf und hielt angestrengt Ausschau. Harras hatte die Brücke bereits hinter sich gelassen und war wieselflink rechts in der Böschung verschwunden. Direkt am Wasser entdeckte er schließlich das Tier. Es stand aufgeregt am Ufer, schnüffelte und kläffte immer wieder schrill. Czyborra beschleunigte seine Schritte.

Harras merkte, daß sein Herrchen aufmerksam geworden war, und wurde immer nervöser. Czyborra schlinderte vorsichtig über die Böschung zum Ufer und stand schließlich schweratmend neben dem aufgeregten Tier.

Mit dem Handrücken wischte sich der alte Mann den Schweiß von der Stirn und ging in die Hocke. Harras kuschelte sich überglücklich an seine Hosenbeine, und der Rentner tätschelte kräftig die Flanke des Hundes. Dann erst sah er den Grund für die Aufregung.

Knapp zweieinhalb Meter von ihm entfernt ragte eine Hand aus dem Wasser, etwas unterhalb des Ellbogens verschwand der Körper in dem See. Starr vor Schreck weiteten sich Czyborras Augen auf Golfballgröße. Undeutlich erkannte er einen Torso unter der Wasseroberfläche. Zögernd setzte er den rechten Fuß in das Brackwasser und beugte sich soweit wie möglich nach vorne, bis seine Hand den Arm berühren konnte. Mit einem Schwung tippte sein Zeigefinger das Körperteil an, welches sofort zu wippen begann. Das Fleisch fühlte sich kalt und irgendwie rissig an.

»Gott der Gerechte«, entfuhr es ihm. Ruckartig drehte er sich um, patschte aus dem Wasser, nahm die Böschung mit zwei schnellen Schritten und rannte los. Schon nach wenigen Metern begann sein Herz wild zu pochen. Harras schaute verdutzt seinem Herrchen nach, nahm aber dann hocherfreut über dieses neue Spiel laut kläffend die Verfolgung auf.

3.

»Puuh, bin ich satt. Das war ja Wahnsinn.«

Karin schob ihren Teller von sich weg und prustete. Die Ouzo-Platte war vernichtet. Sie spülte mit einem Schluck Rotwein nach und zündete sich eine Zigarette an.

»Gut, nicht wahr? Hab dir doch gesagt, daß das hier der beste Grieche von Bochum ist. Und besser als 'ne dröge Pizza ist Gyros allemal.«

Umständlich kurbelte sich Ulli eine Kippe, aber Karin hielt ihre Aktiven zusammen.

Sie befanden sich in dem griechischen Restaurant schräg gegenüber des Gesundheitsamtes. Im bisherigen Verlauf des Abends hatte Zander festgestellt, daß rothaarige junge Damen doch nicht so übel waren.

»Bei den Portionen sollte der gleich 'ne Brechschale dazureichen. Noch ein Bissen, und ich muß mich übergeben.«

Zander grinste. »Also keine Eisbombe zum Nachtisch?«

Karin winkte ab. »Bloß nicht. Aber trinken möchte ich gerne noch etwas.«

Ulli hielt kurz ihre geleerten Gläser hoch, bis der Frührentner hinter der Theke nickte. Das Lokal war gut besucht, Zander gefiel vor allem die heimelige, warme Atmosphäre. Der Gastronom hatte es sich darüberhinaus zur Regel gemacht, jeden Gast per Handschlag zu begrüßen; Stammgäste bekamen auch schon mal einen Schmatz auf die Wange. Dabei wirkte die Gastfreundschaft in diesem Laden niemals aufgesetzt. Sie war echt.

»Hast du eigentlich schon was von Martina gehört?« unterbrach Karin Ullis Gedanken.

Er schüttelte den Kopf. »Kein Sterbenswörtchen. So langsam fange ich an, mir Sorgen zu machen. Fast eine Woche ohne ein Lebenszeichen ist reichlich merkwürdig.«

Karin nickte. »Die Bullen haben noch nichts herausgefunden. Bei ihrer Schwester in Bremen ist sie nicht aufgetaucht, andere Verwandte hat sie ja nicht mehr. Hoffentlich ist ihr nichts passiert.«

»Wer hat eigentlich die Vermißtenanzeige aufgegeben?« erkundigte sich Zander neugierig.

»Frau Hollmann, die Pflegedienstleitung. Die hat gleich Montag morgen bei der Polizei angerufen, als Martina wieder nicht zum Dienst erschienen ist.«

Einen kurzen Moment blieben die beiden still und hingen ihren eigenen Gedanken nach. Erst als die frischen Getränke vor ihnen standen, löste sich die Spannung.

»Weißt du eigentlich, wie lange sie am Freitag auf der Fete geblieben ist? Ist mir gar nicht aufgefallen, daß sie plötzlich weg war.«

Karin überlegte. »So um elf war sie noch auf der Station, da habe ich mit ihr gesprochen. Danach habe ich sie auch nicht mehr gesehen. Doch, warte, als ich um halb zwölf meine Runde gedreht habe, kam sie von der Toilette. Sie hat mir sogar noch zugewinkt.«

Ulli nahm einen kräftigen Schluck Cola und runzelte die Stirn. »Paßt irgendwie gar nicht zu ihr. Verschwinden, ohne ein Wort zu sagen. Wenn sie sonst mal ein paar Tage weggefahren ist, hat sie mich immer dreimal gebeten, bloß ihre Pflanzen zu gießen und die Bude zu lüften. Aber jetzt lag noch nicht einmal ein Zettel auf dem Küchentisch.«

Über ihr Rotweinglas sah Karin geheimnisvoll zu ihm herüber. »Ist bei euch eigentlich der Ofen aus, oder glimmt noch was?«

»Was meinst du damit?« fragte Ulli reichlich dämlich.

»Na ja, Martina hat mir mal erzählt, daß zwischen euch was war. Stimmt das? Oder vielmehr, stimmt das noch?«

Zander wurde rot. »Stimmte«, erklärte er verlegen. »Vor etwa drei Monaten war mal was. Aber nur 'ne einmalige Sache. Wir sind wohl eher aus Langeweile übereinander hergefallen, als ihr und mir die Decke auf den Kopf fiel. Aber an eine Fortsetzung hat wohl keiner gedacht. Ich zumindest nicht.«

Karin lachte. »Martina schon. Du mußt sie damals reichlich beeindruckt haben. Die kam ja richtig ins Schwärmen beim Erzählen.«

Unbehaglich rutschte Ulli auf seiner Sitzbank herum.

Wenn Männer ihre Bettgeschichten freimütig ihrem Kumpel offenbarten, waren sie gleich geile Machos.

»Es haben geschmeckt?«

Der Besitzer des Lokals war an ihren Tisch getreten und quetschte sich nun zu Zander auf die Bank. Dabei strahlte er von einem Ohr zum anderen.

»Suuuper«, meinte Zander etwas übertrieben. Aber er war froh, ob des Themenwechsels. »Bis auf die verstaubten Koteletts, die verbrannten Spieße, das muffige Gyros, die verwürzte Soße, die trockenen Pommes und den welken Salat war es mal wieder Spitze.«

Der Grieche grinste noch breiter. »Freut mich, daß dir die Zitronenscheibe geschmeckt hat. Noch ein Ouzo?«

Beide winkten lachend ab. Zander, weil er noch fahren mußte, Karin, weil der Rotwein schon Wirkung zeigte.

»Laß man lieber, und mach dafür die Rechnung.«

Der Grieche gibbelte vor sich hin und kritzelte ein paar Zahlen auf einen Block. Plötzlich kniff er die Augen zusammen. »Ich mache dir Vorschlag. Du schreiben eine Zahl auf, und ich schreiben eine Zahl auf. Dann wir zählen zusammen, teilen wir durch zwei und Ergebnis bezahlst du.«

Zander tippte sich an die Stirn. »Du spinnst wohl. Wenn das teurer als ein Fuffi wird, hast du sowieso beschissen.«

Lachend rechnete der Wirt weiter, riß schließlich den Zettel ab und knallte ihn vor Ulli hin. Der bekam einen Anfall.

»9.600? Du hast sie ja nicht alle. Krieg ich dafür den Häuserblock und 'nen Kleinwagen extra?«

»Reg dich ab. Sind bloß Drachmen.«

Schließlich bekam Zander doch noch die Rechnung.

Als sie in die kalte Nachtluft hinaustraten, schlug ihnen Eiseskälte entgegen. Ulli sah auf seine Armbanduhr. Es war kurz vor elf.

»Und nun?« fragte Karin gutgelaunt.

Er zuckte die Achseln. »Keine Ahnung. Hast du eine Idee?«

»Ich hätte Lust auf einen Kaffee. Du auch?«

»Klar. Schlag was vor.«

Karin zog ihre Jacke eng zusammen und hakte sich fröstelnd bei ihm ein. »Warum nicht bei dir? Auf die Bermudas hab ich keine Lust, da ist es freitags immer brechend voll.«

Insgeheim legte Zander die Ohren an. Dieses Tempo kam ihm verdammt schnell vor. Sein Wagen stand nur ein kurzes Stück vom Restaurant entfernt, bei dieser Kälte waren die vielleicht fünfzig Meter fast schon zuviel. Durchgefroren ließen sie sich auf die Sitze fallen; Ulli stellte sofort das Heißluftgebläse an. Die erste warme Luft kam, als er vor seiner Haustür wieder einparkte.

In seiner Wohnung war es ebenfalls lausig kalt. Noch im Parka drehte er den Heizkörper im Wohnzimmer auf. Karin flegelte sich schon in seinem Lieblingssessel.

»Du hast ja gar keinen Fernseher«, rief sie überrascht Richtung Küche.

»Doch. Im Schlafzimmer. Für lebensnotwendige Sachen wie die Bundesliga und einmal täglich Nachrichten.«

Seine Kaffeedose war leer. Fluchend kramte er im Küchenregal herum, bis er schließlich noch ein Pfund fand. Seine eiserne Ration. Als das Wasser gluckernd durch die verkalkten Gänge der Maschine floß, hängte er seinen Parka weg und ging ebenfalls ins Wohnzimmer.

Karin hatte ihre Jacke inzwischen auf den Boden gelegt und beäugte neugierig seine Einrichtung, als vermute sie irgendwo ein Tarantelnest. Zander schmunzelte und bediente seine Stereo-Anlage. Nach kurzem Kramen hatte er endlich gefunden, was er suchte. Bobby Dylans *Live at Budokan* landete auf dem Plattenteller. Leise setzten die ersten schiefen Akkorde an.

»Das ist also deine Junggesellenbude«, stellte Karin fest. »Könnte ich mich dran gewöhnen.«

Ulli grinste. »Dann fang gleich mal mit Staubsaugen und Blumengießen an. Müßte nämlich dringend mal gemacht werden.«

»Könnte dir so passen, den Pascha von der Ehrenfeldstraße zu spielen. Dazu kannst du dir 'ne andere suchen.«

»Und wozu hab ich dich?« fragte er hinterhältig.

Karin guckte ihn bedeutungsvoll an, sagte aber nichts. Stattdessen suchte sie ihre Zigaretten und trat gönnerhaft eine an Zander ab.

»Wer ist das?« fragte sie mit Blick auf die Anlage.

»Bob Dylan. Sag bloß, du kennst den nicht?«

Sie zuckte die Achseln. »Der Name sagt mir was, aber ich hab noch nichts von dem gehört. Singt der immer so falsch?«

Ob dieser musikalischen Unbedarftheit bekam Ulli eine Gänsehaut. »Der Mann ist schon jetzt 'ne Legende. Die Texte sind das Wichtige.«

Karin hörte einen Moment aufmerksam zu. Dann schüttelte sie den Kopf. »Is nich mein Fall. Hast du nichts anderes da?«

Zander seufzte, stand auf und nahm behutsam den Tonarm ab. Bobbys *Shelter from the storm* blieb unbeendet im Raum stehen. Ulli zog eine alte Wolf Maahn-LP hervor. Mit Hannes Waader, Kraftwerk oder gar Frank Zappa brauchte er ihr bestimmt gar nicht erst zu kommen.

Aus der Küche waren die letzten zischenden Geräusche der Kaffeemaschine zu hören. Zander ging hinüber, füllte den Kaffee in seine Thermoskanne, hängte sich zwei Tassen über den Zeigefinger, steckte zwei Löffel in die Hemdtasche und klemmte sich den Zucker unter die Achseln. Vorsichtig balancierend kehrte er ins Wohnzimmer zurück.

»Hast du keine Milch?« fragte Karin.

Ulli stutzte. »Nee. Ich nehm niemals Milch. Aber vielleicht hat Martina oben noch welche. Ich seh mal nach.«

»Wieso hast du eigentlich 'nen Schlüssel zu ihrer Wohnung«, hielt Karin ihn zurück. »War wohl doch was Ernsthaftes, oder?«

»Quatsch«, begehrte er auf. »Du weißt genau, wie schusselig sie manchmal ist. Und bevor sie dreimal in der Woche den Schlüsseldienst rufen muß, hat sie mir ihren Zweitschlüssel gegeben. Außerdem versorge ich immer ihre Blumen, wenn sie ihre Schwester besucht.«

Karin sah ihn zweifelnd an, für einen Moment hatte Zander den Eindruck, daß sie eifersüchtig war.

»Schon gut, schon gut«, beschwichtigte sie hastig. »Kann ich mit hochkommen? Martina hat noch ein paar Zeitschriften von mir, die kann ich dann gleich wieder mitnehmen.«

Die Lampe im Treppenhaus gab zum zweiten Mal in diesem Monat den Geist auf. Vorsichtig tasteten sich die Beiden durch den dunklen Flur nach oben. Bis Zander den Schlüssel endlich im Loch hatte, dauerte es eine knappe Minute.

Martina war in den letzten Tagen nicht in ihrer Wohnung gewesen, alles war noch so, wie er es am Samstag morgen vor einer Woche vorgefunden hatte. In den sechs Tagen war ihre Behausung völlig ausgekühlt, es war saukalt.

Während Karin im Wohnzimmer verschwand, um ihre Magazine zu suchen, ging Ulli in die Küche. Im Kühlschrank fand er keine Kondensmilch, ebensowenig wie in ihrem kleinen Vorratsschränkchen. Vielleicht hatte sie bei ihrem letzten Einkauf welche besorgt, aber noch nicht ausgepackt. So etwas traute Ulli seiner Nachbarin ohne weiteres zu.

Aufmerksam sah er sich um und grunzte schließlich zufrieden, als er die beiden prall gefüllten Einkaufstaschen neben der Küchenbank entdeckte. Mit einem Schwung stellte er sie auf den Tisch und zog den Reißverschluß der ersten Tasche zurück. Überrascht riß er den Mund auf.

In der Tasche befanden sich keine Lebensmittel oder sonstige Mitbringsel eines Einkaufbummels. Sie war vollgestopft mit Medikamentenpackungen, Pappschächtelchen und kleinen Kunststoffgläsern, die bis zum Rand mit weißen Pillen gefüllt waren.

Verwirrt zog Zander wahllos einige der Packungen heraus und las die Beschreibungen auf den Außenseiten. In der Tasche befanden sich fast ausschließlich starke Schmerz- bzw. Anästhesiemittel, darunter sogar eine Ampulle Morphium. Auf dem Boden standen vier Halblitergefäße, die ebenfalls mit Produkten der Pharmaindustrie gefüllt waren. Die zweite Tasche enthielt ähnliches. Von Kondensmilch keine Spur.

»Ich habe alles. Hast du Milch gefunden?« Karin stand in der Tür, einen Packen Illustrierte im Arm.

Wortlos winkte sie Zander zu sich und hielt ihr seinen Fund vor die Nase. »Was hältst du davon?«

Das Mädchen kratzte sich überrascht am Kopf. »Von 'ner Hausapotheke hab ich ja schon mal was gehört, aber gleich 'nen halben Klinikbedarf? Mit dem Zeug kannst du eine Elefantenherde plattschießen.«

Nachdenklich setzte sich Ulli auf einen der Küchenstühle. Seine Stirn zeigte auffallend viele Falten. »Verschwinden bei euch auf der Station eigentlich Medikamente?«

Karin riß die Augen auf. »Wie meinst du das?«

»Überleg doch mal! Stehen in deiner Küche auch zwei Einkaufstaschen voller Pillen?«

»Natürlich nicht«, meinte sie erstaunt. »Worauf willst du hinaus?«

Zander zuckte mit den Schultern. »Auf gar nichts. Wäre mir auch scheißegal, wenn Martina nicht seit einer Woche von der Bildfläche verschwunden wäre. Aber irgendwie hab ich das Gefühl, daß Martina in irgendetwas drinsteckt, weswegen sie Hals über Kopf das Feld räumen mußte, ohne einem Menschen den kleinsten Ton darüber zu sagen. Hier ist, meiner Meinung nach, was faul.«

»Paß auf, daß deine Phantasie nicht mit dir durchgeht«, beschwichtigte Karin, aber ganz wohl war ihr auch nicht. Martina Pielert war seit zwei Jahren ihre Arbeitskollegin. So ein absurdes Verhalten paßte ganz und gar nicht zu ihr.

»Und was machen wir jetzt?« fragte Karin, als ihr die Gesprächspause zu lange dauerte.

Ulli sah auf. »Keine Ahnung. Ich nehm das Zeug erstmal mit runter. Wenn Martina nächste Woche nicht wieder aufgetaucht ist, können wir uns das immer noch überlegen.«

Karin nickte und schnappte sich auch eine der Taschen. Langsam stiefelten sie wieder in Zanders seine Wohnung, die ominösen Taschen landeten neben seinem Schuhschrank. Wolf Maahn empfing sie düstermelancholisch mit seiner Version eines alten Marlene Dietrich Hits.

Ulli klingelte noch kurz bei Ayshe und Mehmet, dem türkischen Pärchen neben ihm, an, entschuldigte sich für die späte Störung, erhielt seine gewünschte Kondensmilch und wehrte wort- und gestenreich den angebotenen Mokka ab. Dann hatte Karin ihn wieder.

Der Kaffee in der Kanne war noch heiß. Zander reichte Karin die Milch und schüttete beiden ein, nachdem er einen Löffel Zucker in seiner Tasse plaziert hatte.

Nachdem der Präsident endlich ausgeklinkt war und immer noch niemand was verstanden hatte, war Wolf fertig. Ulli wollte die nachdenkliche Stimmung vertreiben und entschied sich für eines der späteren Werke der Little River Band. John Farnham hatte ihn mit seiner klaren, ausdrucksvollen Stimme bisher immer aufgemuntert.

Karin hielt sich mit beiden Händen an ihrer Kaffeetase fest und starrte mit gerunzelter Stirn Löcher in die Wand.

»Ich mache mir Sorgen«, meinte sie schließlich.

»Hm?« machte Zander.

»Um Martina. Mir geht nicht aus dem Kopf, was du gerade gesagt hast. Wenn sie wirklich in irgendetwas verwickelt ist, könnte ihr doch auch genausogut etwas passiert sein. Und falls sie die Medikamente bei uns geklaut hat, ist sie ihren Job los.«

»Hypothesen«, entgegnete er knapp. »Vielleicht hat sie auch einfach nur die Liebe ihres Lebens getroffen und ist Hals über Kopf durchgebrannt.«

»Erzähl nicht so einen Unsinn«, regte sich Karin auf. »Du weißt genau, daß Martina so etwas nie tun würde.«

»Weiß ich. Aber mal nicht gleich den Teufel an die Wand. Wenn sie es für ratsam hielt, ein paar Tage unterzutauchen, muß das noch gar nichts bedeuten.«

»Trotzdem«, beharrte Karin. »Vergiß nicht, wenn sie tatsächlich geklaut hat, riskiert sie dabei nicht nur ihren Job. Unsere Pflegedienstleitung ist zwar recht human, aber bei Diebstahl von Medikamenten kann keiner ein Auge zudrücken.«

Ulli nickte unbehaglich.

»Persönliches Risiko. Wart's ab, in ein paar Tagen steht die wieder auf der Matte.«

Karin seufzte resignierend und leerte ihre Tasse. Dann sah sie auf ihre Armbanduhr. Erschrocken fuhr sie hoch. »Verdammt, schon fast zwölf. Ich muß los.«

»Hast du noch was vor?« fragte Ulli überrascht.

»Nee, Frühdienst. Um fünf ist die Nacht vorbei. Bestellst du mir wohl ein Taxi?«

Zander zeigte sich generös. »Ich bring dich eben nach Hause. Kann ja morgen auspennen.«

Die Straßen waren gut zu befahren, nachmittags hatte der Dauerregen endlich mal eine Pause eingelegt. Während der Fahrt sprachen sie kaum fünf Worte miteinander. Schließlich bog Zander langsam in die Lilienthalstraße, von der selbst er — ein alter Bochumer — noch nie etwas gehört hatte, ein und hielt auf ihr Zeichen an. Bevor sie ausstieg, drückte sie ihm einen Kuß auf die Wange. Zander starrte ihr noch hinterher, als sie schon längst in der Haustür verschwunden war.

4.

»Mutter, wann hörst du endlich auf, für mich heiratsfähige Damen auszusuchen. Ich bin schließlich alt genug.«

Scheppernd landete der Dessertteller in der Spülmaschine. Kriminalkommissar Berthold Hofmann wischte seine Finger an dem Küchentuch ab. Seine Mutter plazierte indessen völlig unbeeindruckt die zierliche Teekanne neben dem guten Meißner Porzellan auf dem Silbertablett. Sorgfältig stellte sie die Zuckerdose und das Milchkännchen zu dem Sortiment und polierte die kleinen Löffel vorsichtig mit dem Geschirrtuch. Erst dann drehte sie sich zu ihrem Sohn um.

»Mir gefällt es gar nicht, daß du in deinem Alter noch alleine herumläufst. Bei den ganzen Flittchen, die sich heutzutage herumtreiben, macht man sich als Mutter Sorgen.«

Hofmann verschränkte die Arme vor der Brust und lehnte sich an den Küchentisch. Als er Anfang der Woche von seiner Mutter zum Abendessen eingeladen worden war, hatte er insgeheim schon mit dem Schlimmsten gerechnet. Aber die Spinatwachtel, kaum fünfzehn Schritte von der Küche entfernt, übertraf alles, was sich seine Erzeugerin jemals erlaubt hatte.

»Wann hast du denn zum letztenmal ein Flittchen in meiner Gesellschaft gesehen? Und was soll das überhaupt heißen, in meinem Alter. Ich bin erst einunddreißig.«

»Na und? Mit einunddreißig war ich schon längst verheiratet und gerade in anderen Umständen. Berthold, ich will doch nur dein Bestes. Fräulein Rebecca kommt aus einer guten Familie, sie ist gebildet und humorvoll. Ihre Eltern sind angesehene Leute. Es könnte für dich sehr nützlich sein, wenn du diesen Kontakt pflegst.«

Der Kriminalkommissar mußte sich auf die Lippen beißen, um nicht schallend loszulachen. »Verdammt noch mal, ich bin weder in der Politik, noch im diplomatischen Corps und schon gar nicht in irgendwelchen Aufsichtsräten. Ich bin Kriminalbeamter. Ich glaube kaum, daß diese angesehenen Leute Kontakte zur RAF oder zur Mafia haben. Und diese Rebecca ist eine dumme Schnalle.«

Mutter Hofmann drehte sich um, voller Angst, daß die Betreffende inzwischen die Küche betreten hätte. Dann senkte sie ihre Stimme auf ein leises, gefährliches Flüstern, mit dem sie immer schon jeden Widerstand kategorisch niedergemacht hatte. »Aber Berthold, so etwas denkt man ja noch nicht einmal. Mir scheint, dieser ewige Umgang mit Mördern färbt langsam auf dich ab.«

Hofmann gab es auf. Resignierend trottete er hinter seiner Mutter durch die parkettbelegte Diele Richtung Wohnzimmer. Die Auserkorene hatte es sich in der Zwischenzeit auf dem Biedermeiersofa vor dem Kamin bequem gemacht.

Seufzend nahm Hofmann seine Pfeife und den Sherry-Tabak von der Kommode und setzte sich in den Ohrensessel aus gegerbten Rindsleder. Seine Mutter füllte die Tassen und ließ sich dann auf einem der zierlichen Sessel nieder.

»Ihre Frau Mutter erzählte mir, daß Sie bei der Kriminalpolizei sind, Berthold. Ich darf Sie doch Berthold nennen?«

Berthold konzentrierte sich ganz auf sein Streichholz und den Pfeifenkopf, sonst wäre er geplatzt. Diese Rebecca schenkte ihm gönnerhaft ihr zauberhaftestes Lächeln, was aber schon im Ansatz mißlang. Hinter den dicken Brillengläsern waren ihre Augen nur undeutlich zu erkennen, während ihre Oberlippe nur sehr schlecht den Überbiß verdeckte.

»Aber natürlich«, erklärte er knapp und war froh, als die Pfeife dicke Rauchschwaden von sich gab. Diesen Tabak rauchte er nur, wenn er seine Ruhe haben wollte, das Zeug stank nach getrockneten Schweißfüßen.

Seine Mutter warf ihm einen warnenden Blick zu und hielt der Schwester von Hase Cäsar die dick mit Schokolade überzogenen Kekse unter die Nase. »Kosten Sie doch mal, Fräulein Rebecca. Diese neue Gebäckmischung ist vorzüglich. Berthold sagt immer, daß er dafür jede andere Mahlzeit stehenlassen würde.«

Hofmann, der Kekse nicht ausstehen konnte, starrte verzweifelt ins Kaminfeuer. Bei den Beißern sollte sie ihr besser eine Möhre geben, dachte er und fing an zu glucksen.

»Sie sind mir ja ein ganz Süßer«, seufzte Rebecca.

Hofmann brüllte los, froh, daß er endlich die Spannung abbauen konnte. Seine Mutter lachte entzückt und das Fräulein höflich mit.

»Greifen Sie denn gar nicht zu?« fragte die passionierte Reiterin vornehmen Geschlechts, als er sich wieder halbwegs beruhigt hatte. Während des Abendessens hatte sie ihn mit ihren rührseligen Geschichten über die Ausritte auf dem eigenen Pferd und Sprüchen wie ›das Glück der Erde liegt auf dem Rücken der Pferde‹ gelangweilt.

»Nein, danke, ich muß auf meine Figur achten«, entgegnete er mühsam und warf einen vielsagenden Blick auf ihre Seidenbluse, die sich über den Hüften gefährlich spannte.

Ehe der strafende Blick seiner Mutter ihn wieder treffen konnte, klingelte in der Diele das Telefon. Erleichtert wollte Hofmann aufspringen, aber seine Mutter winkte ab. »Laß nur, mein Sohn. Das ist bestimmt Tante Edith. Ich gehe schon.«

Flehend schaute der Kriminalkommissar ihr hinterher, wobei er sich tiefer in den Sessel preßte. Es half nichts, sobald sie das Zimmer verlassen hatte, war er seinem Schicksal ausgeliefert.

»Ich stelle mir das wahnsinnig interessant vor, bei der Polizei«, begann das Unheil. »Geraten Sie nicht manchmal in höchste Gefahr bei der Verbrecherjagd?«

Größer als jetzt auf keinen Fall, dachte er. Laut sagte er: »Keineswegs. Der Großteil der Polizeiarbeit setzt sich aus Bürotätigkeit, dem Sammeln von Indizien und Beweisen, Zeugenbefragungen und dem Abfassen von Berichten zusammen. Nicht sonderlich aufregend.«

»Aber immer diese schrecklichen Leichen«, meinte Rebecca konsterniert. »Ich finde das unheimlich.«

»So schlimm ist das auch nicht«, erklärte er. »Und außerdem gewöhnt man sich dran.«

»Haben Sie denn jetzt auch mit dem Kindermörder zu tun?«

Hofmann verzog das Gesicht. Mit dem gleichen Gespür wie Helmut Kohl hatte sie das Fettnäpfchen getroffen. Seit vier Wochen trieb sich in Bochum ein Kindermörder herum, der schon drei Opfer zu verantworten hatte. Nach einem Sturm der Entrüstung und einem enormen Medienecho war vor ein paar Tagen eine Sonderkommission ins Leben gerufen worden. Hofmann war nicht dabei. Als Kriminalkommissar hätte er noch nicht genug Erfahrung, außerdem sei das 1. K zur Zeit personell sowieso unterbesetzt. Erst Montag bekämen sie den lange versprochenen neuen Kollegen. »Seien Sie nicht traurig«, hatte sein Chef gesagt, »dafür gehört der nächste Mord Ihnen, falls die SOKO noch im Einsatz ist. Sie müssen mir hier die Stellung halten.«

»Nein«, machte er nun seinem Ärger Luft. »Die erfahrenen Kollegen sind in einer Sonderkommission auf den Fall angesetzt worden. Ich hoffe nur, daß die diesen Typen schnell zu fassen kriegen.«

Eine weitere Frage blieb ihm erspart, denn von der Tür her war ein leises, zaghaftes Klopfen zu hören. Erst dann steckte seine Mutter langsam den Kopf durch die Tür, wohl in der Hoffnung, ihr Sohn wäre inzwischen zum Sodomisten geworden und hätte das Biedermeiersofa zu einem fröhlichen Galopp mit ihrem Gast zweckentfremdet.

»Berthold, es ist für dich. Das Präsidium.«

Wie der Blitz sprang er aus seinem Sessel und sprintete zum Telefon. Nachdem er die Wohnzimmertür hinter sich geschlossen hatte, nahm er den Hörer ans Ohr.

»Hofmann.«

»Busold, 'n Abend, Herr Kollege. Tut mir leid, daß ich Ihnen den Abend verderbe, aber es läßt sich nicht verhindern.«

Aufatmend setzte sich Hofmann auf den kleinen Hocker

neben dem verschnörkelten Telefontisch. »Mann, dafür verdienen Sie das Bundesverdienstkreuz. Schießen Sie los!«

»Leichenfund im Kemnader Stausee. Zwei Streifenwagen sind schon da, Spurensicherung ist unterwegs.«

»Gut«, kommentierte Hofmann. »Genauer Fundort?«

Durch den Hörer hörte er Papier rascheln, dann hatte der Kollege die gewünschte Information parat. »Am Stauwehr, in der Nähe der Kemnader Straße.«

Hofmann nickte stumm. Als begeisterter Jogger war er schon x-mal um den See gelaufen. »Kenn ich. Sagen Sie den Kollegen, daß ich unterwegs bin. In zwanzig Minuten bin ich da.«

Er legte auf und schlüpfte in seine warme Daunenjacke und die Winterstiefel. Erst als der Reißverschluß unter seinem Kinn pendelte, merkte er, daß sein Schulterhalfter noch an der Garderobe hing. Achtlos steckte er die Dienstwaffe in die Jackentasche und klemmte die Lammfellhandschuhe unter die Achseln. Dann öffnete er die Wohnzimmertür einen Spalt, blieb aber im Türrahmen stehen.

»Ich muß weg, dienstlich.«

Die Häsin schaute bedauernd über den Sofarand, seine Mutter setzte vorsichtig ihre Tasse auf den Unterteller. »Kommst du noch mal wieder?«

Hofmann schüttelte den Kopf. »Glaub ich nicht. Vielleicht muß ich anschließend ins Präsidium.«

Grüßend hob er noch einmal die Hand und zog die schwere Tür hinter sich in den Rahmen. Aufatmend steckte er die Finger in die Handschuhe, nahm den Autoschlüssel vom Schlüsselbrett und trat in die feuchte Kälte. Die Windschutzscheibe seines Golfs war bereits leicht beschlagen.

Mit einem Papiertaschentuch wischte er notdürftig über das Verbundglas und stieg ein. Der Motor kam sofort, Hofmann schaltete das Gebläse auf Hochtouren. Nach einem doppelten Seitenblick fädelte er aus der Einfahrt in die kleine Straße und hatte kurze Zeit später die Königsallee erreicht.

Während er mit Höchstgeschwindigkeit Richtung Stausee bretterte, bedachte er bereits sein weiteres Vorgehen. Wenn es tatsächlich ein Mord war, würde er die Ermittlungen übernehmen müssen. Sein erster eigener Mord. Die SOKO hatte bisher überhaupt noch keine Spur, da würde keiner auf diese neue Sache angesetzt werden. Zwei von der Mordkommission hatten eine schwere Bronchitis, Hauptkommissar Abel lag noch dazu eingegipst im Krankenhaus.

Hofmann wurde nervös. Obwohl er insgeheim auf so eine Gelegenheit gewartet hatte, kamen ihm jetzt bohrende Zweifel. Ein Totschlag wäre nett gewesen, ein einfach zu klärender Vorgang, aber keine Leiche, die wer weiß wie lange im Stausee gelegen hatte. Langwierige Ermittlungen und schleppende Ergebnisse waren das letzte, was er sich gewünscht hatte.

Nachdenklich bog er von der Kemnader Straße auf den kleinen Zubringer zum Stauwehr ein. Schon aus einiger Entfernung sah er die kreisenden Blaulichter der beiden Streifenwagen, das Zivilfahrzeug der Spurensicherung stand etwas abseits. Der dunkle Leichenwagen und das Fahrzeug des Gerichtsmediziners standen bereits auf der Wiese.

Hofmann parkte neben den Autos und stieg aus. Ein uniformierter Kollege hing halb aus der Beamtenkutsche und führte ein lautstarkes Gespräch mit der Einsatzzentrale. Der Stausee lag im Funkloch, die Verständigung war miserabel.

»'n Abend, Kollege«, grüßte Hofmann, als der kaum 22jährige Schupo aus dem Wagen kroch. Gleichzeitig griff der Hauptmeister in seine Jackentasche und holte die für solche Fälle deponierte Schachtel Lord-Extra hervor. Der andere nickte kurz, warf einen abfälligen Blick auf die Kippen, nahm aber doch eine, von der er den Filter abbrach. Dann zog er sein Feuerzeug hervor und ließ es klicken.

»Habt ihr schon was herausgefunden?«

Der Schupo schüttelte den Kopf. »Noch nichts. Die lag bestimmt schon ein paar Tage da drinnen, ist schon aufgequollen.«

»Die?« fragte Hofmann.

»'ne junge Frau, zwischen zwanzig und vierzig vielleicht. Sieht gar nicht gut aus.«

Erst jetzt fiel Hofmann die bleiche Gesichtsfarbe des Uniformierten auf. »Unfall oder Mord?« bohrte er weiter.

»Keine Ahnung. So genau hab ich mir die nicht angeguckt. Hab nur gesehen, daß der Schädel eingeschlagen ist. Ich hab sie rausgezogen«, berichtete er weiter. »Mit 'nem Kollegen zusammen. Scheiße, war das ein Anblick. Ich hab schon manche Unfalltote gesehen, aber 'ne Wasserleiche ... Nee, danke.«

Hastig sog er an seiner Zigarette und warf immer wieder schnelle Blicke auf den Leichenfledderer, der völlig in seinem Element war.

»Wer hat denn Dienst?« fragte Hofmann mit einem Kopfnicken.

»Doktor Brettschneider.«

Hofmann seufzte und zog ärgerlich die Augenbrauen nach oben. Brettschneiders Obduktionsberichte waren die gefürchtetsten von ganz Nordrhein-Westfalen. Ohne mindestens drei medizinische Lexika verstand man noch nicht einmal die Überschrift.

Mit einer kurzen Bewegung drückte Hofmann seine Zigarette im Aschenbecher des Streifenwagens aus und ging die fünfzehn Meter zum Schlachtplatz des Mediziners. Brettschneider murmelte Unverständliches in ein kleines Diktiergerät und ließ sich auch nicht von den herannahenden Schritten des Kriminalkommissars ablenken.

Nach endlosen Minuten landete das Diktiergerät in Brettschneiders Jackentasche. Die erste Untersuchung war beendet. Hofmann, der brav gewartet hatte, trat näher.

»Na, Herr Doktor, haben Sie schon was für mich?«

Der gebürtige Bayer reckte sich zu seinen vollen 198 Zentimetern auf und sah grinsend auf den etwa zwanzig Zentimeter kleineren Beamten herab.

»Sehr wahrscheinlich kein Unfall. Todesursache weiß ich natürlich noch nicht. Schlagverletzungen im Hinterkopfbereich, weiterhin multiple Prellungen am ganzen Körper. Fremdeinwirkung ist fast sicher.« Dabei pustete er riesige Wolken kalter Luft über Hofmann hinweg.

»Wie lange ist sie schon tot?«

Brettschneider warf einen abschätzenden Blick auf die Tote.

»Mindestens fünf, höchstens acht Tage. Hat die ganze Zeit im Wasser gelegen. Vermutlich wurde die Leiche an den Füßen beschwert und dann regelrecht versenkt.«

Schaudernd sah Hofmann einen Augenblick auf den leblosen Körper und schüttelte sich. »Wann kann ich den Bericht haben?« fragte er heiser.

Der Bayer legte den Kopf ein wenig zur Seite und rümpfte die Nase. »Montag, so etwa gegen Mittag. Wir bringen sie in die Pathologie vom Bergmannsheil. Kommen Sie vorbei, oder soll ich einen Boten schicken?«

»Warum nicht ins Gerichtsmedizinische Institut?« wunderte sich Hofmann.

»Weil bei uns umgebaut wird«, antwortete der Riese nach einem tiefen Lungenzug. Dabei winkte er die beiden Leichenträger heran, die mit der Zinkwanne im Hintergrund warteten.

»Ich lasse den Bericht abholen«, erklärte Hofmann.

Bevor die Leiche eingesargt wurde, schoß der Fotograf vom Erkennungsdienst ein paar letzte Fotos. Hofmann nutzte die Gelegenheit, die Tote näher zu betrachten. Die Frau war wirklich noch recht jung. Er vermutete, daß sie einmal attraktiv gewesen sein mußte, allerdings ließ sich das in ihrem jetzigen Zustand nur erahnen.

»Habt ihr die schon ausgezogen?« fragte er überrascht einen Kollegen vom EKD.

»Nöö, keine Spur«, kam die Antwort. »Die hatte von vorneherein nix an. Vielleicht 'ne FKK-Anhängerin.«

Der Fotograf unterbrach seine Arbeit und schaute seinen Kollegen vorwurfsvoll an. Scherze in Gegenwart der Opfer gingen ihm über die Hutschnur.

Nach vier letzten Bildern war alles getan, die Einsarger begannen ihre Arbeit. Der Leichenwagen fuhr schließlich in Begleitung des Gerichtsmediziners Richtung Innenstadt.

Hofmann blickte nachdenklich hinterher. Keine einzige verwertbare Spur am Fundort. Der Tatort konnte wer weiß wo liegen. Und so, wie die Tote ausgesehen hatte, konnte die Identifizierung lange genug dauern. Vielleicht hatte es

Spuren gegeben. Doch es hatte tagelang geregnet. Schlimmer konnte es gar nicht anfangen.

Mißmutig stapfte der untersuchungsleitende Beamte zurück zu den Autos. Der junge Schupo von gerade saß fröstelnd in seinem Wagen und hatte den Motor angelassen, damit die Heizung seine klammen Glieder ein wenig aufwärmte. Als er den Kripomann kommen sah, stieg er sofort aus.

»Da vorn ist der Mann, der sie gefunden hat«, eiferte er pflichtbewußt. Hofmann sah kurz nach links, wo neben einem weiteren Kollegen ein hibbeliger Rentner wartete, der mit zitternden Fingern einen Stumpen zerfaserte.

»Na, dann wollen wir mal«, stöhnte Hofmann und trabte zu seinem bisher einzigen Zeugen. Das Notizbuch ließ er illusionslos in der Tasche.

»Ich bin Kriminalkommissar Hofmann, guten Abend, Herr ...«

»Czyborra«, ergänzte das Männchen, wobei er artig einen Diener machte.

»Sie haben die Leiche gefunden?« fragte Hofmann rein rhetorisch.

Der alte Mann nickte eifrig, wobei sein Gebiß hörbar klapperte. »Alladings. Die lag da so einfach im Wasser. Gefunden hat se ja eigentlich mehr mein Hund.«

Dabei bückte er sich und tätschelte liebevoll die Flanke des überfetteten Dackels. Sein Redefluß war nicht zu bremsen.

»Wissen Se, Herr Kommissar, der Hund muß abends imma noch ma raus. Ich war gerade so schön den Zimmermann am gucken, da fängt mein Harras an zu janken. Ich also inne Gummistiefel un ab. Kaum sind wa hier am Wasser, wetzt der Harras los und fängt so komisch an zu kläffen. Und dann hab ich se gesehn. Die lag da direkt am Wehr.«

Hofmann schmunzelte und kratzte sich nachdenklich am Ohrläppchen. »Ist Ihnen sonst etwas aufgefallen? War außer Ihnen noch jemand unterwegs?«

»Nee«, entgegnete Czyborra, »aussa uns is abends kaum

eina hier, im Winter, mein ich. Im Sommer kriegen Se ja kein Bein anne Erde. Abba jetz is schön leer.«

»Und in den letzten Tagen? Ist Ihnen da jemand aufgefallen?«

»Au nich. Dat sin imma dieselben, die hier rumlaufen. Abba die bringen keinen um. Die kenn ich fast alle.«

Hofmann gab es auf. »Na gut. Besten Dank, Herr Czyborra. Ein Kollege wird noch bei Ihnen vorbeikommen, wegen des Protokolls. Ihre Adresse haben Sie schon angegeben?«

Wieder nickte der Alte eifrig.

Im Moment gab es hier nichts mehr zu tun. Mit den Händen in den Jackentaschen stiefelte Hofmann zurück zu den Streifenwagen und nahm sich das Funkgerät. Über die Zentrale ließ er sich mit Busold verbinden und bat ihn, schon mal alle Vermißtenanzeigen für weibliche Personen zwischen fünfzehn und vierzig Jahren herauszusuchen. So wie es aussah, war der Rest der Nacht und des Wochenendes verplant.

Seufzend kletterte er wieder in seinen Golf und schlug den Weg zum Präsidium ein. Der Fall versprach so schlimm zu werden, wie er befürchtet hatte. Seine Laune stieg erst wieder, als ihm einfiel, daß ihm weitere Geschichten über schiefgelaufene Hufeisen und köstlichen Hafer direkt aus dem Münsterland erspart blieben. Da war es doch besser, über Akten zu hängen.

5.

Die Tasse neben der Schreibunterlage hatte auch schon bessere Tage gesehen. Der schmutzigbraune Schmand in verschiedenen Skalierungen, die davon zeugten, wieviel Kaffee jeweils kalt geworden war, machte das ehemals weiße Porzellan fast vergessen. Hofmann ließ sich allerdings nicht davon beeindrucken, sondern goß eine neue Ladung dampfenden Koffeins hinein. Schon beim ersten Schluck verbrannte er sich die Lippen.

Seit er die Tote vor etwa sechzig Stunden das erste Mal

gesehen hatte, war er nicht sonderlich weitergekommen. Zwar wußte er jetzt, wer sie war, aber das war schon alles. Eine Meisterleistung hatte er nicht vollbringen müssen, nur dreißig vermißte Frauen in der gesuchten Altersklasse waren in Frage gekommen. Bei der zweiten hatte er bereits einen Volltreffer erzielt.

Routinemäßig hatte er mit den zuletzt eingegangenen Meldungen angefangen. Die Größe stimmte, die Augenfarbe stimmte, die Blinddarmnarbe stimmte und die beiden auffallenden Muttermale unter dem linken Ellbogen stimmten. Und außerdem hatte sie ihre Schwester gestern mehr oder weniger identifiziert. Zumindest das, was von ihr übrig war.

Die Akte Martina Pielert war erbärmlich dünn. 29 Jahre war sie alt geworden, bevor man sie aus dem Stausee fischte, vor zwei Jahren, nach dem Tod ihrer Mutter, hierhergezogen, Krankenschwester in der Psychiatrie am Stadtpark, nicht verheiratet oder geschieden. Alles, was von ihr geblieben war, waren ein paar Fotos in dem Schnellhefter und die kümmerlichen Informationen, die Hofmann bisher gesammelt hatte.

Der Kaffee war nun ein wenig abgekühlt, langsam trank er ein paar Schlucke und legte seine Stirn wieder in Falten. Die Uhr über der Eingangstür zeigte kurz nach acht, vor zehn brauchte er Brettschneider gar nicht mit dem Bericht auf die Nerven zu gehen. Den Besuch an ihrer Arbeitsstelle hatte er sich für später aufgespart.

Aus dem Radio kamen die obligatorischen Staumeldungen auf den Autobahnen des Sendebezirkes, als plötzlich die Bürotür aufgerissen wurde und Westhoff, der Dezernatsleiters, in Hofmanns Gesichtskreis polterte. Die unverwechselbare Hakennase des Hauptkommissars erkannte man schon lange, bevor er selbst ein Zimmer betrat.

»Morgen, Herr Kollege. Schon fleißig bei der Arbeit?«

»Morgen, Herr Westhoff. Kaffee?«

Der schwergewichtige Vorgesetzte nickte und ließ sich auf den Hocker vor der Schreibmaschine fallen. Hofmann griff einen der Pappbecher von der Fensterbank und schenkte ein. Hatte Westhoff erst einmal einen Kaffee, war er eine Seele von Mensch.

»Was macht denn Ihr erster eigener Fall?« erkundigte er sich zwischen zwei Schlucken.

Hofmann zuckte die Achseln. »Ich hab noch nicht viel. Die Identität ist geklärt, den Obduktionsbericht hole ich mir gegen zehn von Brettschneider. Dann weiter in die Klapsmühle.«

Westhoff horchte auf. »Wie bitte? War das etwa eine ausgebüchste Verrückte?«

»Eher eine Krankenschwester, die da ihre Brötchen verdient.«

»Verdient hat«, korrigierte Westhoff. »Na denn, ich wünsch Ihnen viel Spaß. Wenn Sie nicht weiterkommen, rufen Sie mich an. Hoffe, daß wir diesen Kinderschänder bald gefaßt haben.«

Dabei kippte er den Rest seines Kaffees mit einer ruckartigen Bewegung in die Kehle und stand auf. »Ach, übrigens, unsere neue Kraft ist schon da. Ist noch in der Personalabteilung, wird dann gleich zu Ihnen kommen. Denke, daß Ihnen ein bißchen Hilfe gut tun kann.«

Dabei blinzelte er Hofmann aufmunternd zu und verschwand. Der Kriminalkommissar stöhnte resignierend auf und rieb sich die entzündeten Augen. Das hatte ihm gerade noch gefehlt. Ein Mord und ein Frischling auf einmal. Das konnte ja heiter werden.

Ärgerlich kippte er seinen eigenen Kaffee herunter, drehte dem Radio den Ton ab und stopfte erst einmal eine Pfeife. Bevor sie brannte, kam ein forsches Klopfen von der Tür. Hofmann nuschelte »Herein« und konzentrierte sich wieder auf seinen Anzünder.

In der geöffneten Tür erschien eine lächelnde junge Dame, knapp einssiebzig groß und sehr schlank. Die modisch geschnittene Stoffhose betonte unauffällig ihre Figur. Der mit hellen bunten Tupfern übersähte weiße Pullover bot einen schönen Kontrast zu der düsteren Jahreszeit. Die dunkelblonden, weit über die Schultern hängenden Haare waren zu einem Pferdeschwanz zusammengebunden, das sanft geschnittene Gesicht war spärlich und gekonnt geschminkt.

Hofmann sah irritiert auf. »Kann ich Ihnen helfen?«

»Vielleicht. Ich bin Katharina Thalbach«, antwortete sie gutgelaunt.

Hofmann kapierte nicht.

»Kriminalkommissarin Thalbach. Ich bin Ihre neue Kollegin.«

Hofmann benötigte zwei tiefe Züge aus der Pfeife, ehe der Tiefschlag seine Wirkung verlor. Weitere fünf Sekunden später hatte Hofmann sogar seine Sprache wiedergefunden.

»Berthold Hofmann.« Dabei streckte er ihr seine Rechte hin. »Tut mir leid, aber ich wußte nicht, daß wir weibliche Verstärkung bekommen. Setzen Sie sich doch.«

»Danke.«

Da der Schreibtisch gegenüber von Hofmann unbesetzt war und darüber hinaus keine Spuren eines anderen Bewohners zeigte, ließ sich die Polizistin in den freien, quietschenden Drehstuhl fallen. Ihre Jacke legte sie auf das kleine Ablagebrett neben der aufgedrehten Heizung. Dann sah sie erwartungsvoll zu Hofmann herüber.

»Kaffee?« fragte der, weil ihm nichts Besseres einfiel.

Sie nickte.

Der Anfang war denkbar schlecht.

Nachdem er ihr den vollen Becher herübergereicht hatte, entflammte er zunächst wieder seine Pfeife, die ausgegangen war. Hinter den dichten Qualmwolken konnte er sich prima verbergen und sie dabei unauffällig mustern.

»Hat Ihnen Westhoff schon irgendetwas gezeigt? Unsere Abteilung oder die anderen Dezernate?«

Kollegin Thalbach schüttelte den Kopf. »Bisher noch nicht. Scheint wohl schwer im Streß zu sein. Hab gehört, ihr habt es hier zur Zeit mit einem Kindermörder zu tun.«

Hofmann schnaubte ärgerlich. »Die SOKO befaßt sich damit. Wir haben unseren eigenen Mord.«

Wenn er sie damit beeindruckt haben sollte, konnte sie es bestens überspielen. Achselzuckend lehnte sie sich zurück und wartete ab.

Hofmann qualmte vor sich hin und starrte Löcher in die Luft. Schließlich nahm er den dünnen Aktenordner und reichte ihn über den Schreibtisch. »Lesen Sie sich mal durch, was wir bisher haben. Ich bin gleich wieder da.«

Hastig stieß er sich von seinem Schreibtisch ab und sprang auf. Nach einem kurzen Seitenblick riß er die Tür auf und stürmte auf den Gang.

In Westhoffs Büro war Lagebesprechung, Störungen waren untersagt. So hieß es zumindest auf dem Schild, das vor der vergilbten Milchglasscheibe eventuelle Besucher abschrecken sollte. Hofmann ließ sich nicht abhalten, sondern polterte in das Domizil seines Vorgesetzten.

Westhoff kaute ausgiebig an seinem Käsebrötchen, Heinzel und Grubert, die beiden anderen aus seiner Abteilung, versuchten, die Nachwirkungen des Wochenendes mit weit aufgerissenen Augen und wächserner Gesichtsfarbe zu überspielen. Die anderen aus der SOKO, die Hofmann teils besser, teils flüchtig vom Sehen kannte, sahen überrascht zu ihm herüber.

»Herr Westhoff, ich müßte Sie mal kurz sprechen. Nur fünf Minuten.«

Der Hauptkommissar sah kurz auf und schluckte den letzten Bissen seines Frühstücks herunter. Nach einem lässigen Seitenblick auf seine Armbanduhr nickte er kurz und deutete mit dem Daumen auf das Schreibzimmer der Abteilungssekretärinnen. Zu dieser Zeit waren die Damen entweder in der Kantine oder auf der Toilette.

Hofmann spürte die neidischen Blicke der Kollegen, bevor die Tür ins Schloß schnackte. Er atmete tief durch und zählte leise bis zehn. »Sie hätten mir wenigstens sagen können, was da auf mich zukommt, Herr Westhoff. Ich habe nicht damit gerechnet, jemanden … nun ja, eine Kollegin zu bekommen.«

Westhoff starrte erst angestrengt auf seine blankpolierten Fingernägel und dann aus dem Fenster. »Herr Hofmann, Frau Thalbach hat bereits vor anderthalb Jahren ihre Prüfung bestanden und seitdem mit beachtlichen Ergebnissen in Paderborn gearbeitet. Ich wüßte nicht, was es gegen sie vorzubringen gäbe.«

Hofmann nagte unbehaglich an seiner Unterlippe. »Ich will auch gar nicht ihre Qualitäten in Zweifel ziehen«, begann er schwach, »aber finden Sie nicht, daß sie für das Erste noch ein wenig zu grün ist?« Beinahe hätte er sich verhaspelt und hübsch gesagt.

Aus dem Nebenraum drang gedämpftes Gemurmel, ab und zu mal ein heiseres Lachen. Hofmann hätte ein Hundertliterfaß geschmissen, wenn er mit einem der anderen tauschen könnte.

»Frau Thalbach ist gerade vier Jahre jünger als Sie«, antwortete Westhoff mürrisch. »Herrgott, Hofmann, wir können uns die Leute auch nicht mehr aussuchen. Sie wurde uns zugewiesen und damit Schluß. Sie werden mit ihr den Fall bearbeiten.«

»Aber ...«

»Kein aber«, donnerte Westhoff. »Selbst wenn sie auf einem Besen in Büro geflogen käme und eine schwarze Katze auf dem Buckel hätte, Sie werden mit ihr zusammenarbeiten.«

»Mit diesem Barbieverschnitt? Menschenskind, dieser Typ Frau kommt bestens für Zahnpastawerbung an, aber doch nicht in der Mordkommission.«

Westhoffs Stirn zog sich böse zusammen. »Sie sollten Ihre Energien auf die Lösung Ihres Falles ansetzen und nicht sinnlos diskutieren.«

Hofmann setzte zu einer Antwort an, aber sein Chef schnitt ihm mit einer Handbewegung das Wort ab. »Schluß. Wir haben alle zu tun. Wenn sich die Thalbach dämlich anstellt oder schlampt, können Sie gerne wiederkommen, aber vorher will ich nichts mehr hören. Und wenn ich erfahre, daß Sie sie rausekeln wollen, gibt's ein Donnerwetter. Raus jetzt.«

Auf dem Flur atmete Hofmann tief durch. Als er niedergeschlagen zurück zu seinem eigenen Büro trabte, schwang die Tür zu Westhoffs Büro noch einmal auf. Heinzel steckte den Kopf aus der Öffnung und warf ihm ein Paket Hustenbonbons zu. »Für dich, Berthold. Damit du dir keine Erkältung holst, wenn deine Kollegin dich aus dem Auto schmeißt. Weil sie ihren Tampon wechseln muß.«

Hofmanns Antwort ging im grölenden Gelächter der restlichen SOKO unter. Ärgerlich feuerte er die Tüte in den nächsten Standaschenbecher und ging weiter. Seine Kollegen hatten Scherz-Version zwei bei neuen Kolleginnen eingesetzt. Variante eins war die mit einem Päckchen Kondome.

»Haben Sie noch Fragen?«

Thalbach sah auf, den Schnellhefter in den Händen. Hofmann hatte einen neuen Kaffee vor sich und produzierte Qualmwolken. Seit er vor einer halben Stunde wieder seinen Platz eingenommen hatte, waren das seine ersten Worte.

»Ja. Irgendwelche Vorstellungen, was die Tatwaffe betrifft?«

»Nein. Nach dem, was wir bisher wissen, muß es ein stumpfer Gegenstand gewesen sein, näheres kann uns vielleicht der Gerichtsmediziner erzählen.«

Insgeheim schmunzelte er dabei. Die Leichennummer war bei Frischlingen sehr beliebt. Er selbst würde sich an seinen ersten Toten noch in aller Ewigkeit erinnern. Der Termin mit Brettschneider stand in einer halben Stunde an.

»Haben Sie schon eine Ahnung, warum sie getötet wurde? Irgendein Motiv?«

Hofmann schüttelte den Kopf. »Leider noch nicht. Die Identität war erst gestern abend zweifelsfrei geklärt. Mit der Feinarbeit fangen wir gleich an.«

»Gut«, meinte seine neue Kollegin. »Wie gehen wir vor?«

»Zuerst in die Pathologie ins Bergmannsheil. Dann in die Psychiatrie. Da hat sie gearbeitet. Und heute nachmittag kommt die Schwester der Toten nochmal vorbei. Die war gestern zu nichts mehr zu gebrauchen.«

»Gibt es noch andere Verwandte?«

Hofmann schüttelte den Kopf. »Nein. Die Eltern sind tot, sonst gibt es niemanden.«

Dabei sah er kurz auf die Uhr. Langsam mußten sie los, wenn sie ihr Rendezvous mit dem Gerichtsmediziner nicht versäumen wollten. »Schnappen Sie sich Ihre Jacke«, kommandierte er. »Wir müssen uns auf den Weg machen.«

»Gott sei Dank«, antwortete die Thalbach. »Hat Ihnen schon mal jemand gesagt, daß Sie für Ihre Pfeife einen Waffenschein brauchen?«

»Noch nicht. Ohne was zu nuckeln, kann ich nicht denken.«

»Rauchen Sie auch im Auto?«

Hofmann hatte bereits eine schnippische Antwort auf der Zunge, besann sich dann aber eines Besseren. Schließlich konnte sie ja am allerwenigsten für seine miese Laune. Mit einer kurzen Kopfbewegung deutete er auf die Tür und steckte sein Notizbuch ein.

Den Weg bis zu den Dienstfahrzeugen legten sie schweigend zurück. Im Hof des Präsidiums überreichte Hofmann seiner Kollegin die Autoschlüssel und postierte sich auf der Beifahrerseite. Katharina verdrehte die Augen und pflanzte sich hinter das Steuer.

»Wo geht's lang?« fragte sie, als sie an der Ausfahrt stoppte.

»Zum Bergmannsheil.«

»Das weiß ich. Wie muß ich fahren?«

Hofmann sah auf »Kennen Sie sich hier nicht aus?«

»Nicht besonders. Ich bin erst Samstag in Bochum angekommen.«

»Auch das noch. Links runter, dann wieder links bis zum Nordring. Dann rechts.«

Gehorsam dirigierte sie den Wagen in die angesagte Richtung. Hofmann beobachtete sie unauffällig aus den Augenwinkeln. Daß sie 27 war, sah man ihr beim besten Willen nicht an. Ihre Haut hatte keine Falten, war eher glatt wie ein rasierter Kinderpopo. Ihre braunen Augen zuckten unruhig hin und her, während sie den Wagen sicher durch den Stadtverkehr lenkte.

Nun, nachdem seine erste Überraschung vorbei war, hätte sich Hofmann am liebsten selbst in den Hintern gebissen. Auf allen Lehrgängen hörte man immer wieder, daß es ein großer Fehler sei, Menschen nach dem ersten Eindruck abzustempeln. Bei seiner Arbeit hielt er sich penibel an diesen Grundsatz, aber kaum bekam er eine weibliche Kollegin, ging er hoch wie ein HB-Männchen. Doch sie hatten einen

Fall zu lösen. Dabei war es nebensächlich, mit wem er zusammen arbeitete.

»Haben Sie denn eigentlich schon eine Wohnung?« fragte er versöhnend. »Wenn Sie erst Samstag angekommen sind, kann ich mir das kaum vorstellen.«

Sie schüttelte den Kopf. »Ich wohne noch bei einer Freundin«, erklärte sie. »Ich hab erst vor zwei Wochen erfahren, daß ich nach Bochum komme. Eine Wohnung hab ich in der kurzen Zeit noch nicht gefunden.«

»Was haben Sie denn in Paderborn gemacht? Gleiche Abteilung?«

»Nee, Sitte. Aber in so einem schwarzen Kaff ist ja kaum was los. Mein Versetzungsantrag lief schon lange. Erst sollte ich nach Recklinghausen, da war 'ne Stelle im 1. K frei. War eigentlich schon alles klar, aber dann hat der Chef, Lohkamp heißt der, glaub ich, doch abgewinkt. Er hätte schon genug Quotenfrauen in seiner Abteilung, und 'ne andere Stelle gab's da nicht. Und dann hieß es plötzlich, ich solle nach Bochum.«

Hofmann tippte sie leicht auf den Ellbogen, denn die Alleestraße kam in Sicht. Sie bogen rechts ab.

Bis sie das Bergmannsheil erreicht hatten, herrschte Stille. Thalbach konzentrierte sich auf die ewige Baustelle, während Hofmann sie mit knappen Anweisungen zur Bessemer Straße bugsierte. Dabei musterte er sie wiederholt unauffällig aus den Augenwinkeln.

Schließlich standen sie auf dem Parkplatz des ältesten Unfallkrankenhauses der Welt, wie der großkotzige Prospekt, der in der Eingangshalle auslag, gleich auf der ersten Seite verkündete. In diesem Haus seien schon entscheidende Fortschritte in der Medizin erzielt worden; wieviele Leute hier aber das Zeitliche gesegnet hatten, verschwieg das Heftchen.

Thalbach und Hofmann irrten eine kurze Zeit durch die beachtlichen Gänge des hochmodernen Gesundbrunnens und fanden schließlich den Weg zur Pathologie. Passenderweise lag sie auf der Rückseite, wo sie weniger störend ins Auge fiel.

Brettschneider fühlte sich heimisch, trotz der ungewohnten Umgebung. Einer der Gehilfen hatte den Kripobeamten gesagt, daß der Gerichtsmediziner in einem der Sezierräume sei. Schon bevor sie eintraten, hörten sie sein gutgelauntes Pfeifen.

Hofmann klopfte einmal kurz an die massige Tür und ging dann hinein. Katharina Thalbach folgte ihm, etwas kalkig im Gesicht.

»Guten Tag, Herr Doktor. Ich wollte den Obduktionsbericht holen.«

Brettschneider fuhr auf seinem kleinen Drehhocker herum und legte das halbe Brötchen auf den Schreibtisch. Kauend versuchte er, die letzten Bissen herunterzuschlucken, wobei ihn nicht störte, daß auf einem der beiden Schneidetische noch ein Körper lag.

Thalbach wurde noch blasser. Die Leiche, ein alter Mann um die Siebzig, starrte blicklos an die Decke und schien sich nichts aus den langen Nähten auf seinem Körper zu machen. Auf der Haut war ein ausgefeiltes Schnittmuster zu erkennen.

»Ah, dein Freund und Helfer. Haben Sie heute Verstärkung mitgebracht?«

Hofmann nickte. »Meine Kollegin, Frau Thalbach.«

Der Doc winkte grüßend herüber. »So, mein Lieber, da haben wir ja einen schönen Fund gemacht. So etwas Interessantes hatte ich lange nicht mehr unter dem Messer.«

»War es Mord?« fragte Hofmann automatisch.

»Und wie. Der hat jemand sauber den Schädel gespalten. Wenn die junge Dame nicht eine Woche im Wasser gelegen hätte, wäre sie ein ideales Objekt fürs Lehrbuch gewesen. So kann ich vieles nur erraten.«

Hofmann runzelte die Stirn. »Erzählen Sie erst mal, was Sie wissen.«

Brettschneider schien einen Moment beleidigt die Unterhaltung abbrechen zu wollen, gab aber doch nach. Nach einem weiteren herzhaften Biß in sein Brötchen ließ er die beiden Beamten an seinem Wissensschatz teilhaben.

»Gestorben ist sie vorletztes Wochenende, entweder Samstag abend oder Sonntag morgen, genau ist das nicht festzustellen. Todesursache ist zweifelsohne Ertrinken.«

»Sie sagten doch gerade, der Schädel sei gespalten worden?« erkundigte sich die bleiche Polizistin.

»Schon«, gab der Bayer zu, »aber als sie versenkt wurde, war sie noch nicht tot. Die Lungen, das Herz und die großen, an den Kreislauf angeschlossenen Organe waren voller Wasser. Der Schlag auf den Kopf war zwar ziemlich heftig, aber nicht tödlich. Der Schädelknochen hält einiges aus.«

»Tatwaffe?« fragte Hofmann.

»Keine Ahnung«, mußte der Mediziner passen. »Ein Hammer, ein dicker Schraubenschlüssel, was weiß ich. Wasserleichen haben ihre Tücken.«

»Sie müssen doch an den Wundrändern sehen, ob es eine scharfkantige oder eine stumpfe Waffe war«, regte sich Thalbach auf.

Der Leichenfledderer legte den Kopf ein wenig zur Seite und musterte die Beamtin ausdruckslos. Dann schüttelte er leicht sein Haupt und seufzte. »Entschuldigung, aber Sie haben keine Ahnung. Wenn eine Leiche eine Woche im Wasser gelegen hat, können Sie fast gar nichts mehr erkennen. Die Haut ist zwar noch nicht völlig aufgequollen, aber viel fehlt nicht. Hätten man sie zwei bis drei Tage später gefunden, hätte ich gar nichts mehr erkennen können. Hätten Sie ein wenig Ihre Hausaufgaben gemacht, wüßten Sie, daß eine Unterscheidung zwischen postmortal und intravital eingetretenen Verletzungen überaus schwierig ist. Genausogut kann sie im Wasser gegen einen Stein, einen Pfosten oder einen Pfeiler geknallt sein, Tierfraßspuren verwischen übriges. Wenigstens fahren um diese Zeit auf dem Stausee kaum Boote, wodurch Schiffsschraubenverletzungen beinahe ausgeschlossen werden können.«

Katharina senkte den Blick und biß sich wütend auf die Lippen.

Brettschneider schnaufte hörbar durch. »Jetzt spielen Sie mal nicht die beleidigte Leberwurst. Ich vermute, daß es sich um eine scharfkantige und gleichzeitig stumpfe Waffe handelt.«

Hofmanns Augenbrauen fuhren hoch. »Wie kommen Sie denn da drauf?«

Das Brötchen in Brettschneiders Hand beschrieb einen Riesenkreis, bevor es in der Mundöffnung verschwand.

»Die Art der Verletzung. Der Schlag kam von rechts hinten, von schräg oben. Eine klaffende Platzwunde, dazu ein längerer, winkeliger Abdruck. Bei der histologischen Untersuchung des Schädels habe ich winzige Lack- und Metallsplitter gefunden. Ich wette, daß es sich um ein Werkzeug gehandelt hat. Was genau, kann ich nicht sagen.«

»Na gut«, meinte Hofmann. »Wenn ein Selbstmord ausscheidet, bin ich erst mal zufrieden. Haben Sie den Bericht fertig?«

Brettschneider grinste. »Das Beste hab ich Ihnen ja noch gar nicht erzählt.«

Hofmann und Thalbach sahen interessiert auf.

»Die Frau war schwanger.«

Der Kriminalkommissar spitzte die Lippen und pfiff hörbar die Luft aus seinen Lungen. »Schwanger? In welchem Monat?«

»Im dritten«, erklärte Brettschneider. »Vielleicht war das ganze ja eine konsequente Abtreibung. Neben dem Fötus gleich die Mutter mit entsorgt.«

Thalbach schniefte ärgerlich auf, hielt aber den Mund. Brettschneider hatte immerhin Heimrecht.

»Können Sie eigentlich jetzt noch feststellen, wer der Vater gewesen ist? Theoretisch, meine ich«, erkundigte sich Hofmann.

Brettschneider nickte. »Klar. Ich habe vorsichtshalber schon die notwendigen Proben entnommen. Mit einer DNA-Analyse läßt sich das ohne weiteres feststellen.«

Hofmann tippte an einen imaginären Hut, griff sich den Bericht, den der Arzt auf ein Regal gelegt hatte, und schob Katharina zur Tür. »Ich komme drauf zurück. Auf die DNA-Analyse.«

6.

»Sagen Sie mal, Herr Krause, wie stellen Sie sich das eigentlich vor? Wir sind hier doch kein Obdachlosenasyl.«

Zander kochte. Bereits seit einer halben Stunde versuchte er, dem rotgesichtigen Alkoholiker vor sich klar zu machen, daß ein abgeschlossenes Heim für überflüssige Quartalssäufer in der Nähe von Bad Pyrmont die beste Möglichkeit sei, ihn aus dem Verkehr zu ziehen. Doch dieser Dickkopf dachte nicht daran, sich das Heim auch nur anzusehen.

»Überlegen Sie doch einmal selbst«, fuhr der Sozialarbeiter ruhiger fort. »Wenn Sie wieder entlassen werden, dauert es vielleicht zwei, drei Monate, dann sind Sie wieder hier. Und irgendwann macht Ihr Körper die Sauferei nicht mehr mit.«

Der etwa 70jährige starrte seelenruhig auf den Kalender über Zanders Kopf und drehte sich einhändig eine Zigarette. Erst, als er die Gummierung angeleckt hatte, öffnete er den Mund. »Ich will abba nich wech. Hier gefällt mich dat ganz gut. Warum müßta mich eigentlich entlassen, hä?«

»Dat müssen wa nu ma«, ahmte Ulli ärgerlich den Sprachstil des Alkis nach. »Wir sind hier in einem Krankenhaus. Wenn unsere Ärzte meinen, daß Sie keine Behandlung mehr nötig haben, müssen Sie raus. Oder Sie bezahlen selber dafür.«

Überrascht sah der andere hoch. »Wieso ich?« schnappte er. »Die Knappschaft zahlt doch. Immahin bin ich vasichert.«

»Im Moment ja. Weil Sie noch behandelt und Ihr Körper mal wieder entgiftet werden muß. Aber dann müssen wir Sie entlassen. Herr Krause, wir wollen doch nur das Beste für Sie.« Die hohle Phrase klang selbst in Zanders Ohren lächerlich.

»Männeken, wenna dat wollt, dann laßt mich man hier. Is doch nix schlechtet, wenn ich mich ma die Kirsche zugieß.«

Bevor Ulli die Beherrschung verlieren konnte, griff er hastig nach seinen Kippen. Seit er öfter Karin sah, war er irgendwie auf Filterzigaretten umgestiegen.

»Herr Krause, ich sage Ihnen das nicht gerne. Wissen Sie eigentlich, wie es in Ihrem Inneren aussieht? Die Leber ist schon stark angegriffen, Magengeschwüre haben Sie mehr als ich Löcher in den Socken. Vielleicht können Sie noch zwei, drei Jahre so weiter machen, aber dann zahlt die Knappschaft keine Krankenhausrechnungen, sondern Sterbegeld für Sie. Sie müssen aufhören, sich jeden Abend 'nen Kasten Bier reinzuziehen. Und wenn Sie alleine in Ihrer Wohnung bleiben, schaffen Sie das mit Sicherheit nicht.«

Einen Moment schien sich der Ältere zu besinnen. Unruhig zog er an seiner Fluppe. »Wissen Se eigentlich, dat imma eina vasucht hat, mir zu sagen, wat für mich gut is? Ers inne HJ, dann inne Wehrmacht, dann meine Kumpels vom Pütt, un dann sogar meine Alte zu Hause. Kehr, ich hab üba fümmendreißich Jahre auf'm Pütt malocht, imma unta Tage. Meine Lunge is dabei fast platt gegangen, drei von meine Kumpels sin neben mir gestorben. Und wenn ich mir jetz ma nach der ganzen Scheiße man Pilsken trinken tu, dann heißt dat gleich, lass dat, dat is nicht gut für dich. Männeken, ich lass mich nich mehr sagen, wat für mich gut is, von keinem.«

Die lange Rede hatte den Mann erschöpft. Schweratmend kaute er auf seiner Selbstgedrehten, die ihm nicht mehr schmeckte. Hastig drückte er sie in dem chronisch überfüllten kleinen Aschenbecher auf Zanders Schreibtisch aus.

Ulli fühlte sich unbehaglich, weil er den Mann im Innersten verstand. Trotzdem ließ er nicht locker. »Menschenskind, überlegen Sie doch mal ganz in Ruhe. Was haben Sie denn hier in Bochum? 'ne kleine Wohnung, für die Sie viel zu viel Miete bezahlen, Kumpels, die sich nur mit Ihnen unterhalten, wenn Sie ordentlich was springen lassen. Die Luft ist für Ihre kaputte Lunge auch nicht gerade das Gelbe vom Ei. Sehen Sie sich das Heim doch wenigstens mal in Ruhe an. Wenn es Ihnen nicht gefällt, können wir uns immer noch was anderes überlegen.«

Irgendwie tat ihm das Bündel Mensch vor seinem

Schreibtisch leid. Früher hatte man solche Leute wegen Trunksucht entmündigt, der Vormund hatte ihnen ein Taschengeld von vielleicht 250 Mark im Monat gegeben und sie bei jeder Gelegenheit spüren lassen, daß sie nicht mehr Herr ihrer selbst waren. Heute durfte sich der Vormund Betreuer nennen, aber einen großen Unterschied machte das nicht.

Entgegen seinen sonstigen Gewohnheiten stellte er dem Patienten einen Plastikbecher mit Kaffee vor die Nase und trat eine seiner Aktiven ab. »Herr Krause, ich mach Ihnen 'nen Vorschlag. Am Freitag fahren wir beide nach Bad Pyrmont und sehen uns das Ganze einmal an. Wenn es nichts ist, reden wir noch mal darüber. Und wenn es Ihnen doch gefällt, können Sie wahrscheinlich schon in ein paar Wochen da einziehen. Abgemacht?«

Krause schlurfte in kleinen Schlucken seinen Kaffee und nickte. »Abba ers ma nur gucken«, bekräftigte er.

»Nur ansehen«, versprach Zander.

Wie aufs Stichwort klopfte es an der Tür. Bevor Ulli »Herein« brüllen konnte, schwang sie auf. Ein Mann und eine Frau standen auf der Schwelle und sahen sich neugierig um.

»Herr Zander?« fragte der Mann.

Ulli nickte wortlos, verärgert über die Störung.

»Mein Name ist Hofmann, meine Kollegin Frau Thalbach. Wir kommen von der Kripo.« Dabei zückte er seinen Ausweis.

Ulli wurde nervös. Er scheuchte Krause mit einem »Ich sag Ihnen dann noch Bescheid, wann wir losfahren« von seinem Sitz und stand selbst auch auf. »Was kann ich für Sie tun?«

Thalbach zwängte sich an Hofmann vorbei ins Zimmer und legte ihre Jacke über den kleinen Beistellschrank. Seit ihrem Auftritt in der Pathologie hatten Hofmann und sie nur wenig Worte gewechselt. Da ihr Boß keine Anstalten machte, sich hinzusetzen, zog Katharina den Besucherstuhl heran und ließ sich erschöpft nieder.

Hofmann schloß die Tür hinter Krause und baute sich zu

seiner vollen Größe auf. »Bitte setzen Sie sich wieder, Herr Zander. Wir haben nur einige Fragen an Sie.«

Ulli nickte und plumpste wortlos zurück.

»Herr Zander, ich weiß nicht, ob Sie schon davon gehört haben. Am Freitag abend wurde im Kemnader Stausee die Leiche einer jungen Frau gefunden ...«

Zander krampfte seine Finger um die Armlehne des Bürosessels. Bisher war er noch nicht dazu gekommen, einen Blick in die WAZ zu werfen. Erstens schien der VfL für die zweite Liga sowieso zu stark zu sein, zweitens hatte er ausnahmsweise den ganzen Tag mit Arbeit verbracht. Stumm schüttelte er nur den Kopf.

»Bei der Leiche handelt es sich um Ihre Kollegin, Frau Martina Pielert.«

Die Beamten ließen ihm kaum Zeit, sich zu erholen. Während Ulli leichenblaß den Kopf gegen die geballten Fäuste drückte, hockte sich Hofmann leger auf eine freie Ecke des Schreibtisches.

»Wir haben auf der Station gehört, daß Frau Pielert im selben Haus wie Sie gewohnt hat. Kannten Sie sie eigentlich gut?«

Ulli seufzte hörbar durch. Obwohl er die schlimmsten Befürchtungen gehabt hatte, war er sehr geschockt. »Es geht«, krächzte er. »Hier im Haus haben wir uns kaum gesehen. Gelegentlich ist sie mal auf einen Kaffee heruntergekommen oder ich hab aus Langeweile bei ihr vorbeigesehen. Höchstens drei- oder viermal im Monat vielleicht.«

»Wir hörten, daß Sie einen Schlüssel zu ihrer Wohnung haben«, mischte sich Thalbach ein. »Den hätten wir gerne.«

»Klar«, nickte Ulli und fummelte den Schlüssel von seinem eigenen Bund.

Hofmann hatte ihn während der ganzen Zeit nicht aus den Augen gelassen. »Erzählen Sie doch mal ein bißchen. Wie war sie so, im Privatleben? Hatte sie viele Kontakte, bekam sie Besuch, den ganzen Kleinkram.«

Ulli räusperte sich. Der Kloß war endlich aus seinem Hals verschwunden. »Martina war eine liebe. Freundlich, hilfsbereit, ein bißchen schusselig. Aber eine Seele von Mensch. Freunde hatte sie kaum, soweit ich weiß, bekam sie auch selten Besuch. Höchstens mal jemand aus der Klinik. Wie gesagt, wir hatten auch nicht häufig Kontakt.«

Dabei starrte er verlegen auf seine Fingerknöchel. Daß er und Martina auch was anderes als Halma spielen miteinander verbunden hatte, wollte er den beiden nicht gerade auf die Nase binden.

»Und warum haben Sie dann einen Schlüssel zu der Wohnung?« unterbrach Thalbach seine Gedankengänge.

Zander lachte freudlos auf. »Zweimal mußte sie 'nen Schlüsseldienst rufen, weil sie sich ausgesperrt hatte. Und wenn sie am Wochenende mal frei hatte, ist sie oft zu ihrer Schwester gefahren, irgend so ein Kaff in Norddeutschland. Zeven, glaub ich. Ich hab dann immer Blumen gegossen und durchgelüftet.«

Hofmann nickte. Genau das gleiche hatte die Schwester auch schon erzählt. »Wann haben Sie Frau Pielert das letzte Mal gesehen?« erkundigte er sich dann.

Ulli mußte nicht lange überlegen. »Das war Freitag vor einer Woche. Da hatten wir hier Betriebsfest. Ich hab Martina mitgenommen und irgendwann den Überblick verloren. Hatte am nächsten Tag 'nen gehörigen Kater. Weiß gar nicht, wann sie die Orgie verlassen hat.«

»Nun gut«, entschied Hofmann. »Herr Zander, ich weiß, daß Sie im Moment noch betroffen sind und nur schwer überlegen können. Wir werden uns bestimmt noch einmal bei Ihnen melden. Kann ich Sie hier immer erreichen?«

Ulli nickte und stand auf, während die Polizisten ihre Sachen einsammelten und zur Tür gingen. Erst jetzt fiel ihm eine Frage ein, die er als erstes hätte stellen sollen. »Wie ist das überhaupt passiert? Ein Unfall?«

Thalbach war schon auf dem Flur, von wo aus sie Zander aufmerksam musterte, und Hofmann drehte sich noch einmal um. »Frau Pielert ist ermordet worden. Wir wissen noch nicht genau wie, und schon gar nicht von wem. Aber wir werden es herausfinden.«

Dann folgte er seiner Kollegin auf den Flur und zog die Tür hinter sich zu.

Ulli sank langsam zurück auf seine vier Buchstaben und kippte vornüber, so daß sein Kopf auf den ausgestreckten

Ellbogen landete. Das war doch nicht möglich. Martina Pielert, mit der er recht gut befreundet war, war ermordet worden. An dem Abend, bevor sie verschwand, hatten sie noch bei ihm in der Wohnung sein letztes Paket Spaghetti geteilt und den Rest aus der Lambruscoflasche vernichtet. Sie hatte außergewöhnlich gute Laune gehabt, hatte ihn irgendwann geheimnisvoll angeblinzelt und gefragt, ob er später auch mal eine Familie gründen wollte. Spaßeshalber hatte er geantwortet, er müsse erst sein Orakel fragen. Und jetzt war sie tot.

Hastig schoß er aus seinem Sessel, wobei er den Aschenbecher von der Tischplatte fegte. Die Kippen segelten über seine Auslegeware, fluchend krabbelte er über den Boden und sammelte mit zitternden Fingern den Müll wieder ein. Die Asche verteilte er gleichmäßig auf dem Fußboden. Als er sich beim Aufstehen auch noch den Kopf an der Tischplatte stieß, war es mit seiner Beherrschung vorbei. Das befreiende »Das darf doch nicht wahr sein« hätte bestimmt den Lärm eines Motörheadkonzertes übertönt.

Die Bürotür donnerte hinter ihm ins Schloß. Er mußte einfach raus hier. Termine hatte er heute keine mehr. Durch das Haupttreppenhaus lief er ein Stockwerk nach unten und schlug mehr unbewußt den Weg zur Station Vier ein. Doch das Stationszimmer war leer.

Zander wartete ein paar Minuten, ehe er einen Zettel vom Notizblock riß und Karin bat, ihn abends entweder anzurufen oder sofort vorbeizukommen. Bei der Vorstellung, heute abend möglicherweise alleine in seiner Bude zu sitzen, bekam er eine Gänsehaut.

Nachdem er aus seinem Büro seine Jacke geholt hatte, stürmte er wieder nach unten. Kurzentschlossen schlug er den Weg zum Stadtpark ein, kaufte sich an der Kasse des Tierparks eine Tüte Erdnüsse und pflanzte sich auf eine Bank gegenüber dem Bismarck-Turm. Dabei störten ihn weder der langsam einsetzende Regen noch die spärlich vorbeikommenden Passanten, die entgeistert beobachteten, daß er, statt die Nüsse zu essen, die Schalen in sich hineinstopfte.

»Vielen Dank, Frau Pielert. Ich denke, wir haben jetzt alles. Sie bekommen von uns Nachricht, wenn die Leiche Ihrer Schwester zur Beerdigung freigegeben ist. Sie nehmen sich am besten ein Taxi und fahren in Ihr Hotel. Sie sehen aus, als bräuchten Sie dringend Schlaf.«

Hofmann stand auf und half der Schwester der Toten auf die Beine. Wie er aufgrund der Bilder, die sie mitgebracht hatte und die die Tote im Normalzustand zeigten, beurteilen konnte, sahen sie sich ziemlich ähnlich. Die zwei Jahre Altersunterschied waren nicht zu erkennen.

Als die Frau das Büro verlassen hatte, atmete Hofmann tief durch. Es war schon weit nach siebzehn Uhr, seit sechs war er auf den Beinen. Die Woche hätte nicht besser anfangen können.

»War's das?« erkundigte sich Thalbach. »Oder steht noch was an?«

Bevor er antwortete, zündete Hofmann eine neue Pfeife an. Am liebsten hätte er seine Brocken gepackt und Feierabend gemacht, aber daran war nicht zu denken. »Allerdings. Wir müssen noch die Wohnung unter die Lupe nehmen. Danach geht's dann nach Hause.«

Thalbach starrte ihn an, schluckte aber die Worte, die ihr auf der Zunge lagen, hinunter. Ihren ersten Tag bei der Mordkommission hatte sie sich etwas anders vorgestellt.

Wütend riß sie das Fenster auf und ließ es auf Kippstellung einrasten. Hofmanns Rauchschwaden zogen in die kalte Abendluft.

»Wenn Sie sich unbedingt eine Erkältung holen wollen, bitte, nur zu. Ein Krankenschein ist zur Zeit aber nicht drin!« Hofmann musterte Thalbach belustigt. Schon am ersten Tag fix und fertig.

»Dann machen Sie bitte Ihre Pfeife aus«, fauchte sie aufgebracht. »Diese ständige Qualmerei kann ich nicht ab.«

Einen Moment war die Spannung unerträglich. Hofmann ließ sich endlos Zeit, bis er seine Pfeife auf dem Rand des Aschenbechers ausklopfte. Dabei war jede Freundlichkeit aus seinen Augen gewichen, mit solchen Blicken musterte er sonst nur überführte Schwerverbrecher. »Militante Nichtraucherin, was?«

Die Neue donnerte verärgert einen Ordner auf die Ablage. Hofmanns Bemerkung brachte das Faß zum Überlaufen. »Sparen Sie sich Ihre arrogante Art für Ihren Stammtisch! Ich vertrage Qualm in jeder Form nun mal nicht!«

Hofmann war platt. So einen energischen Ausbruch hätte er ihr nicht zugetraut. »Jetzt kommen Sie mal wieder auf den Teppich!« brauste er auf. »Feministische Egotrips lösen keine Mordfälle. Und genau das haben wir zu tun.«

Thalbach drehte sich ab und starrte aus dem Fenster. »Und genau das werden wir nicht schaffen, wenn Sie mich weiterhin bei jeder Gelegenheit wie eine dumme, überflüssige Pute behandeln. Wenn Sie mich rausekeln wollen, sagen Sie es mir ruhig. Dann sind Sie mich schneller los, als Sie denken.«

Hofmann schüttelte abwehrend den Kopf. Für den ersten Tag hatte sie sich eigentlich recht gut gehalten. Die Zeiten, in denen die Polizei genügend fähige Nachwuchsleute bekam, waren längst vorbei. In fast jedem Dezernat gab es unbesetzte Stellen. Wenn die Thalbach schon nach einem Tag die Brocken wieder hinschmiß, konnten sie lange warten, bis sie Ersatz bekamen. Und vielleicht hatte er einfach Probleme mit ihr, weil sie so unverschämt gut aussah. Privat hätte er sich nämlich nie getraut, sie anzusprechen. Dazu war er zu unsicher.

»Na ja, Ihr Auftritt in der Pathologie war ja wirklich nicht vom allerfeinsten«, lenkt er ein. »Brettschneider ist zwar ein abgehobener Hohlkopf in Weiß, aber um Informationen zu kriegen, muß man den mit Glacéhandschuhen anfassen. Ich weiß das. Jeder hier weiß das. Nur Sie nicht, weil Sie neu sind. Und wenn Sie jedesmal, wenn Ihnen jemand nicht paßt, hochgehen wie eine Rakete, werden Sie in dem Job nicht alt. Kontakte und Informanten bekommen Sie so nicht.«

Thalbach kaute unbehaglich auf ihrem Zahnfleisch. Das Waffenstillstandsangebot war unüberhörbar. Sie wußte nur nicht, ob sie es annehmen sollte.

»Es wäre Ihnen bestimmt kein Zacken aus der Krone gebrochen, wenn Sie mir vorher ein paar Takte gesagt hätten«, beschwerte sie sich, schon erheblich ruhiger. »Verdammt noch mal, als ich heute morgen hier reingekommen bin, hatte ich den Eindruck, als ob Sie mich am liebsten achtkantig wieder hinausgeworfen hätten. Den ganzen Tag haben Sie mich spüren lassen, daß ich hier neu bin. Ihnen hätte das bestimmt auch nicht geschmeckt.«

Hofmann hob abwehrend die Hände. »Mea culpa, mea maxima culpa. Zufrieden, wenn ich Besserung gelobe?«

Thalbach stieß sich mit den Füßen an der Heizung ab und schwenkte wieder in eine Sitzposition, die man von einer deutschen Beamtin erwarten durfte. Sie schaffte sogar ein Lächeln. »Einverstanden. Und das mit der Pfeife war vielleicht ein wenig übertrieben. Aber mir wird davon wirklich schlecht.«

Ihr Kollege zuckte mit den Achseln und verstaute seine Rauchutensilien in einer der Schubladen. »Na gut, aber machen Sie sich auf viel Außendienst gefaßt. Und herzlich willkommen im Team.«

7.

»Sag mal, bleibst du eigentlich vor jedem Schaufenster stehen? Das ist ja fürchterlich.« Ulli war nicht wirklich böse, obwohl Karin ihn schon seit anderthalb Stunden durch die vollgestopfte Bochumer Innenstadt zerrte. Es war kalt, seine Füße taten weh, und sein Magen knurrte wie der eines Bären.

»Stell dich nicht so an«, gab sie gutgelaunt zurück. »Alleine einen Stadtbummel zu machen, ist stinklangweilig. Och, sieh mal, diese Pullies.«

Karin war in ihrem Element. Kurzentschlossen drückte sie Zander ihre beiden Plastiktüten in die Hand und stürzte sich auf den Ständer mit den Sonderangeboten. Ulli kapitulierte.

In dem Gedränge konnte man ja noch nicht einmal in Ruhe eine Zigarette rauchen. Ständig wurde er angerempelt oder zur Seite geschubst. Schließlich platzte ihm der Kragen. Er rief Karin zu, daß er sich eine ruhige Ecke suchen würde und zündete sich ein Lungenbrötchen an.

Bevor Karin ihren Kaufanfall ausgelebt und einen nagelneuen Wollpullover für neununddreißig Mark erstanden hatte, war er bereits bei der zweiten Kippe. Eine neue Plastiktüte landete an seinem Handgelenk, bevor es weiterging.

Nach vier weiteren Geschäften hatte er das Schlimmste überstanden. Karin hatte selbst genug.

Noch hatte die Stadt Bochum die Weihnachtsbeleuchtung nicht angeschaltet, die Sterne, Wolken und Weihnachtsmänner hingen aber schon einsatzbereit über den Einkaufsstraßen. In einigen Kaufhäusern und Geschäften leuchteten schon poppige Tannenbäume und Lichterketten kräftig vor sich hin, damit die Kundschaft bloß rechtzeitig auf den Umsatzwillen der Geschäftsleute hingewiesen wurde. Dabei war es erst Anfang November.

»Hast du irgendetwas zu Essen zu Hause?« fragte Karin. Ihre Wangen leuchteten, und Zander mußte unwillkürlich lächeln.

»Klar. Tiefkühlpommes und gefrorene Rindersteaks aus dem Aldi. Schmeckt echt lecker.«

»Du frißt wohl alles, was dich umbringt, was? Obst und Gemüse kennst du scheinbar gar nicht.«

»Doch«, flunkerte Ulli. »Erst letzten Sonntag hab ich zwei Riesenstücke Appeltorte mit Sahne verdrückt. Und vor drei Wochen sogar 'ne ganze Dose Schnittlauchquark.«

Karin schüttelte angewidert ihre rote Lockenpracht. »Pfui, Deibel. Wird Zeit, daß du mal was Gesundes zwischen die Zähne kriegst. Sonntag koche ich.«

»Was denn?« wollte Zander wissen. »Brennesselsalat auf Zucchiniblättern mit Grünkerncreme?«

Statt einer Antwort klatschte ihm Karin ihre Einkaufsbeutel um die Ohren, wobei ihre Augen allerdings verrieten, daß sie ihm nicht wirklich böse war.

Langsam schlichen sie an den allmählich dünner werdenden Menschenschlangen vorbei Richtung Engelbertbrunnen, warfen einen Blick auf das Programm des Unionkinos und steuerten zielstrebig am Mandragora vorbei, obwohl Zander tierischen Durst hatte. Nach weiteren fünf Minuten standen sie vor seiner Wohnung.

Bevor er morgens aus dem Haus gegangen war, hatte er die Heizung ein wenig angedreht. In den Räumen war es angenehm warm. Schnell hatten sie die eingekauften Sachen neben seiner Garderobe verstaut. Während Zander die Pommes in den Backofen schob und die Steaks für die Pfanne vorbereitete, setzte Karin frischen Kaffee auf. Dann ging sie ins Wohnzimmer und schaltete den Fernseher ein, den Zander aus dem Schlafzimmer herübergestellt hatte. Auf RTL war Comedytime.

Bevor er das Fleisch in die Pfanne legte, brachte Ulli zwei Teller, Besteck und den Brotkorb ins Wohnzimmer. Michael J. Fox bemühte sich verzweifelt, die Fußstapfen Al Bundys auszufüllen Hoffnungslos.

Schließlich füllte er die duftenden Pommes in eine Schüssel, legte die Steaks obendrauf, klemmte sich den Ketchup unter die Achseln und ergab sich seinem Schicksal. Denn Karin amüsierte sich köstlich.

»Muß das sein?« erkundigte er sich genervt.

Karin zuckte die Achseln. »Von mir aus nicht. Ist ja auch eigentlich Blödsinn. Schade, daß diese Quizsendungen jetzt immer vormittags kommen.«

Ulli grunzte lachend auf. »Das war ja noch beklopptер. Walter Freibier stellt als Preis einen siebentägigen Abenteuerurlaub in einem Asylantenheim in Mecklenburg-Vorpommern in Aussicht, während Holland-Harry unter dem Gejohle des alpenländischen Idiotenvereins, Sektion Winsen an der Luhe, eine dralle 18jährige Blondine dazu auffordert, mit ihm einzulochen.«

»Du siehst nicht gerne fern, hm?« fragte sie eher rhetorisch.

»Nee. Und schon gar nicht so eine Scheiße. Das ist doch Volksverarschung«, stieß er verärgert hervor.

»Dem Volk scheint es aber zu gefallen«, gab Karin zu bedenken.

»Ein Volk, das sich Helmut Kohl zum Bundeskanzler wählt, hat wahrscheinlich auch nichts anderes verdient als Harry Schw … äh Harry Wynford und vielleicht noch Graf Porno reitet für Deutschland oder wie der ganze Dreck heißt. Widerlich.«

Dabei schaufelte er sich einen zweiten Berg Pommes auf den Teller, übergoß den Haufen mit Ketchup und baggerte weiter. Karin knabberte den Rest ihres Steaks und schob ihren Teller weg.

»Mir reicht's.«

Ulli sah auf. Die Pommes waren fast unberührt. »Keinen Hunger?«

»Doch. Aber mir ist ein bißchen schwindelig. Und Kopfschmerzen bekomme ich auch. Hast du vielleicht 'ne Tablette da?«

Die letzte Fuhre der Kartoffelstäbchen war vernichtet. Mit dem Handrücken fuhr sich Zander über die Lippen und lehnte sich zurück. »Keine einzige. 'nen Kräuterschnaps kannst du haben. Für den Magen.«

Angewidert verzog sie das Gesicht. »Bloß nicht.«

Zander stellte seinen Teller beiseite und ging in die Diele. Seit er letzte Woche Martinas Einkaufstaschen voller Pillen mit hinuntergenommen hatte, standen sie in der Nische hinter seiner Wohnungstür. Er ging in die Hocke und fing an, darin zu kramen.

Nach kurzer Zeit wurde er fündig. Auf dem Boden der zweiten Tasche, in einer der größeren Flaschen, waren Aspirintabletten. So stand es zumindest in krakeliger Handschrift auf dem Klebeetikett.

»Hier, versuch das mal. Müßte dir eigentlich helfen.«

Karin fing die Flasche auf und drehte den Verschluß ab. Mit rüttelnden Bewegungen ließ sie zwei Tabletten auf ihre Hand kullern. Den Behälter stellte sie achtlos in sein Bücherregal.

»Hast du mal ein Glas Wasser?« bat sie.

Während Karin die beiden Tabletten einnahm, füllte sich Zander Kaffee nach. Dann brachten sie das benutzte Geschirr und die Teller in die Küche.

»Was machst du eigentlich am Freitag abend?« fragte sie, während Ulli sich schon wieder auf die Couch fallen ließ.

»Freitag abend? Hab ich eigentlich noch nichts vor. Warum?«

»Die Simone Remmert hat mich eingeladen, die Kollegin von der Drei. Soll massig zu essen und zu trinken geben.«

»Die? Ist die nicht mit diesem Heini aus der Aufnahme zusammen?«

Karin runzelte die Stirn. »Mit dem Thilo, ja. Hast du was gegen den?«

»Den kann ich nicht ab.«

»Warum? Der ist doch ganz in Ordnung. Außerdem wollte der Ludger Berger auch kommen. Und Michael Karst mit seiner Frau.«

Zander stöhnte auf. Das konnte ja ein lustiger Abend werden. Zwei Gewerkschaftsfunktionäre auf einen Haufen, und die Weltrevolution nahm ihren Gang. Der Sesselpuper aus der Verwaltung konnte ja dazu Protokoll führen.

»Meinetwegen. Wann sollen wir denn da sein?«

»So gegen sieben.«

»Na schön. Laß mir noch 'nen Kaffee übrig, Kind muß mal für große Königstiger.«

Auf Zanders Toilette befand sich immer genügend Lesestoff. Er war einer der genießenden Toilettenhocker, die am liebsten in aller Ruhe im eigenen Gestank saßen, eine Zeitung oder eine Illustrierte, bei längeren Sitzungen auch schon mal ein paar Kapitel eines Buches durchschmökerten. Da er Besuch hatte, begnügte er sich mit einer oberflächlichen Durchsicht der Plattenkritiken aus dem Marabo. Er wusch sich die Hände und trabte wieder ins Wohnzimmer, in dem Karin inzwischen eine Diskothek eröffnet hatte.

Seine kleinen Regalboxen rappelten, die Liveaufnahme des Pariskonzertes der Deep Purple dröhnte, daß die Scheiben wackelten. Karin lächelte reichlich dämlich und führte zu Black Night einen staksigen Regentanz auf. Dabei imitierte sie ziemlich untalentiert Richie Blackmore an der Sologitarre.

Einen Moment starrte Ulli ungläubig auf die Szene vor ihm. Karin hatte während ihrer Einlage beide Kaffeetassen auf dem Tisch umgestoßen, die braune Brühe sickerte von der Tischdecke auf seine helle Auslegeware. Der Zuckerstreuer lag auf der Sitzfläche seines Ohrensessels, die Kondensmilch stand, mit der Öffnung nach unten, in seiner Yucca-Palme.

Als Karin ihn sah, stieß sie einen freudigen Schrei aus und stürzte auf ihn zu. Ihre Arme flogen um seinen Hals, ihre Lippen drückten ihm einen feuchten Kuß auf die Wange. Dann begann sie, ihn ebenfalls herumzuschleudern.

Zander bekam es mit der Angst zu tun. Mit einem Kraftakt befreite er sich aus ihrer Umklammerung und versuchte sie festzuhalten, aber mit einer schnellen Drehung war sie einen Schritt zur Seite ausgewichen. Sie sagte irgend etwas, was aber im Lärm der einsetzenden Gesangsstimme Ian Gillans unterging. Als er nicht reagierte, huschte sie aus dem Raum und verschwand in seinem Schlafzimmer.

Als erstes drehte er die Musik leiser und breitete eine Zeitung über die Kaffeeflecken. Er war stocksauer, so schweinisch benahm er sich noch nicht mal mit zweikommafünf Promille. Wütend stellte er die Tassen wieder auf den Tisch, feudelte den Zucker von seinem Sessel und klaubte die Milchdose aus der Pflanze. Er hoffte, daß die Yucca an der Milchdröhnung nicht zugrunde gehen würde. Dann steuerte er ebenfalls das Schlafzimmer an, in dem Karin die Tür hinter sich zugeschlagen hatte.

Sein Wutausbruch blieb ihm im Halse stecken. Karin hockte auf seinem Bett, nur noch mit einem Slip bekleidet. Ihre restlichen Klamotten lagen im ganzen Zimmer verstreut, ihr BH hing über der Nachttischlampe. Als er in der Tür stand, sprang sie aus dem Bett und warf sich wieder an seinen Hals. Diesmal blieb es nicht bei einem Kuß auf die Wange, ihre Zunge suchte sich einen Weg in seinen Mund, ihr Becken preßte sich gegen seinen Unterleib. Ulli wußte nicht, wohin mit seinen Händen.

»Verdammt noch mal, was ist denn mit dir los?« fragte er unsicher, als sie eine Atempause einlegte. Eine Antwort bekam er nicht, stattdessen schubste sie ihn auf die Matratze.

»Du bist ja wahnsinnig geworden. Hast du meine Flasche Tequilla gefunden?«

Wieder bekam er keine Antwort. Karin warf sich auf ihn und fing erneut an, ihn zu küssen.

Seit seinem Ausrutscher mit Martina Pielert vor knapp drei Monaten war bei Zander Enthaltsamkeit angesagt gewesen; unter anderen Umständen wäre er zu einem Nahkampf, wie Karin ihn offenbar plante, sofort bereit gewesen. Aber das Mädchen über ihm wußte offenbar überhaupt nicht, was sie tat.

Das wurde ihm nachdrücklich klar, als Karin plötzlich mit der Küsserei aufhörte und dafür begann, zu würgen und zu schlucken. Ehe er kapierte, was da vorging, hatte sie sich schon übergeben.

Es war faszinierend, wieviel in einen menschlichen Magen hineinpaßt. Auf Ulli und seiner Matratze bildete sich ein kleiner See aus Nahrungsbrocken und Magenflüssigkeit; als das Verdauungsorgan leer war, spuckte Karin Galle. Tränen schossen ihr aus den Augen, ihr Körper begann schmerzhaft zu zucken.

Zanders Reaktionen setzten wieder ein. Vorsichtig glitt er unter ihr weg und legte sie lang ins Bett. Dann raste er ins Badezimmer, zog einige Handtücher ins Waschbecken, um sie mit kaltem Wasser vollaufen zu lassen. In sein Zahnputzglas ließ er ebenfalls kaltes Wasser laufen. Etwas Besseres fiel ihm nicht ein.

Als er zurückkam, hatte sich Karin ein wenig beruhigt. Die Kotzerei war vorbei, die Zuckungen hatten aufgehört. Schluchzend hatte sie sich auf dem Bett zusammengerollt. Zander legte ihr die Handtücher um den Hals und die Schultern. Mit der rechten Hand stützte er behutsam ihren Kopf und gab ihr einen Schluck zu trinken. Sie sah ihn mit wirren Augen an, als hätte sie ihn noch nie zuvor gesehen.

Seit seinem letzten Erste-Hilfe-Kurs waren ein paar Jahre vergangen. Zander vermutete, daß er ihren Kreislauf in Gang bringen mußte. Behutsam half er ihr aufzustehen und bugsierte sie ins Badezimmer, wo er sie unter die Dusche stellte. Kraftlos hing sie an seinen Schultern. Mit dem rechten Arm hielt er ihren schlaffen Körper fest, während er mit der anderen Hand das Wasser andrehte. Als die Temperatur lauwarm war, stellte er sie und sich selbst in den Wasserstrahl.

Er spürte, wie ihr Atem ruhiger wurde. Nach etwa zehn Minuten drehte er das Wasser ab und ließ sie langsam auf den Boden der Duschtasse sinken. Karin war eingeschlafen.

Pudelnaß stieg er aus der Dusche, streifte seine Klamotten vom Leib und rubbelte sich trocken. Die Sachen landeten gleich in der Waschmaschine, aus seinem Kleiderschrank klaubte er einen Jogginganzug. Dann ging er zurück ins Schlafzimmer.

Ulli zog die Bettwäsche ab, die sich ebenfalls sofort in der Waschmaschine wiederfand. Die Matratze hatte zum Glück nichts abbekommen. Schnell hatte er neue Bettwäsche aufgezogen, dann sammelte er Karins Kleidung ein und legte sie über seinen Schaukelstuhl.

Das Mädchen schlief immer noch, sie mußte völlig erschöpft sein. Mit einem Waschlappen wischte er die letzten Reste des Erbrochenen vom Körper, zog sie aus der Dusche und trocknete sie ab. Widerwillig schlug sie die Augen auf und murmelte Unverständliches. Ulli hatte das Gefühl, daß sie gar nicht wußte, was um sie herum passierte.

Schließlich trug er sie zurück ins Schlafzimmer und legte sie in das frisch bezogene Bett. Karin schlief sofort wieder ein.

Etwa fünf Minuten blieb er auf der Bettkante sitzen, aber ihr Anfall oder was immer es war, war vorbei. Ihr Atem ging ruhig und gleichmäßig, nur gelegentlich brabbelte sie im Schlaf vor sich hin. Erst jetzt begannen seine Knie zu zittern.

Erschöpft ließ er sich im Wohnzimmer auf die Couch fallen und zündete sich gierig eine Zigarette an. Nach jedem zweiten Zug sah er besorgt um die Ecke, aber Karin schlief weiter.

Nachdenklich drückte er sich mit einem frischen Kaffee in die Sofaecke und starrte aus dem Fenster. Einmal hatte er den Epilepsieanfall eines Klinikpatienten erlebt; Karin hatte ähnlich reagiert, aber Epilepsie war es bestimmt nicht. Die Kotzerei sprach für einen verdorbenen Magen, die euphorische Stimmung zuvor eher für einen konsequenten Alkoholmißbrauch. Da er das gleiche wie sie gegessen hatte, schied eine Lebensmittelvergiftung wohl aus, zumal die Symptome nicht so plötzlich aufgetreten wären. Und Alkohol hatte sie auch nicht getrunken. Einen Moment überlegte er, einen Arzt zu rufen, doch es schien ihr ja wieder besser zu gehen.

Als der Kaffee restlos vernichtet war, begann er mit den Aufräumarbeiten. Ulli kam noch immer nicht über das Geschehene hinweg. Er mochte Karin, mochte sie sogar sehr. Und plötzlich verwüstete diese angenehme Person fast seine Wohnung, stürzte sich wie eine gut bezahlte Prostituierte auf ihn und verwandelte sein Bett inklusive Inhalt in eine Klärgrube.

Alle zwanzig Minuten sah er nach ihr, aber Karin schien sich offensichtlich zu erholen. Sie schlief tief und fest, ihre Gesichtsfarbe war leicht rosig. Wecken wollte er sie nicht, der Schlaf konnte ihr nur gut tun.

Ulli kramte die Wolldecke aus seinem Schrank, klemmte sich auf die Couch und stülpte den Kopfhörer über die Ohren. Die weichen Klänge von André Hellers Narrenliedern verfehlten ihre beruhigende Wirkung auch dieses Mal nicht. Während Heller von seinem idealen Park träumte, schlief Zander ein.

Das Rauschen im Kopfhörer weckte ihn schließlich. Zander fuhr hoch. Seine Armbanduhr zeigte auf viertel nach zwölf.

Ulli zerrte die Hörmuscheln vom Schädel, schaltete die Anlage aus und ging noch mal zur Toilette. Da aus dem Schlafzimmer leise Schnarchgeräusche zu hören waren, stellte er sich seinen Wecker auf den Wohnzimmertisch, klopfte die beiden Sofakissen zurecht und legte sich wieder hin.

Nach einigem Hin- und Herwälzen fiel er wieder in einen unruhigen Halbschlaf. Seine Füße waren bitterkalt, weil die Wolldecke nur bis knapp unterhalb der Knie reichte, die alten Sprungfedern in den Sitzen drückten erbarmungslos in sein Rückgrat. Die Lehne unter den beiden dünnen Kissen fühlte sich steinhart an. Mehr als ein Dämmern war in dieser Position wirklich nicht möglich.

Plötzlich polterte in der Wohnung über ihm etwas auf den Fußboden. Zander fuhr erschrocken hoch und lauschte. Tatsächlich, von oben hörte er leise Schritte und sogar ein gedämpftes Gemurmel.

Ulli bekam es mit der Angst zu tun. Er hatte sich an die Stille über ihm gewöhnt. Daß nun mitten in der Nacht aus der Wohnung einer Toten Geräusche zu hören waren, konnte er sich überhaupt nicht erklären.

Lautlos kroch er von seinem Sofa, schlüpfte in die Jogginghose und die Pantoffeln und schlich vorsichtig zur Wohnungstür. Durch den Spion lugte er vorsichtig in den Hausflur. Dort war alles dunkel. Behutsam zog er den Schlüsselbund aus dem Türschloß, öffnete und ging mit klopfendem Herzen, Schritt für Schritt durch den dunklen Hausflur nach oben. Je näher er der Wohnung seiner ehemaligen Nachbarin kam, umso deutlicher konnte er Schritte und Stimmengewirr ausmachen. Zander vermutete, daß sich zwei Personen in der Wohnung aufhielten. Als er nur noch zwei Stufen zu bewältigen hatte, hörte er deutlich eine tiefe dunkle Stimme, der ein aufgeregtes Flüstern antwortete.

Zander handelte, ohne nachzudenken. Hätte er eine solche Szene in einem Krimi gesehen, hätte er wahrscheinlich kopfschüttelnd über die Dummheit des Typen im Treppenhaus umgeschaltet. Durch den Spion der Tür konnte er vom Inneren der Wohnung nichts erkennen, die Diele lag im Dunkeln. Ulli holte seinen Schlüsselbund aus der Hosentasche, um aufzuschließen. Seine Finger zitterten so sehr, daß das Metall seinem Griff entglitt. Mit einem lauten Klirren platschten die Schlüssel auf den Steinboden des Hausflures. Erst jetzt fiel ihm ein, daß er den Schlüssel zu Martinas Wohnung gar nicht mehr hatte.

Ulli war wie paralysiert. Mit großen Augen starrte er angestrengt in die Dunkelheit nach unten, um den Schlüsselbund auszumachen. Hinter Martinas Wohnungstür waren schnelle Schritte zu hören. Mit einem Ruck wurde die Tür aufgerissen.

Erschrocken blinzelte Zander gegen das Dielenlicht, das nun angeschaltet war. Bevor er zu einer Reaktion fähig war, krachte eine geballte Faust mitten in sein Gesicht.

Zander fiel rücklings auf den Steinboden, während der Schläger ihm noch einen Tritt in den Magen verpaßte. Dann sprang er über den angeschlagenen Sozialarbeiter hinweg die Treppe hinunter.

Ächzend richtete sich Zander auf, achtete dabei nicht auf

das Blut, das heiß aus seiner Nase floß. Der Einbrecher war bereits gute anderthalb Stockwerke unter ihm. Zander zog sich am Treppengeländer nach oben und nahm die Verfolgung auf. In seinen Schlappen kam er natürlich nicht so schnell vorwärts, trotzdem nahm er immer zwei Stufen auf einmal. Er hörte, wie die Haustür aufgerissen wurde und sich der andere hastig entfernte. Die letzten Treppenstufen überwand Zander mit einem Satz und knallte mit dem linken Ellbogen hart gegen die Haustür. Fluchend stürmte er auf den Gehweg. Auf der Bessemerstraße erkannte er den Schatten des Schlägers, der olympiareif Richtung S-Bahnhof rannte. Zander wetzte hinterher, wußte aber, daß er keine Chance hatte. Der Abstand zwischen ihm und dem Gangster wurde immer größer.

Schließlich gab er auf, keuchend preßte er die Handflächen auf die Knie und schnaufte kräftig durch. Erst jetzt spürte er die Anspannung, das ausgestoßene Adrenalin zeigte Wirkung. Mit zitternden Beinen trat er den Rückweg an.

Undeutlich sah er plötzlich einen weiteren Schatten aus der Haustür treten. Der Mann hatte zwei Einkaufstaschen in der Hand und sprang hastig in einen nachtschwarzen Porsche. Der Motor heulte auf, mit quietschenden Reifen schoß das Gefährt davon. Zander war noch etwa dreißig Meter von der Haustür entfernt. Von der Autonummer erkannte er nur die ersten beiden Buchstaben: DO für Dortmund, die letzte Zahl des Kennzeichens war eine Vier. Der Rest blieb ein Geheimnis.

Die zweite Stimme in Martinas Wohnung hatte er in der Aufregung völlig vergessen. Während er wie ein Idiot hinter dem Schläger hergewetzt war, hatte der andere alle Zeit der Welt gehabt, um in Ruhe den Tatort zu verlassen.

Fröstelnd beeilte sich Ulli, wieder in seine Behausung zu gelangen. Die beiden Taschen, die der zweite Mann mit sich geschleppt hatte, waren ihm sehr bekannt vorgekommen.

Hastig stürmte er die Treppen nach oben. Seine Wohnungstür stand offen. Bevor er nach oben gegangen war, hatte er sie zwar nicht geschlossen, aber angelehnt. Mit einer bösen Vorahnung stürzte er in seine Diele.

Dort, wo er die beiden Einkaufstaschen seiner toten Nachbarin hingestellt hatte, war nichts mehr. Die beiden Einbrecher hatten es also auf die Taschen abgesehen gehabt. Mit einem Ruck stieß Zander die Tür zu seinem Schlafzimmer auf. Karin hatte von all dem nichts mitbekommen. Leise schnarchend lag sie auf dem Bett.

Ulli griff zu seinem Telefon und wählte die Eins-Eins-Null. Der Beamte am anderen Ende nahm seine Meldung auf und versprach, jemanden vorbeizuschicken. Erst dann ging Zander in sein Badezimmer und wusch sich das Blut aus dem Gesicht. Am schlimmsten hatte es seine Schläfe erwischt, die Gesichtshaut war abgeschrabbt. Soweit Ulli fühlen konnte, war das Nasenbein noch in Ordnung.

Als eine halbe Stunde später eine Streife auftauchte, sah er schon wieder halbwegs menschlich aus, abgesehen von der dicken Schwellung, die sein Gesicht verunzierte.

8.

»Verdammter Mist, ich bin doch kein Mediziner.«

Wütend pfefferte Hofmann den Obduktionsbericht auf den Schreibtisch und griff zu Pfeife und Tabaksbeutel. Erst im nächsten Moment dachte er an seine nichtrauchende Kollegin.

Thalbach lächelte nachsichtig, stand auf und riß das Fenster sperrangelweit auf. Ausnahmsweise schien draußen mal die Sonne, und die Temperaturen waren erträglich.

»Was gibt's denn?« erkundigte sie sich teilnahmsvoll. Seit der Diskussion am Montag abend waren sie etwas freundlicher zueinander. Gestern, am Dienstag, hatten sie sogar den ganzen Tag zusammen verbracht, ohne sich einmal anzuschnauzen.

»Dieser Brettschneider. Sehen Sie selbst.«

Neugierig griff sich Thalbach den Obduktionsbericht und begann zu blättern. Schon nach den ersten Seiten mußte sie lachen.

Darüber, wie man mit Leichen umzugehen hatte, existierten bei der Polizei genaue Verordnungen inklusive eines Arbeitsplans, welche Stelle was zu tun hatte. Brettschneider verstand sich hingegen als Allrounder. Als einziger Gerichtsmediziner westlich des Urals hatte er alle vorformulierten Fragen, die jeden Neuling beim Auswendiglernen zur Verzweiflung trieben, in seinem PC abgespeichert und arbeitete sie Punkt für Punkt ab. Die ersten vier Seiten des Obduktionsberichts Pielert behandelten Fragen wie zum Beispiel, ob im vorhinein genügend Kartenmaterial im Maßstab 1:25000 besorgt und ob der Inhalt des Einsatzkoffers nach dem letzten Einsatz ergänzt worden war, ob Ausweichfunkkanäle vereinbart worden waren, ob der Ablaufkalender mit den laufenden Ergänzungen zur Uhrzeit, dem Datum, dem Sachverhalt in Stichworten etc. geführt und ob die Staatsanwaltschaft benachrichtigt und ein Js-Aktenzeichen vergeben worden war und so weiter. Zu jedem Punkt hatte Brettschneider das gleiche vermerkt: *Unbekannt*.

Interessant wurde es erst auf Seite fünf. Der Doc kam hier zu den am Fundort ergriffenen Maßnahmen und beschrieb, daß die Lebensprobe am Opfer negativ verlaufen und eine Befragung mangels Vitalität des Opfers nicht möglich gewesen war. Wäre die Sache nicht so bitterernst gewesen, Thalbach hätte sich totgelacht. Dann endlich hatte sich Brettschneider dazu durchgerungen, etwas Brauchbares in den Bericht zu schreiben. Seine Ausführungen zur Leichenbehandlung waren so ausführlich und spannend wie ein Courts-Mahler Roman. Erst der eigentliche Verlauf der Obduktion war für die ermittelnden Beamten von Bedeutung.

... durch die relativ geringe Weichteildecke unterhalb der Haut des Kopfes kam es zu einem stempelartigen Abdruck des Tatwerkzeuges. Demnach handelt es sich um einen länglichen, vermutlich metallischen Gegenstand mit einer Art gezackten Kranz am Ende. Auf die metallische Konsistenz läßt sich aufgrund aufgefundener, winziger Lacksplitter schließen, Farbe dunkelblau. Durch den Schlag resultierend, ergab sich bei dem untersuchten Objekt eine große Anzahl von Hämatomen ...

Thalbach kämpfte sich tapfer weiter, der Rest des Berichtes bestand überwiegend aus medizinischen Fachausdrücken. Aber schließlich hatte sie kapiert, daß Martina Pielert letztendlich ertrunken war. Der Schlag auf den Kopf hatte das Opfer nur bewußtlos gemacht.

»Mein Gott, schreibt der immer solche Romane? Das ist ja fürchterlich.«

Hofmann seufzte, schon wieder etwas ruhiger. Seine Pfeife tat ihm gut. »Immer. Daran werden Sie sich gewöhnen müssen.«

Sein Schreibtisch sah eindrucksvoll chaotisch aus. Hofmann flüchtete sich immer, wenn er keine Ahnung hatte, in diese schöpferische Kreativität. Martina Pielert war jetzt seit etwa zweihundertsechzig Stunden tot, und sie wußten noch immer so gut wie gar nichts.

»Also los«, munterte Hofmann seine Kollegin auf. »Einfach mal auf den blauen Dunst. Was denken Sie über den Fall?«

Dabei ertappte er sich dabei, wie er schon wieder seine Augen unauffällig über die Polizistin gleiten ließ. Die hautengen Leggins mit dem entsprechenden Oberteil in hellgrau waren für diese Jahreszeit eigentlich zu dünn.

Katharina beugte sich ein wenig weiter vor und runzelte die Stirn. »Um ehrlich zu sein, ich tappe noch völlig im Dunkeln. Im Moment tippe ich noch am ehesten auf einen in Panik verfallenen Liebhaber, der auf keinen Fall Vater werden wollte. Im Krankenhaus war die Pielert zwar beliebt, einen großen Freundeskreis hatte sie aber nicht. Nirgends der Ansatz für ein mögliches Motiv. Bis auf die Schwangerschaft. Ich denke, wir sollten da nachhaken.«

Hofmann kaute gedankenverloren auf seinem Kugelschreiber. Genau das gleiche hatte er sich auch überlegt.

»Meine Meinung«, stimmte er zu. »Die Pielert hat so unauffällig gelebt, daß es schon fast polizeilich hätte verboten werden sollen. Sehen Sie sich nur den Lebenslauf an. Realschulabschluß mit sechzehn, ein Jahr gar nichts gemacht, ein Jahr Krankenpflegevorschule, dann Ausbildung zur Krankenschwester. Drei Jahre in Bremen im Rot-Kreuz-Krankenhaus gearbeitet. Dann nach Bochum gewechselt. Keine Kontakte mehr nach Norddeutschland, nur noch zu ihrer Schwester. Das ist doch gar nichts.«

Resignierend beförderte Hofmann die Unterlagen in sein Ablagekörbchen. Die Informationen waren das Papier nicht wert, auf dem sie standen.

Thalbach kratzte sich nachdenklich die rechte Ohrmuschel. »Was hat die eigentlich hier in Bochum gemacht?«

»Hm?« erkundigte sich Hofmann nicht gerade geistreich.

»Ich meine, warum kommt so eine graue Maus aus dem Norden, die außer ihrer Arbeit offensichtlich keine Interessen hat, ausgerechnet in das Ruhrgebiet? Stellenmangel in der Krankenpflege gibt es nirgendwo, die hätte genausogut auch in Bremen bleiben können. Mehr verdienen konnte sie hier auch nicht. Warum also?«

Hofmann gestand sich ein, daß die Frage gar nicht so dumm war. »Keine Ahnung. Haben sich die friesischen Kollegen am Telefon eigentlich ein bißchen ausführlicher geäußert, als sie es per Fax getan haben?« Für Hofmann war scheinbar alles nördlich von Münster schon Nordseeküste.

Thalbach zuckte die Achseln, holte aber noch einmal ihre Notizen, die sie gestern abend nach dem Telefonat mit den Bremer Kollegen gemacht hatte, hervor. »Vielmehr nicht, obwohl die Kollegen scheinbar gründlich gearbeitet haben. Die Pielert war ein völlig unbeschriebenes Blatt, keine Vorstrafen, noch nicht mal ein Knöllchen wegen Falschparken. Zu der alten Arbeitsstelle hatte sie kaum noch Kontakte, nur mit einer Kollegin scheint sie gelegentlich noch telefoniert zu haben. Die beiden haben zusammen ihre Ausbildung gemacht.«

»Haben wir den Namen?« fragte Hofmann.

Thalbach blätterte ein wenig.

»Ja, hier, Angelika Reichert. Arbeitet angeblich immer noch in Bremen. Polizeilich bisher auch noch nicht in Erscheinung getreten.«

Durch seinen Pfeifenqualm starrte der Kriminalkommissar unbehaglich auf das Foto der Ermordeten. Martina Pielert lächelte ihn aus einem hübschen, von langen, schwarzen Haaren eingerahmten Gesicht fröhlich an. Je länger er das Bild betrachtete, umso mehr wünschte er sich, die Frau gekannt zu haben, sich einfach mal mit ihr zu unterhalten, um sie zu fragen, wer einen Grund haben könnte, sie umzubringen.

Seine Hoffnung, eventuell einen ausgeflippten Sexualmörder suchen zu können, hatte sich nach dem Obduktionsbericht erledigt. Eine Vergewaltigung hatte nicht stattgefunden, ihre schöne Kartei mit einschlägig bekannten Personen konnte im Aktenschrank weiterschlummern. An der Toten war neben der Schwangerschaft und der Kopfverletzung nichts Besonderes gefunden worden.

»Wie tief ist eigentlich dieser Stausee?« fragte er unvermittelt.

Thalbach sah überrascht auf. »Vielleicht zwei oder drei Meter. Warum?«

»Wie wurde die Tote versenkt? Wasserleichen bekommen verdammt schnell Auftrieb. Der Mörder muß doch gehofft haben, daß die Leiche erst so spät wie möglich gefunden wird. Es gibt doch bessere Möglichkeiten, eine Leiche verschwinden zu lassen, als sie im Stausee zu versenken.«

»Vielleicht eine Kurzschlußhandlung«, vermutete seine Kollegin. »Geplant war der Mord sicher nicht. Ich denke, daß die Tat in der Nähe des Stausees passiert ist. Dann war es besser, das Nächstliegende zu wählen, als mit der Toten im Auto durch die halbe Stadt zu rasen, um einen anderen Platz zu finden.«

»Wahrscheinlich war es so«, stimmte Hofmann zu. »Aber wie blieb die Tote fast eine Woche unter Wasser? Wenn die Tat tatsächlich nicht geplant war, mußte der Täter improvisieren. Überlegen Sie mal, Kollegin, was hätten Sie gemacht? Sie sind in der Nähe des Stausees, haben einen Menschen getötet und wollen die Leiche verschwinden lassen. Was machen Sie?«

Die ›Kollegin‹ grübelte nicht lange. »Beschweren. Und wenn ich nichts Passendes dabei habe, besorge ich mir was.«

Hofmann konnte sein zufriedenes Grinsen nicht unterdrücken. Sie dachten wirklich ähnlich.

»Wenn wir jetzt ganz viel Glück haben, sind wir gleich 'nen Schritt weiter. Ich geh mal eben bei den Kollegen vom Einbruch vorbei. Vielleicht haben die was für uns. Setzen

Sie in der Zwischenzeit 'nen neuen Kaffee auf?« Nach einer kleinen Pause fügte er hinzu: »Ist auch nicht diskriminierend gemeint.«

Am Montag hätte er diesen Satz wahrscheinlich nur mit mittelschweren Verletzungen überlebt. Aber nun hatte sich die Lage entspannt. »Geht klar«, antwortete Thalbach nur. Dabei schmunzelte sie sogar.

Als Hofmann das Büro verlassen hatte, atmete sie auf. Die Katastrophe, die sie vor ihrem Dienstbeginn hier in Bochum erwartet hatte, war nur teilweise eingetreten. Sie hatte gewußt, daß es für sie schwer sein würde, wenn sie als relative Anfängerin in ein männerbeherrschtes Dezernat kam. Westhoff, dieser Schmierkopp, hatte sie, als sie sich am Montag morgen bei ihm gemeldet hatte, so abschätzend taxiert, als ob er am liebsten gleich im Büro über sie herfallen würde. Die anderen Kollegen aus dem 1. K, die mit fadenscheinigen Begründungen ständig in den Raum geplatzt waren, um mal einen Blick auf sie zu werfen, waren genauso schlimm. Und dann noch dieser Hofmann. Wenigstens riß der sich jetzt zusammen. Vertrauen hatte sie aber immer noch nicht zu ihm.

Seufzend stand sie auf und setzte frischen Kaffee auf. Als sie gerade das Pulver in den Filter schauffelte, klingelte das Telefon. Thalbach nahm den Hörer ab und meldete sich.

Der Hörer lag kaum wieder auf der Gabel, da stürmte Hofmann ins Zimmer. In seinem Gesicht lag Triumph. »Hab ich's doch gewußt«, jubelte er. »Hier.« Dabei hielt er ihr den Bericht der Kollegen vom Bruch unter die Nase.

Sie hatten ins Schwarze getroffen. In der Nacht vom Freitag auf Samstag vor einer Woche, in der Tatnacht also, war in dem Gerätehaus der DLRG direkt auf dem Ufergelände des Sees eingebrochen worden. Dabei war ein Außenbordmotor und ein Segeltau entwendet worden.

Hofmann ließ sich zufrieden in seinen Sessel fallen. »Es kommt noch besser. Die Kollegen vom Erkennungsdienst haben jede Menge Fingerabdrücke gefunden, vielleicht ist unser Mann dabei. Und das Tollste ist ...«

Thalbach sah aufmerksam herüber. So gefiel ihr dieser Hofmann. »Was?«

»Gestern abend hat es einen weiteren Einbruch gegeben. In die Wohnung von Martina Pielert.«

Thalbach war platt. »In die Wohnung von der Pielert?«

Hofmann nickte. »Genau. Und raten Sie mal, wer das gemeldet hat.«

Einen Moment runzelte sie die Stirn. Dann leuchteten ihre Augen auf. »Zander.«

»Stimmt. Ganz koscher ist dieser Einbruch nicht. Die Tür wurde nicht aufgebrochen, keine Beschädigung am Schloß. Die Bude selbst wurde durchwühlt, aber wie dieser Zander den Kollegen erklärt hat, ist nach seinem Eindruck nichts außer einem Haufen Pillen und Tabletten gestohlen worden. Eigenartig, nicht wahr?«

»Medikamente?«

Hoffmann zuckte die Achseln. »Ziemlich merkwürdig. Glaube kaum, daß sie sich Arbeit mit nach Hause genommen hat. Und laut Zander müssen das zwei Einkaufstaschen voll gewesen sein.«

Die Beamtin riß die Augen auf. »Vielleicht sind diese Pillen der Schlüssel, den wir suchen. Und wieso wußte Zander, daß die Pielert diese Menge in ihrer Wohnung hatte?«

»Hatte sie ja gar nicht. Die standen bei ihm.«

Mit diesen Worten reichte Hoffmann ihr die Abschrift des Protokolls der Kollegen vom Bruch.

»Da stimmt was nicht«, überlegte Katharina nach der Lektüre. »Könnte Zander etwas mit dem Mord zu tun haben?«

Hofmann runzelte die Stirn. Seine Euphorie über den winzigen Fortschritt legte sich wieder. »Schwer zu sagen. Eigenartig benommen hat er sich ja. So, als habe er ein schlechtes Gewissen. Fanden Sie nicht auch?«

Die Antwort kam erst nach einer kurzen Pause. »Eigentlich ja. Obwohl meiner Meinung nach ein Mord einige Nummern zu groß für den ist. Sollen wir dem trotzdem auf den Zahn fühlen?«

»Kann nicht schaden«, erklärte Hofmann. »Ich seh mal zu, was ich über ihn rauskriege. Haben wir eigentlich schon die Kopien der Personalakte aus der Psychiatrie bekommen?«

»Waren heute morgen in der Post. Wie teilen wir uns auf?«

»Ich kümmer mich um Zander. Sie sehen sich erst mal die Personalakte durch. Dann kann ein Blick in die Finanzen der Toten nicht schaden. Die Bankverbindung müßte eigentlich in der Personalakte stehen. Klären Sie das mal ab, und besorgen Sie sich eine Vollmacht. Dann sehen Sie zu, daß Sie den Gynäkologen der Pielert finden. Vielleicht weiß der ja was über den Vater.«

Hofmann schnappte sich die Personalakte, die auf Thalbachs Schreibtisch lag. Nach kurzem Blättern warf er die Akte wieder dahin, wo er sie herhatte.

»Da steht auch was von einer Nebentätigkeit drin. Klären Sie das auch mal ab.«

Der Kripobeamte fühlte sich entschieden besser als noch gestern abend. Endlich hatten sie etwas, womit sich arbeiten ließ.

Thalbach verschränkte die Arme vor der Brust und grinste ihn an. Fragend sah er auf.

»Bevor ich es vergesse«, erklärte sie fröhlich. »Gerade hat Ihre Mutter angerufen. Sie können Ihre Wäsche abholen, sie sei fertig gewaschen und gebügelt. Und ob sie am Freitag abend wieder zum Essen vorbeikommen. Fräulein Rebecca wird auch da sein.«

Hofmann lief knallrot an. Das hatte ihm gerade noch gefehlt.

In den nächsten Stunden kamen sie gut voran. Hofmann hatte nach etlichen Telefonaten alle Informationen, die über Zander zu bekommen waren, zusammen; Thalbach und er kamen sich höchstens am Telefon in die Quere. Sämtliche Gynäkologen in Bochum anzurufen war auch keine dankbare Aufgabe. Kurz vor Feierabend wurde auch Katharina fündig geworden. Der Frauenrzt erwartete sie am nächsten Morgen, direkt danach konnten sie zur Sparkasse am Schauspielhaus fahren. Dort hatte die Pielert ihr Konto, die freundliche Sachbearbeiterin des Geldinstitutes versprach, bis um zehn Uhr am nächsten Tag alle Unterlagen bereit zu haben.

Zufrieden legte Hofmann um halb sechs seine Unterlagen in die Schublade und reckte sein Kreuz. Tage, an denen er dienstlich gar nicht vor die Tür kam, gab es recht selten. Gähnend schüttelte er die Thermoskanne. Der schäbige Rest reichte gerade noch für zwei Tassen.

»Kommen Sie langsam zum Ende«, stöhnte er. »Den Feierabend haben wir uns verdient. Noch 'nen Kaffee, und dann ab nach Hause.«

Thalbach sah auf und rieb sich die Augen. Da Hofmann irgendwann gedankenverloren seine Pfeife angezündet hatte, waren ihre Augen rotgerändert und entzündet. Prustend riß sie das Fenster auf, um durchzulüften.

»Eins geht mir nicht aus dem Sinn«, philosophierte sie in die Dunkelheit. »Was können diese Einbrecher in Pielerts Wohnung gesucht haben? Wir haben doch Montag abend rein gar nichts gesehen, was interessant ist.«

»Schluß«, bestimmte Hofmann. »Heute kriegen wir eh nichts Vernünftiges mehr auf die Reihe. Wir machen morgen weiter.«

Thalbach nickte und nuckelte ihren restlichen Kaffee aus der Tasse. Da klopfte es zögernd an der Tür. Hofmann sandte ein Stoßgebet gen Himmel und rief »Herein.«

Nachdem die Tür aufgeschwungen war, schaute ein Dakkel treuherzig um die Ecke. An dem Dackel hing eine Leine. Und an der Leine ein Opa, der kaum größer als der Hund vor ihm war.

»'n Abend, Herr Czyborra«, seufzte Hofmann entmutigt. Wenn der Alte wieder so drauf war wie vor zehn Tagen, konnten sie den Feierabend erstmal vergessen.

»Tach, Herr Kommissar. Ham Se Zuwachs gekriegt?« Dabei deutete der Rentner fragend auf Thalbach.

»Meine Kollegin, Frau Thalbach. Was führt Sie zu uns?«

Czyborra wackelte umständlich zu dem Besucherstuhl und setzte sich. Der Hund wickelte sich umständlich um die Beine seines Herrchens.

»Tja, Herr Kommissar, mir is da noch wat eingefallen. Und da hab ich gedacht, ich komm gleich ma vorbei.«

»Gut. Und? Was gibt es?«

»Also, an dem Abend, als dat da passiert is, den Mord

mein ich, da war ich nachts noch ma mit'm Hund raus. Der hatte an dem Tach wat mit'm Darm, und bevor der mir die ganze Bude vollscheißt, bin ich alle halbe Stunde raus mit ihm. Und da hab ich es dann gesehn.«

Die Polizisten waren mit einem Schlag hellwach. »Was haben Sie gesehen?«

»Na, dat Auto. Da hat uns doch so 'n Idiot fast platt gefahrn. Dat muß so um halb fünf gewesen sein, genau weiß ich dat nich mehr. Ich hab noch gedacht, wat für 'n Arschloch heizt da mittn inne Nacht üba die Spazierwege. Ers jetz hab ich gedacht, dat dat der Mörder gewesen sein könnte.«

Hofmann lehnte sich zurück und verschränkte die Arme hinter seinem Kopf. »Herr Czyborra, sind Sie sicher, daß es in der Mordnacht war? Nicht doch ein Tag früher oder später?«

Der Alte und der Dackel nickten eifrig. »Klar bin ich sicher. Ich bin doch nich blöd.«

Thalbach hatte sich die ganze Zeit eifrig Notizen gemacht. Jetzt sah sie auf und musterte den alten Mann mit freundlichen Augen. »Haben Sie sich zufällig die Autonummer gemerkt?«

Czyborra starrte über die Schreibmaschine hinweg erstaunt auf die Frau. »Nee, wie denn? Dat war doch stockduster, draußen. Abba dat war 'n ausländisches Auto, kein deutsches. Und weiß war's. Schneeweiß.«

Thalbach seufzte. Weiße Autos waren ja so selten.

»War der Wagen groß, klein, Kombi, Coupé, Limousine?« hakte Hofmann nach. »Irgendetwas muß Ihnen doch aufgefallen sein.«

»Kein Kleiner, Kombi au nich. Hatte auf jeden Fall wat unter der Haube, der Motor hat ganz schön geröhrt.«

Hofmann und Thalbach tauschten einen schnellen Blick.

»Haben Sie den Fahrer sehen können?« Thalbach gab die Hoffnung nicht auf.

»Ach wat. Ich hab doch gesagt, dat et dunkel war. Nee, also erkennen konnt ich den wirklich nich. Nur so kurz vonna Seite.«

»Und?« Hofmann war ganz Ohr.

»Wat und?«

Die beiden Beamten schlugen im Geist auf die Schreibtische. »Hatte er eine Brille auf? Trug er einen Vollbart? Irgend so etwas?«

Der Rentner griff in den Schaft einer seiner Altmännerstiefel und kratzte sich den Knöchel. »Sowat hab ich nich gesehn. Ich mein abba, dat der 'nen weißen Pulli oder Mantel anhatte. Wat dat war, weiß ich nich, aber war auch weiß. So wie dat Auto.«

Hofmann gab es auf. Enttäuscht machte er ein Protokoll und ließ den alten Mann unterschreiben. Inzwischen war es fast halb sieben.

»Nun, Herr Czyborra, vielen Dank, daß Sie vorbeigekommen sind. Mal sehen, ob wir damit was anfangen können«, versuchte der Kripobeamte den Zeugen aus dem Büro zu bugsieren. Der brauchte etwas, bis er kapierte.

Langsam wälzte sich der Rentner aus dem Sessel, leinte seinen Hund an das abgeschabte Lederhalsband und watschelte zur Tür. »Ach ja, Herr Kommissar«, drehte er sich noch einmal um, »da war doch noch wat. Hinten auf dem Auto war so 'n Reklameschildchen, 'n Aufkleber. Und auffem Kofferraum war links die Typenbezeichnung. Ich glaub, dat da 'ne sechs mit bei war, aber genau kann ich dat nich sagen. Dat war alles.«

Hofmann nickte und machte sich noch eine entsprechende Notiz. Dann war der Rentner endlich aus dem Zimmer.

Hofmann und Thalbach legten jetzt Höchsttempo vor. Als sie schließlich kurz vor sieben zusammen das Präsidium verließen, winkte Hofmann seiner Kollegin noch kurz hinterher. Plötzlich hatte er das Bedürfnis, sie zu fragen, ob sie nicht Lust auf eine Pizza hätte, aber dann schwieg er doch. Also schwang er sich in seinen Golf und machte sich auf den Weg zu Dosenbier und Mikrowellenravioli.

9.

»Könnte ich bitte Ihre Legitimation sehen?«

Durch seine randlose, golden überzogene Brille musterte der hagere Gynäkologe die beiden Kripoleute vor ihm. Als er sich vorbeugte, um die kleine Druckschrift auf Hofmanns Dienstausweis zu studieren, rutschte ihm seine weiße Haartolle ins Gesicht. Nachdem er den eingeschweißten Bundesadler ausgiebig bestaunt hatte, bot er seinen Besuchern einen Sitzplatz an.

Es war Donnerstag morgen, vier Minuten nach acht. Hofmann kämpfte verzweifelt gegen seine Müdigkeit an, hatte aber noch lange nicht gewonnen. Thalbach ging es nicht anders.

»Nun, was kann ich für Sie tun?«

Die geschäftsmäßige Höflichkeit des Mannes kurz vor dem Rentenalter überspielte nicht die Nachwirkungen des Kongresses, auf dem er die letzten drei Tage verbracht hatte und von dem er erst gestern abend zurückgekommen war. Das zerknitterte Gesicht schrie nach einer Frischzellenkur.

»Herr Doktor Möllhoff, meine Kollegin und ich ermitteln in einer Mordsache, die leider eine ihrer Patientinnen betrifft. Martina Pielert.«

Der Arzt vor ihnen zog die Brauen zusammen und nickte. »Scheußliche Sache. Ich habe schon davon gehört. Und wie kann ich Ihnen bei Ihren Ermittlungen behilflich sein? Ich verstehe nicht ganz den Zweck Ihres Besuches.« Dabei kratzte sich der Weißkittel nachdenklich an der Nasenspitze.

»Aus dem Obduktionsbericht haben wir erfahren, daß Frau Pielert im dritten Monat schwanger war«, erklärte Hofmann. »Wußten Sie von der Schwangerschaft?«

»Natürlich«, bestätigte Möllhoff und zog eine Karteikarte hervor. »Vor etwa drei Wochen habe ich ihr das Ergebnis der Untersuchung mitgeteilt. Sie war ganz aus dem Häuschen vor Freude.«

Hofmann und Thalbach horchten auf. »An eine Abtreibung hat sie demnach nicht gedacht?«

»Keineswegs. Frau Pielert freute sich sehr.«

»Hat sie Ihnen gegenüber vielleicht den Namen des Vaters erwähnt?« fragte Katharina, während sie sich Notizen machte.

Der Arzt schüttelte behäbig den Kopf. »Nein. Allerdings sagte sie, daß der Vater des Kindes sicher genauso begeistert sei wie sie. Offensichtlich hatten sie es schon einige Zeit probiert, ohne daß es geklappt hatte. Sie verstehen, was ich meine?«

Die Polizisten nickten automatisch. »War sie danach noch einmal bei Ihnen in Behandlung?«

Wieder Kopfschütteln. »Nein. Sie hatte Ende letzter Woche einen Termin, den sie aber nicht wahrnahm. Erst aus der Zeitung habe ich dann erfahren, daß sie da schon tot war.«

Die beiden Beamten rüsteten sich zum Aufbruch.

Möllhoff hielt sie zurück. »Glauben Sie, daß ihre Ermordung etwas mit der Schwangerschaft zu tun haben könnte?«

Hofmann nickte. Ihm gefiel es nicht, wenn ein anderer die Fragen stellte. »Allerdings. Bisher deutet alles auf ein Liebesdrama. Das sogenannte Beziehungsdelikt. Sie haben uns mit Ihrer Aussage sehr geholfen.«

Der Arzt stand auf und wanderte um seinen Schreibtisch. »Unsinn. Frau Pielert war über ein Jahr meine Patientin. Ich weiß zwar nicht den Namen ihres Freundes, aber sie hat mir oft genug erzählt, wie sehr sie beide sich ein Kind wünschten. Geld war angeblich genug da, ihr Freund kam wahrscheinlich aus einer wohlhabenden Familie. Schwangerschaften bereiten meistens nur dann Probleme, wenn die finanzielle Lage nicht in Ordnung ist. Erlebe ich fast jeden Tag.«

Hofmann wollte nach seinem Mantel schnappen, denn auf eine Grundsatzdebatte über die Schlechtigkeit der Welt hatte er keinen Bock. Aber Thalbach beugte sich interessiert vor.

»Sie meinen also, daß es unmöglich ist, daß sie wegen

des Kindes getötet wurde? Vielleicht, weil sie einer Abtreibung nicht zugestimmt hat?«

»Haargenau«, bestätigte Doktor Möllhoff. »Sie hat ja sogar, nachdem sie davon wußte, sofort ihren Freund angerufen. Hier, aus meinem Zimmer.«

Hofmann schoß hoch. »Die Nummer. Haben Sie die Nummer?«

Möllhoff bedauerte. »Ich wollte nicht indiskret sein. Aber ich glaube, sie hat in der Klinik angerufen, in der sie arbeitete. Auf jeden Fall wollte sie in der Mittagspause mit ihrem Freund in Ruhe darüber sprechen.«

»Sie glauben gar nicht, wie sehr uns das weiterhilft! Vielen Dank nochmal.«

Die Kripobeamten machten artig ihren Diener und schoben aus dem Behandlungszimmer in den Flur. Aus dem vollgestopften Warteraum starrten ihnen neugierige Blicke meist älterer Patientinnen entgegen. Hofmann überlegte, daß Gynäkologe vielleicht doch nicht so ein guter Job sei, wie er immer vermutet hatte.

»So langsam kommen wir der Sache näher, meine Liebe«, dozierte er, als sie endlich auf der Straße standen. »Unsere Vermutung, daß dieser Zander seine Finger in der Sache hat, scheint gar nicht so abwegig zu sein.«

Thalbach blickte schnell zur Seite. »Wieso das denn? Nach Kohle sah der mir gar nicht aus.«

»Aber der Herr Papa. Abteilungsleiter bei der Deutschen Bank in Essen. Glaube kaum, daß die Familie am Hungertuch nagt.«

Der Dienstwagen stand in der nächsten Seitenstraße. Hofmann sah auf die Uhr. Fünf vor halb neun. »Wann sollen wir in der Sparkasse sein?«

»Um zehn. Warum?«

»Lohnt sich ja kaum, noch ins Präsidium zu fahren. Lust auf ein Frühstück?«

Thalbach nickte überrascht. »Gerne. Hab's heute morgen mal wieder nicht geschafft, 'nen Happen zu essen.«

»Dann los. Am besten gehen wir ins Sachs, das ist gleich um die Ecke. Ganz passabler Laden.«

Das Sachs war eine bekannte Anlaufstelle im Bermuda-

Dreieck. Es gehörte zu den wenigen Kneipen, in denen harte Trinker nach geschaffter Nacht einen guten Kaffee und feste Nahrung zu sich nehmen konnten.

Die Ermittler ergatterten einen Tisch am Fenster, von dem aus sie dem abschwellenden Berufsverkehr auf der Viktoriastraße zusehen konnten.

Als Hofmann das zweite Brötchen aufschnitt und sich ausgiebig Marmelade draufstrich, ging es ihm schon etwas besser.

»Halten Sie diesen Zander wirklich für den Vater des Kindes?« erkundigte sich Thalbach zwischen zwei Bissen. Sie stand mehr auf Quark und Käse.

Hofmann leckte sich den Marmeladenrest von den Lippen. »Wir sollten endlich mit diesem blöden Sie aufhören. Ich heiße Berthold.«

Wenn Thalbach von diesem plötzlichen Angebot überrascht war, merkte man das höchstens daran, daß sie ihren Kaffee fast verschüttete. »Gerne. Ich heiße Katharina.«

Da sie nichts anderes zur Hand hatten, stießen sie mit ihren Brötchen an. Nach einem kurzen Verlegenheitslächeln war der peinliche Moment überstanden.

»Ich weiß noch nicht so recht«, nahm Hofmann den Faden wieder auf. »Offensichtlich muß der Kindesvater doch auch in der Psychiatrie gearbeitet haben. Wenn die Pielert wirklich so kontaktscheu war, bietet sich der Typ doch geradezu an. Allein schon aus Nachbarschaftshilfe.«

Katharina lachte. »Vorsicht. Keine voreiligen Schlüsse. Vielleicht gibt es auch den großen Unbekannten.«

Hofmann machte eine unwirsche Handbewegung. »Am liebsten würde ich diesem Zander eigenhändig Blut abzapfen und zu Brettschneider bringen. Wenn ihn diese DNA-Analyse als Vater ausweist ...« Er ließ den Satz hoffnungsvoll unbeendet.

»Dann tu es doch.«

»Kann ich nicht. Wenn ich ohne dringenden Tatverdacht mit 'ner Spritze bei ihm anrücke, kann er mich wegen Körperverletzung um meinen Job bringen.«

Der Brotkorb war in der Zwischenzeit geräumt, auf dem Teller mit den Lebensmitteln mickerte nur noch ein Petersiliesträußchen vor sich hin. Hofmann lehnte sich entspannt zurück und entzündete ein Verdauungspfeifchen.

»Sag mal, kann ich heute wohl so um vier Feierabend machen?« fragte Katharina, wobei sie fest auf eines der Wandgemälde starrte. »Ich hätte da einen Termin.«

Hofmann sah fragend herüber. »Wüßte nicht, was dagegenspricht. Steht was Wichtiges an?«

»Nun, ... ich ... ich kann vielleicht 'ne Wohnung kriegen. Um halb fünf treffe ich mich mit dem Vermieter.«

»Hoppla, das geht aber schnell. Normalerweise mußt du in Bochum mit knapp zwei Jahren rechnen, bis du 'ne Bleibe gefunden hast. Aus der Zeitung?«

Thalbach war die Sache sichtlich peinlich. »Nee. Ich hab gestern bei dem Vermieter von der Pielert angerufen. Bis Ende November ist die Miete gezahlt. Ab ersten zwölften könnte ich da rein. Und bevor die wieder weg ist ...«

Die kleine Sparkassenfiliale war gut besucht. An den Kassenschaltern standen mindestens zwanzig Leute und warteten ungeduldig, bis sie an der Reihe waren. Die Beratungsplätze für die Kredit- und Anlagekunden waren ähnlich belagert.

Nachdem die beiden Polizisten zehn Minuten reichlich überflüssig in der Gegend herumgestanden hatten, wurde es Hofmann zu bunt. Er zückte den Dienstausweis und hielt ihn dem nächstbesten Angestellten vor die Nase. »Kriminalpolizei. Wir möchten gerne zu Frau Seeberger.«

Der junge Banker wurde unter seiner Solarienbräune blaß. »Kommen Sie bitte«, erwiderte er devot. Dann führte er die Beamten in einen Nebenraum, in dem sie eine agile Mittvierzigerin erwartete.

Hofmann war die Frau sofort sympathisch. Auf ihrem Schreibtisch herrschte ein ähnliches Chaos wie bei ihm. Und statt überteuerter Designerkleidung trug sie einen einfachen Rock nebst passender Bluse.

»Frau Seeberger, wir haben Sie ja bereits telefonisch darüber informiert, welche Unterlagen wir benötigen«, begann Hofmann nach der Begrüßungszeremonie. »Haben Sie alles vorbereitet?«

Die Stimme paßte zum Erscheinungsbild. Tief, heiser, aber nicht unangenehm. »Selbstverständlich. Wenn Sie sich bedienen wollen ...«

Während der nächsten Minuten vertiefte sich die Staatsgewalt in die Kontounterlagen und Sparaufträge, die Martina Pielert zu Lebzeiten ihr Eigen nannte. Als erste verlor Thalbach die Fassung. »Das darf doch nicht wahr sein. Wo hat die das ganze Geld her?«

Die Sparkassenangestellte war das personifizierte Schweizer Bankgeheimnis. Sie sagte nichts.

Hofmann brütete nachdenklich über den Aufzeichnungen der Sparbücher. Martina Pielert hatte drei. Die Gesamteinlage belief sich auf knapp 65.000 Mark. »Mein lieber Schwan, alle Achtung. Das habe ich nicht erwartet.«

Thalbach zerrte ihren Notizblock aus der Handtasche und rechnete. Insgesamt besaß die Tote ein Guthaben von über 80.000 Mark.

»Wenn ich das recht überblicke, fing der Geldsegen vor etwas mehr als zwei Jahren an«, stellte Hofmann fest. »Können Sie uns die Kürzel auf den Belegen erklären?«

»Aber natürlich«, entgegnete Frau Seeberger. »Hier, sehen Sie: Alle Einzahlungen wurden bar getätigt. Bis zum August vor zwei Jahren kamen lediglich die normalen Gehaltszahlungen. Das Konto war auch chronisch überzogen, nicht viel, aber zwei- bis dreitausend ständig. Dann fingen die Bareinzahlungen an. In regelmäßigen Abständen immer zwischen eintausend und zweitausend Mark. Selten auch mal größere Summen, das höchste waren einmal achttausend, im Februar dieses Jahres. Aber wo das herkommt, weiß ich auch nicht.«

Die anschließende Stille wurde von Thalbach unterbrochen: »Hat sie jemals eine Andeutung gemacht, woher das Geld stammt? Als Krankenschwester kann man doch bestimmt keine Reichtümer anhäufen.«

Die Sparkassenfrau warf in einer amüsierten Geste die Hände in die Luft. »Du lieber Himmel, wo kommen wir denn dahin? Wir können doch nicht bei jedem unserer Kunden nachfragen, woher die eingezahlten Beträge oder die Überweisungen stammen. Wir verwalten das Geld für unsere Kunden, wir fragen sie nicht aus.«

Hofmann grinste. Die Frau hätte auch in der Presseabteilung des Geldinstitutes eine gute Figur gemacht. »Vielleicht nicht doch irgendeine Andeutung?«

Die Seeberger zuckte die Achseln. »Ich kann Ihnen nichts dazu sagen. Aber ich kann mich ja mal bei unseren Kassierern umhören.«

Abwartend starrte sie Hofmann an. Der nickte nur kurz. »Dann tun Sie das bitte.«

»Jetzt?«

Thalbach und Hofmann nickten gleichzeitig. »Jetzt.«

Daß sie über diese Aufgabe nicht erfreut war, sah man ihr an. Der Stuhl schepperte gegen den Heizkörper, als sie aufstand. Die Ermittler sahen sich ausdruckslos im Büro um.

Als sie alleine waren, meinte Katharina: »Donnerwetter, das habe ich nicht erwartet. Die Schwester der Pielert wird sich freuen.«

Hofmann nickte unwillig. Irgendwie paßte ihm der Kontostand der Toten nicht ins Konzept. »Langsam glaube ich, daß hinter der Sache mehr steckt, als wir bisher glaubten.«

Thalbach rümpfte die Nase. »Abwarten und Tee trinken. Auf jeden Fall ist die Liste der möglichen Motive um einen Punkt länger geworden.«

»Wie meinst du das?«

»Die Pielert wäre nicht die Erste, die man für 80.000 gekillt hätte. Scheint mir im Moment als Motiv wahrscheinlicher zu sein als 'ne Schwangerschaft.«

Sie verstummte, als Frau Seeberger wieder in ihr Büro stürmte. »Sie haben Glück. Mit einer unserer Kassiererinnen hat sich Frau Pielert gelegentlich unterhalten, wenn nicht allzu viel los war. Der hat sie erzählt, das Geld stamme von ihren Großeltern.«

Hofmann grinste. Außer der Schwester gab es keine Verwandten. »Nun, auf jeden Fall vielen Dank. Die Kopien der Unterlagen können wir mitnehmen?«

»Bitte. Und wenn Sie noch was brauchen sollten …« Frau Seeberger ließ den Satz unvollendet.

Draußen nahmen die Kripoleute erst mal einen tiefen Zug der herrlichen Ruhrgebietsluft. Das unvergleichliche Aroma aus Abgasen, Stickoxyden und Bleirückständen hatte auf einen urwüchsigen Bewohner dieser Gegend die gleiche Wirkung wie Baldrian auf Katzen. Man wurde süchtig danach.

»Na, dann haben wir ja erst mal genug zu tun«, stellte Hofmann fest. »Zurück zum Hauptquartier. Bis vier ist nicht viel Zeit. Außerdem ist gleich noch eine Pressekonferenz.«

»Was für eine Pressekonferenz?« erkundigte sich Katharina.

Berthold grinste gequält. »Westhoffs Idee. Angeblich rennen dem die Lokalzeitungen die Türen ein, um Informationen zu bekommen. Glaube eher, der ist froh, endlich von seinem Kindermörder ablenken zu können. Sieht doch für ihn besser aus, wenn der Schwarze Peter bei uns steckt.«

Die A 40 befand sich in dem Zustand, wie sie ihre Benutzer am liebsten haben — vollgestopft.

Zander fluchte. In der letzten halbe Stunde hatte er vielleicht vier oder fünf Kilometer zurückgelegt, die Tanknadel neigte sich immer bedrohlicher gen Süden. Er schätzte, daß er es noch höchstens zwanzig Minuten durchhalten würde. Bis dahin mußte er eine Tankstelle gefunden haben.

Als er schon fast jede Hoffnung verloren hatte, tauchte das Hinweisschild auf die Abfahrt Bochum Ruhrstadion auf.

Zehn Minuten später hatte er es geschafft, die stinkende Asphaltwalze lag hinter ihm. Vor der Starlight-Halle bog er rechts ab, umkurvte das Josefs-Hospital und bog schließlich links in die Klinikstraße ein, das Gaspedal des Dienstvolkswagens trat er dabei bis zum Anschlag durch. Vor Schreck verschluckte sich der Passat so heftig, daß Zander vorsichtig mit der Kupplung spielen mußte, damit der Motor nicht absoff. Bis zur Tankstelle schaffte er es bestimmt nicht mehr.

Vor der Tagesklinik bretterte Zander in die Einfahrt zu den Garagen, die für die Dienstfahrzeuge und einige privilegierte Beschäftigte bereitstanden. Als der Passat in der Box stand, gab der VW auf. Der Tank war leer.

Zander tat, als hätte er nichts gemerkt, verschloß die Garage und deponierte Schlüssel und Papiere in dem kleinen Schließfach bei der Technik. Da er morgen früh sowieso wieder als erster den Passat brauchte, konnte er sicher mit einem Reservekanister anrücken, ohne daß jemand etwas bemerkte.

Ulli machte Feierabend. Ohne noch einmal die Klinik zu betreten, schmiß er sich sofort in seinen Japaner und steuerte Richtung Heimat. Die Innenstadt war zwar nicht ganz so voll wie der Ruhrschleichweg, aber die Ampeln gaben ihm den Rest. Als er schließlich seine Wohnung betrat, war es genau siebzehn Uhr.

Nach einer ausgiebigen Dusche und in frischen Klamotten fühlte er sich schon bedeutend wohler. Bevor er sich auf seine Couch zurückzog, kramte er die Kassette mit der *Hey stoopid* von Alice Cooper hervor und startete sein Tapedeck. Hardrock war zwar nicht so ganz sein Fall, aber der Altmeister der Hörgeschädigten bildete eine Ausnahme.

Als Alice gerade einer jungen Dame androhte, ihre gemeinsame Schlafstätte anzuzünden, klingelte das Telefon.

Zander drehte Cooper ein wenig leiser und zog das Telefon zu sich auf die Couch. Dann meldete er sich.

»Ich bin's«, antwortete ihm eine leise Stimme.

Wenn man davon ausging, daß es sich nicht um ein Ferngespräch handelte, kamen 480.000 Personen als mögliche Anrufer in Frage — so viele Einwohner hatte Bochum, Säuglinge und Greise mit eingerechnet. Trotzdem war es Ulli sofort klar, wer ihn da anbimmelte.

»Hallo, Karin.« Am Mittwoch morgen, nach ihrer Solokür, hatte er sie schlafen lassen. Den Rest der Woche hatte sie sowieso frei. Als er nachmittags wieder nach Hause gekommen war, war sie kommentarlos verschwunden.

Bevor Karin weitersprach, räusperte sie sich mehrmals. »Bist du sauer auf mich?«

Zander entflammte unbehaglich eine Zigarette. Ihrer Stimme nach zu urteilen, stand sie kurz vor einem Tränenausbruch. Und wenn ihm etwas nicht geheuer war, waren es verzweifelte weibliche Geschöpfe. Vor allem, wenn er der Grund sein konnte.

»Nein«, beruhigte er sie. »Ich möchte nur gerne wissen, was mit dir los war.«

Peng. Das war's. Selbst durch den Hörer ging ihm ihr Schluchzen an die Nieren. Während der nächsten zwei Minuten verstand er kein einziges Wort von ihrem Gebrabbel. Geduldig wartete er, bis das Schluchzen leiser wurde.

»Geht's wieder?« fragte er schließlich.

Karin schniefte. »Ja«, antwortete sie schwach. »jetzt sag mir bitte, daß alles, woran ich mich erinnern kann, nicht wahr ist.«

»An was kannst du dich denn erinnern?«

Verlegen druckste sie herum. »An einige Sachen, die ich besser nur geträumt hätte. Ist im Schlafzimmer eigentlich das passiert, was ich glaube?«

Zander zuckte ratlos die Schultern. »Es ist zwar einiges im Schlafzimmer passiert, aber bevor es gefährlich wurde, hast du es vorgezogen, dich zu übergeben.«

Karin war sprachlos. Offensichtlich erinnerte sie sich an etwas anderes. »Mehr nicht?«

»Reicht das nicht? Immerhin hast du Brummel vollgekotzt.«

Aus dem Hörer kam nichts.

»Brummel ist mein Teddy«, klärte er sie auf.

Im ersten Moment konnte er die Geräusche, die er nun hörte, nicht einordnen. Dann fiel ihm ein Stein vom Herzen. Sie lachte.

»Jetzt mal ernsthaft«, kam er wieder zum Thema. »Bist du krank?«

»Nee. Ulli, ich kann mir das alles nicht erklären. Vor allem, weil ich dich wirklich gern hab. Sowas wie am Dienstag ist mir noch nie passiert. Sowas hab ich noch nie gemacht. Ich weiß nicht, was mit mir los war.«

Zander war auf Wolke sieben. Ihr zweiter Satz hatte ihm gut gefallen. »Jetzt mach dir keine Sorgen«, entgegnete er seidenweich. »Du bekommst weder Hausverbot, noch werde ich dir die Rechnung für die Reinigung schicken. Ich glaub nämlich auch, daß ich dich gern hab.«

Und dann kam einer dieser Momente, in denen Schweigen mehr sagt als alle Reden des Bundeskanzlers zusammen.

Bevor es peinlich wurde, verabredeten sie einen Termin für den nächsten Tag, an dem sie bei der Kollegin zum Essen eingeladen waren. In seiner jetzigen Stimmung wäre Zander mit Karin barfuß durch ein Katzenklo gelaufen. Einen entsprechend blöden Gesichtsausdruck hatte er auf dem Gesicht, als der Hörer schon lange wieder auf der Gabel lag.

Alice Cooper holte ihn in die Wirklichkeit zurück. Er hatte die Kassette noch nicht oft gehört, und als der Guru der Hardrocker sich textlich auf den Mars verirrte, blinzelte Zander doch zweifelnd auf das Tape. Und dabei fiel ihm wieder die Flasche mit den Tabletten ein, von denen er Karin am Dienstag zwei gegeben hatte.

10.

Als Zander um zehn Minuten nach acht auf den Parkplatz hinter der Klinik bog, strahlte die Sonne fröhlich gegen die Nikotinreste auf seiner Windschutzscheibe. Zum ersten Mal seit fast einer Woche konnte man sich ohne Regenschirm aus dem Haus trauen, nirgends war eine schwarze Wolke zu sehen. Bitterkalt war es hingegen immer noch.

Fröstelnd stieg er aus seiner Karre, schob die Antenne zurück und verschloß sein Auto. Sein Magen knurrte ihn mürrisch an, denn statt zu frühstücken, hatte Ulli es vorgezogen, fünfzehn Minuten länger liegenzubleiben. Seiner guten Laune tat das keinen Abbruch. Munter vor sich hinpfeifend, stiefelte er Richtung Eingang und gönnte dem stellvertretenden leitenden Arzt, dem er die letzte Parkbucht weggeschnappt hatte, sogar ein aufmunterndes Winken.

Als er das alte, ehrwürdige Gebäude durch den Keller betreten wollte, schoß ihm Schaller entgegen. Er war wieder Arzt vom Dienst.

»Grüß dich, Klaus. Hast du mal 'nen Moment Zeit für mich?«

»Unmöglich, Ulli. Auf der Zwei ist einer ausgerastet, Kollege Höffelberg hat schon einen auf die Maske gekriegt.«

»Und heute mittag?«

Schaller war schon halb im Aufzug. »Von mir aus. Ich komm so um zwölf vorbei.«

Ulli grinste und enterte erst den Flur, dann sein Büro. Die Reinigungsdamen hatten nach ihrer oberflächlichen Visite die Heizung abgedreht und das Fenster einen Spalt offen gelassen. Schnatternd drehte er den Heizkörper auf volle Leistung und setzte, noch im Parka, die erste Kanne Kaffee auf. Dann bestellte er sich in der Küche telefonisch ein Frühstück.

Fünf Minuten später fiel ihm siedendheiß ein, daß er schon seit acht Uhr mit diesem Alkoholiker auf dem Weg nach Bad Pyrmont sein sollte. Er verstauchte sich fast die Finger, als er die Station anwählte, aber sein Schutzengel war mit ihm. Der alte Säufer hatte sich gestern lieber selbst entlassen, als heute mit ihm auf Spritztour zu gehen.

Nach einem Dankgebet legte er die WAZ griffbereit auf die Schreibmaschine und deponierte die Mappe mit den Rundschreiben des Landschaftsverbandes, die seit etwa drei Monaten darauf warteten, von ihm zur Kenntnis genommen zu werden, auf dem Ablagetisch unter der Fensterbank.

Während der letzten zischenden Geräusche der Kaffeemaschine ging er hinunter in die Küche, um sein Frühstück abzuholen. Für den Dumpingpreis von zwei Mark nahm er zwei Brötchen, eine Scheibe Schwarzbrot, fünf Scheiben Aufschnitt, zwei Scheiben Käse, einen Apfel, vier kleine Portionspäckchen Butter und einen großen Becher Joghurt mit nach oben.

Bis viertel vor zehn hatte er den letzten Krümel seiner Mahlzeit verdrückt. Nach dem Frühstück widmete er sich der WAZ , die im Lokalteil noch einmal groß mit dem Mord an Martina aufmachte. Über eine halbe Seite ließ sich der Verfasser darüber aus, was er auf der gestrigen Pressekonferenz im Polizeipräsidium an Wissenswertem erfahren hatte: so gut wie nichts. Die Kripo wußte anscheinend weder etwas über den möglichen Täter oder über das Motiv noch etwas darüber, wie die Leiche in den Stausee gelangt war. Lediglich von einem unbekannten Autofahrer, der in der Mordnacht das Seeufer unsicher gemacht hatte, war die Rede. Ausführlich wurde dafür aus den Polizeiakten zitiert, in welchem Zustand die Leiche aufgefunden worden war. Als Zander von dem eingeschlagenen Schädel las, lief ihm ein kalter Schauer über den Rücken.

Um halb elf belästigte ihn ein Patient durch ein Gespräch, aber es war ein Routinefall. Arbeitslos, keine Stütze vom Arbeitsamt mehr, und die AOK kam noch nicht mit dem Krankengeld rüber. Seit sich die Allgemeine ›Gesundheitskasse‹ nannte, durfte man als Versicherter alles, nur eins nicht: krank werden.

Um viertel vor zwölf hatte er das Wichtigste vom Tisch. Bis zur Mittagspause etwas Konstruktives anzufangen, lohnte nicht mehr. Statt dessen setzte er frischen Kaffee auf.

Schaller rauschte um kurz nach zwölf in sein Büro. Den weißen Kittel hatte er gegen eine Designerjeans und ein kariertes Holzfällerhemd getauscht. Die sündhaft teure Lederjacke hing lose über seinen Schultern. Der Dienst war vorbei.

»So, Ulli, dann schieß mal los. Was hast du auf deinem kleinen Herzen?«

Bevor er antwortete, stand Zander auf und verschloß sorgfältig seine Bürotür. Sein Besucher sah ihn fragend an. »Was wird das? Also, ein Leben lang war ich hetero, und ich hab keine Lust, auf meine alten Tage umzusatteln. Aber besten Dank für das Angebot.«

»Blödmann«, pöbelte Zander. »Nimm dir lieber 'nen Kaffee. Außerdem steh ich nicht auf oberlippenbärtige Brillenträger.«

»Selbst Schuld. Weißt ja gar nicht, was dir entgeht.«

Ulli kam zur Sache. »Es geht um Martina.«

Schaller sah ihn einen Moment verständnislos an. Dann blitzten seine Augen. »Unsere Martina? Pielert?«

Ulli nickte. »Genau die.«

Der Druide zuckte die Schultern. »Arme Sau. War ein nettes Mädchen.«

Versonnen starrte er einen Moment aus dem Fenster und schlürfte seinen Kaffee. Als Zander nichts sagte, runzelte er die Stirn. »Hast du was damit zu tun?«

Zander lachte freudlos auf. »Quatsch. Aber ich befürchte, daß unsere ehemalige Kollegin in etwas verwickelt war, was für sie tödlich endete.«

Schaller sah plötzlich hellwach aus. »Wie bitte?«

Zander zog eine der Schreibtischschubladen auf und holte die bräunliche Flasche mit den angeblichen Aspirintabletten hervor. Als er die Pulle Schaller vor die Nase stellte, machte der Stielaugen.

»Nimm mal eine davon. Das knallt dir die Schädeldecke weg.«

Während der nächsten zehn Minuten erzählte er dem staunenden Arzt vom dem unvergeßlichen Dienstag abend.

»Wahnsinn«, hauchte Schaller schließlich. »Warst du schon bei den Bullen?«

Ulli schüttelte den Kopf. »Noch nicht. Ich wollte mich erst mal mit 'nem Fachmann über diese Pillen unterhalten.«

Bei dem Wort 'Fachmann' zuckte Schaller zusammen, schmunzelte dann aber amüsiert. »Klar, heiteres Tablettenraten. Denkst du etwa, ich muß nur 'ne Pille sehen, um dir sagen zu können, was da drin ist? Dann könnte ich ja sofort zu 'Wetten, daß ...'«

»Das habe ich auch nicht gedacht«, bemerkte Zander trocken. »Aber du hast doch sicher 'nen Überblick, welche von den Mittelchen hier aus dem Haus sich lohnend verkaufen lassen.«

Schaller sah ihn verdutzt an und lachte laut los. »Du bist ja besoffen. Wenn du so etwas aufziehen willst, um richtig Schotter zu machen, mußt du schon 'ne Apotheke plündern. Hier aus der Klinik kriegst du die Mengen nicht unbemerkt raus. Seit in Gütersloh so viele Leute abserviert worden sind, sind beim Landschaftsverband alle ein wenig nervös geworden. Sicher kannst du mal 'ne Kopfschmerztablette für den Eigenbedarf einschmeißen, aber bei 'ner Packung fängt schon die Fragerei an. Unmöglich.«

»Aber woher hatte sie dann das Zeug?«

»Weiß ich doch nicht«, grunzte der Arzt. »Laß das Zeug analysieren, dann bist du schon ein wenig schlauer. Oder geh gleich zu den Bullen.«

Dabei nahm er die Flasche mit den Tabletten neugierig in die Hand und stierte aufmerksam den Inhalt an. Eine Erleuchtung hatte er aber offensichtlich nicht.

»Sei's drum«, erklärte er schließlich. »Ich hab Feierabend und Wochenende. Besten Dank für den Kaffee.«

Zander seufzte. »Mach's gut. Bis Montag.«

Der Doc streifte seine Lederjacke über und schlug den Kurs Richtung Ausgang ein. Bevor er die Tür wieder aufschloß, drehte er sich noch einmal neugierig herum. »Sag mal, stimmt das eigentlich, daß du was mit der Martina gehabt hast?«

Ulli machte große Augen. Eine Meldung über ihre Affäre am schwarzen Brett war ihm gar nicht aufgefallen. »Ja, verdammt. Aber nur einmal. Und das ist schon 'ne Zeit her.«

Schaller grinste ihn unverschämt an. »So wie es aussieht, mußt du dich ein wenig beeilen, wenn du bis zur Rente alle Schwestern im Haus durchhaben willst. Zwei Stück in drei Monaten sind da zu wenig.«

Bevor ihn Zander mit dem Locher am Kopf erwischen konnte, war er schon längst aus der Tür.

»Na, hat es geklappt?«

Katharina Thalbach sah erst hoch und dann auffällig auf die Uhr. Es war bereits viertel vor zehn, als Hofmann zum Dienst erschien.

»Womit geklappt?«

»Mit der Wohnung.«

Sie grinste zufrieden.

»Am 1.12 ziehe ich ein. Sogar die Miete ist ganz passabel. Nur vierhundertachtzig kalt.«

»Na dann, meinen Glückwunsch«, erwiderte Hofmann. »Zur Einweihungsfete komm ich zu zweit. Ich und mein

Durst.« Mit einem eleganten Schwung beförderte er seine Jacke auf den Garderobenständer.

»Gut geschlafen?« fragte Thalbach anzüglich.

Hofmann nickte. »Ausgezeichnet. Um sechs war die Nacht vorbei. War schon draußen am Stausee.«

Seine Kollegin machte sich keine große Mühe, ihren Unglauben zu überspielen. »Wozu? Joggen oder Inspiration tanken?«

»Taucher einweisen. Gestern nachmittag hab ich noch zwei Stunden um die Leute gekämpft. Vielleicht liegt die Tatwaffe ja irgendwo in dem Kemnader Gewässer. Viel Hoffnung mache ich mir allerdings nicht.«

Dazu hatte er auch keinen Grund. Der Cheftaucher hatte ihm heute morgen die Chancen vorgerechnet, die sie hatten. Eher stieg der VfL ohne weiteren Punktverlust direkt wieder auf, bevor sie die Tatwaffe vom Grund des Sees fischten.

»Gar keine schlechte Idee«, machte Katharina ihm Mut. »Und was machen wir jetzt?«

Ehe er antwortete, baute er sich vor der Heizung auf. Interessiert nahm er zur Kenntnis, daß sie sich heute für einen eng anliegenden Rollkragenpullover entschieden hatte. Und in der verwaschenen Jeans machte sie gar keine schlechte Figur.

»Fakten zusammentragen«, entschied er. »Was anderes bleibt uns gar nicht übrig.«

Gemeinsam machten sie sich an die Arbeit. Nach einer Stunde hatten sie zwar jede Menge Buchstaben zu Papier gebracht, weiter waren sie aber nicht gekommen.

»Es sieht doch ehrlich gesagt beschissen aus«, resümierte Hofmann. »Diese Pielert war eine absolute Einzelgängerin. Ein geheimnisvoller Freund, von dem man nur weiß, daß er existiert. Ein anständiges Plus auf der Bank, von dessen Zustandekommen wir keine Ahnung haben.«

»Eine Sache können wir ausklammern.«

Hofmann runzelte seine dunkelblonden Augenbrauen. »Und das wäre?«

»Die geklauten Medikamente aus ihrer Wohnung. Ich hab heute morgen diese Nebentätigkeit von der Pielert abgecheckt. In der Psychiatrie hat sie angegeben, nebenbei als Pharmavertreterin für einen großen Zwischenhändler zu arbeiten. Vor knapp zwei Jahren hat sie die Nebentätigkeit beantragt. Leider weiß niemand, für wen sie nebenbei gearbeitet hat. Ich habe zwar schon ein paar dieser Pharmafritzen angerufen, aber du glaubst gar nicht, wie viele es davon gibt.«

»Und der Einbruch in ihre Wohnung ein paar Tage nach ihrer Ermordung ist natürlich reiner Zufall«, ereiferte sich Berthold mißgestimmt.

»Warum nicht?« antwortete Katharina wenig überzeugt. »Vielleicht waren das Junkies, die dringend 'nen Schuß brauchten. Wenn das mit ihrer Nebentätigkeit stimmt.«

»Hm«, überlegte Hofmann. »Aber warum sollte sie ihren Arbeitgeber belügen? Da hatte sie doch rein gar nichts von.«

»Vielleicht Alibifunktion. Falls mal jemand auf das Bankguthaben stößt.«

»Schwach, reichlich schwach«, stellte Hofmann fest. »Es sei denn, irgendeine andere lukrative Sache ist dazwischen gekommen, von der die Leute in der Klappse nichts wissen durften.«

»Zum Beispiel?« lauerte Katharina.

»Was weiß ich. Nacktmodell für den Playboy oder sonst was.«

»Meinst du so eine Art Doppelleben?«

Hofmann lachte freudlos auf. »Weiß der Kuckuck. Aus dieser Frau werde ich einfach nicht schlau. Sie hat einen Freund. Ihr Gynäkologe weiß davon, aber sonst niemand. Keiner ihrer Arbeitskolleginnen und -kollegen. Das ist doch völlig untypisch.«

»Wieso?« fragte Thalbach gedehnt. »Ich weiß ja auch nicht, mit wem du deine Freizeit verbringst.«

Ihr Gegenüber sah irritiert auf. »Eifersucht oder reine Neugier?« Noch bevor er ausgesprochen hatte, hätte er sich am liebsten die Zunge abgebissen.

Katharina lachte. »Keins von beiden. Aber so untypisch scheint das wohl gar nicht zu sein.«

»Touché«, gab er klein bei. »Aber ich glaube, im Moment haben wir Wichtigeres zu klären.«

Wie aufs Stichwort ging in diesem Moment das Telefon. Dankbar für die Störung, riß Hofmann den Hörer an sich. Heinzel war am anderen Ende und benötigte noch Bertholds Tips für die Bundesligarunde vom Wochenende für ihre Tippgemeinschaft.

»Wo waren wir stehengeblieben?« fragte der Kriminalkommissar, nachdem er wieder aufgelegt hatte.

»Beim Privatleben.«

Die Anspielung überhörte er bewußt. »Richtig. Jeder, den wir in der Klinik befragt haben, erzählt uns, sie wäre ein liebes, nettes Mädchen gewesen. Aber private Kontakte hatte, abgesehen von einem Kaffee nach Feierabend, keiner mit ihr. Und doch hat sie einen Freund in dem Haus, der ihr sogar zu einer Schwangerschaft verhilft. Das gibt doch keinen Sinn.«

»Ob der wirklich im selben Haus arbeitet, ist noch gar nicht raus. Denkst du wieder an den Sozialarbeiter, diesen Zander?«

»Das wäre zu einfach, um wahr zu sein«, meinte Hofmann mutlos. »Warum sollte der eine Beziehung mit der Pielert verheimlichen wollen? Scheint mir zwar ein komischer Kauz zu sein, aber 'nen Mord trau ich dem eigentlich nicht zu.«

Thalbach spielte gedankenversunken mit ihrem Ohrclip, einem Phantasiegebilde aus einem Modeschmuckladen. Dabei registrierte Hofmann, daß sie am Beginn der Woche keinen Schmuck getragen hatte. Auch die kleine schwarze Brosche an dem roten Oberbekleidungsstück stand ihr ausgezeichnet.

Ärgerlich schüttelte er den Kopf und vertrieb seine wirren Gedanken. Noch fünf Stunden, und sie hatten Wochenende. Nach dem Streß der letzten Tage mehr als verdient.

»Aber was war dann?« überlegte Thalbach weiter und riß ihn damit aus seinen Hirngespinsten. »Meinst du, die Pielert war in illegale Sachen verwickelt?«

»Warum eigentlich nicht? Würde mich nicht wundern. So, wie die sich gegen alle Kontakte abgeschottet hat.«

»Aber worin kann eine Krankenschwester verwickelt werden?«

»Weiß der Henker«, stöhnte Hofmann. »Solange wir keine neuen Hinweise haben, werden wir wohl weiter im Dunkeln tappen. Also?«

Thalbach sah ihn verständnislos an. »Was, also?«

»Also werden wir uns diese neuen Hinweise beschaffen. Es könnte nicht schaden, mit den Bochumer Autohändlern Kontakt aufzunehmen. Denk an die Aussage von diesem Czyborra. Ich denke, wenn der nicht gesponnen hat, hat unser Mann in dieser weißen Karre gesessen, die fast seinen Dackel und ihn ins Jenseits befördert hat. Welche Typen von ausländischen Wagen werden in weißer Farbe ausgeliefert, welche Marken haben eine sechs in der Typenbezeichnung?«

Katharina seufzte. Rosige Aussichten boten sich da nicht.

Während sie sich um die Autohändler kümmerte, stattete Hofmann Westhoff einen Besuch ab. Der Wochenendrapport stand an.

Katharinas Gesicht wurde lang und länger. So unterschiedlich die Farbpaletten der verschiedenen Autohersteller auch waren, eine Farbe schienen alle auf den Markt zu bringen — weiß. Auch die Typenbezeichnung brachte sie kaum weiter. Mazda konnte einen sechszweisechs anbieten, Renault eine Sechserversion, Citroen hielt auch nicht hinter dem Berg, genausowenig wie Volvo. Schließlich wußte die Polizistin nur, daß weder ein Honda noch ein Toyota nicht in Frage kamen — wenn Czyborra sich nicht geirrt hatte.

Sie hatte sich gerade dazu entschlossen, auch die deutschen Fabrikate abzufragen, als Hofmann wieder ins Zimmer stürmte. An seinem zerknitterten Gesicht sah sie sofort, daß etwas nicht stimmte.

»Bist du gefeuert worden?« erkundigte sie sich sanft.

»Schön wär's«, grummelte Hofmann sauer. »Westhoff hat mich zur Sau gemacht. Mein lieber Hofmann, wann haben Sie denn endlich Ergebnisse? — Zum Kotzen.«

Katharina schob ihm mitfühlend seine Pfeife und den Tabak herüber. »Was ist dem denn für 'ne Laus über die Leber gelaufen?«

»Vor 'ner Stunde wurde wieder eine Kinderleiche entdeckt. Schon die vierte.«

»Weiß man schon Näheres?« erkundigte sich nach einer Pause Katharina leise.

Hofmann nickte. »Wieder ein Mädchen. Acht Jahre alt. Vergewaltigt, verprügelt und so lange mit dem Kopf gegen einen Baumstamm gedonnert, bis das Gesicht ...«

Hofmann brach ab und sah zu Boden. Es gab Fälle, die überstiegen die menschliche Vorstellungskraft. Ein Spaziergänger hatte heute morgen im Weitmarer Holz den zerschmetterten Körper des Kindes gefunden. Der Meldung über den Leichenfund hatte dieser brave Bürger die Frage angehängt, ob er jetzt eine Belohnung bekommen würde ...

Der Kriminalbeamte brauchte eine ganze Pfeifenfüllung, bis er wieder einigermaßen klar denken konnte.

Das Mittagessen verlief in einer sonderbaren Atmosphäre. Sie setzten sich mit den Kollegen der SOKO, die gerade vom Tatort zurückgekommen waren, zusammen. Mit den Mengen, die verzehrt wurden, hätte man noch nicht einmal ein Neugeborenes satt gekriegt.

Kurz vor Feierabend erwachten wieder die Lebensgeister von Katharina Thalbach und Berthold Hofmann. Die Taucher vom Stausee meldeten sich und berichteten erwartungsgemäß, daß sie außer vier Autoreifen, sechzehn Klassenbüchern verschiedener Bochumer Schulen und einer toten Katze nichts Außergewöhnliches gefunden hätten. Die Männer wollten ins Wochenende, versprachen aber, am Montag weiter zu suchen.

Katharina schloß ihre Liste. Insgesamt hatten sie, mit deutschen Fahrzeugen, 24 verschiedene Fabrikate zur Auswahl, die sowohl in weiß als auch mit einer sechs in der Typenbezeichnung auf die Hatz nach Fußgängern geschickt wurden.

Gegen vier reichte es Hofmann. Die Gelenke waren in der unbequemen Sitzhaltung eingeschlafen, und die Augen brannten. Er feuerte seinen Kugelschreiber in die Parkposition.

»Schluß jetzt. Heute kriegen wir unseren Mann sowieso nicht mehr.«

Thalbach folgte dem Beispiel ihres Kollegen und reckte sich. In ihrer ersten Woche in Bochum hatte sie bereits elf Überstunden angesammelt. Soviel war in Paderborn in einem schlimmen Monat zusammengekommen.

»Einverstanden«, pflichtete sie Hofmann bei. »Erst mal eine heiße Wanne und dann die Beine hoch. 'ne Massage wäre auch nicht schlecht.«

Grinsend wollte sich Hofmann anbieten, hielt sich aber doch zurück. Statt dessen leerte er den Aschenbecher und starrte mürrisch auf das Telefon, das zu klingeln begann.

»Hofmann«, meldete er sich bewußt unfreundlich. Die Reitfreundin mit dem Pferdegebiß und den Kuchenkrümmeln auf dem Faltenrock säuselte durch die Leitung. Hofmann wurde blaß.

»Nein«, stammelte er verzweifelt. »Ich kann heute nicht. Sitze an einem harten Fall« ... »Unmöglich« ... »Nein, später geht's auch nicht« ... »Weil ich heute abend arbeiten muß« ... »nicht allein, mit einem Kollegen« ... »ja, tut mir auch leid« ... »um Himmels willen, es kann spät werden« ... »nein, ich muß meiner Mutter noch absagen« ... »vielleicht ein anderes Mal« ... »Ja, tschüs.«

Katharina amüsierte sich königlich. »Mein Gott, du bist ja leichenblaß geworden.«

Hofmann atmete tief durch. »Kein Wunder. Das wäre heute mein Tod gewesen.« Abschätzend legte er den Kopf auf die Seite und sah sie neugierig an. »Was machst du eigentlich heute abend?« fragte er geradeheraus.

Kollegin Thalbach riß die Augen auf. »Heute abend? Wieso?«

»Lust auf 'ne Pizza? Wenn ich meiner Mutter erzähl, ich habe keine Zeit, ruft die bestimmt alle zehn Minuten bei mir zu Hause an. Meine alte Dame hat sich in den Kopf gesetzt, mich zu verkuppeln.«

Katharina spitzte die Lippen. »Wenn du bezahlst, gerne. Aber deine Pfeife läßt du zu Hause, einverstanden?«

Hofmann nickte. Immer noch besser, aufs Rauchen zu verzichten, als sich Anekdoten aus dem Stiepeler Reitverein anhören zu müssen.

11.

Mit Karin strömte ein Schwall kalter Luft in den Wagen. Als sie endlich in den Beifahrersitz geplumpst und die Tür wieder geschlossen war, drehte Zander die Heizung ein wenig höher. Dann drehte er sich erwartungsvoll zu ihr hin. Doch statt ihm einen Kuß zu geben, zuckte sie erschrocken zurück.

»Wie siehst du denn aus?«

Irritiert blinzelte er zu ihr herüber. Erst dann fiel ihm ein, daß seine rechte Gesichtshälfte immer noch angeschwollen war und in allen Farben schillerte.

»Ach, das ist nur 'ne Kleinigkeit«, erklärte er mannhaft.

Karin gab ihm endlich den überfälligen Begrüßungskuß. Seine Hände konnte er nur schwer kontrollieren. So gerne er auch wollte, die interessantesten Stellen ihres Körpers ließ er noch in Ruhe.

Karin bekam keine Luft mehr, japsend löste sie sich von ihm. Ihre Augen signalisierten aber deutlich, daß sie gerne weitergemacht hätte.

»Wir müssen los«, entschuldigte sie sich. »Ich hab den beiden versprochen, daß wir noch 'ne Kiste Bier mitbringen. Und gleich machen die Läden zu.«

Ulli wünschte die Einladung zum Teufel. Doch gehorsam drehte er Freddy Mercury ein wenig lauter und legte den ersten Gang ein.

»Ist hier in der Nähe ein Supermarkt?« erkundigte er sich bei Karin.

Sie nickte. »Jede Menge. Fahr auf die Hattinger, da gibt es einige.« Dabei warf sie einen Blick auf seine Uhr. Schon nach sechs. Wenn sie noch etwas bekommen wollten, mußten sie sich beeilen.

»Wo müssen wir denn überhaupt hin?«

»Zur Herner Straße. Am Bergbaumuseum vorbei, danach die dritte rechts.«

Zander murmelte Anerkennung. So genaue Wegbeschreibungen waren doch immer wieder erfreulich.

Sie entschieden sich für den ersten Supermarkt, der in Sicht kam. Fünf Minuten vor Ladenschluß zog der Mazda auf den Parkplatz. Die Angestellten der Ladenkette waren keineswegs begeistert über die späte Kundschaft. Kurzentschlossen schnappten sie sich einen Kasten der bekanntesten Bochumer Privatbrauerei und wurden als letzte an der Kasse abgefertigt.

Der Parkplatz hinter der Betonfassade hatte sich merklich geleert. Ulli ließ den Kasten von seinen Schultern rutschen und achtlos im Kofferraum verschwinden. Der süßlichen Duftwolke, die dabei aus dem Heck seines Wagens entschwebte, schenkte er keine Beachtung.

Gentleman wie er war, schloß er Karin die Tür auf, bevor er selbst einstieg. Als er sich in die Schlange auf der Hattinger Straße Richtung Innenstadt einreihte, erzählte er ausführlich von dem Einbruch in Martinas Wohnung. Die Stelle, an der er die gezielte Gerade eingefangen hatte, ergänzte er nur durch unwesentliche Details. Die erhoffte Wirkung blieb nicht aus. Karin bedauerte ihn ehrlich und ausgiebig.

Ulli hatte keine Eile, also steuerte er den Wagen bis zum Schauspielhaus, bevor er in die Viktoriastraße einbog. In Höhe des Treibhauses fiel ihm wieder ihr Trip vom Dienstag ein.

»Ich hab übrigens eine Vermutung, wodurch du so übel drauf gekommen bist«, offenbarte er ihr. »Martinas eigenartige Aspirintabletten.«

Karin nickte ernst. »Hab ich mir auch schon gedacht. In so einer komischen Flasche sind die noch nie vertrieben worden, auch nicht für Krankenhäuser. Und wenn zwei Typen in Martinas Wohnung einbrechen und nur hinter den beiden Einkaufstaschen mit der ganzen Chemie her sind, dann ist doch wohl klar, was da drin ist.«

»Und was?« lauerte er.

»Entweder Rauschgift oder Medikamente, die du auch

auf dem Schwarzmarkt verhökern kannst. Was denn sonst?«

Ulli stieg in die Eisen. Ein Golf aus EN-tenhausen war, ohne zu blinken, hauchdünn vor ihnen in die Spur gezogen.

»Mistkerl«, schimpfte er. »Das klingt alles so unglaublich«, wandte er sich wieder an seine Begleiterin. »Kannst du dir Martina als Dealerin vorstellen?«

»Kannst du dir sie als Leiche vorstellen?« konterte sie. »Mensch, Ulli, überleg doch mal. Warum sollte jemand ein Motiv haben, ein nettes Mädchen wie sie umzubringen? Wenn sie allerdings wirklich irgendwo ihre Finger drin hatte, sieht das schon anders aus.«

»Unsinn. Du hast sie genauso gut gekannt wie ich. Martina als Lieferantin für Junkies. Völlig absurd!«

»Wie gut kann man jemanden überhaupt kennen?« philosophierte Karin. »Hat sie dir jemals wirklich etwas über sich erzählt? Über ihre Eltern und ihre Schwester, ja. Aber niemals, was sie beispielsweise in ihrer Freizeit trieb. Ob sie einen Freund hatte. Als sie mir erzählte, daß ihr beide mal was hattet, war das wie eine Offenbarung. Bis dahin habe ich gedacht, sie hätte überhaupt kein Sexualleben.«

Ulli schwieg verlegen. Dieser Punkt würde ihn wohl bis an sein seliges Ende verfolgen. Aber Karin hatte recht. Martina hatte auch ihm viel aus ihrer Vergangenheit erzählt, aber nie, was sie am Abend vorher gemacht hatte. Und daß sie sehr häufig unterwegs gewesen war, wußte niemand besser als er. In den Wohnungen, in denen sie hausten, konnte man sich fast unterhalten, ohne die eigenen vier Wände verlassen zu müssen. Da war es ihm natürlich aufgefallen, daß sie kaum einen Abend zu Hause verbrachte und — wenn überhaupt — erst spät in der Nacht zurückkam.

Der Mazda kam leicht ins Schleudern, die Straßenbahnschienen an der Kreuzung zur Brückstraße waren höllisch glitschig. Ulli steuerte leicht gegen und fing den Wagen wieder ab. Schlagartig waren die Straßen leerer geworden, nach Geschäftsschluß war in dieser Gegend kaum was los.

»Was soll's«, stöhnte er. »Wir beide werden das wohl nicht aufgedröselt kriegen.«

»Hast du den Bullen eigentlich was von den Pillen erzählt?«

»Natürlich«, bestätigte er. »Was anderes haben die Einbrecher ja nicht mitgenommen.«

Karin winkte ab. »Nicht denen. Der Mordkommission.«

Zander war baff. Der Gedanke war ihm gar nicht gekommen. »Nee«, gab er zu.

»Bist du bescheuert? Die müssen das doch wissen!«

Ärgerlich sah er zu ihr herüber. »Ich habe nicht daran gedacht. Als ich hörte, daß Martina tot ist, hab ich genug andere Sachen im Kopf gehabt. Und danach habe ich noch nicht wieder mit den Polypen gesprochen.«

Beschwichtigend legte sie ihm ihre linke Hand auf den Ellbogen. »Entschuldige. War nicht so gemeint.«

Ulli sah zur Seite. Dankbar nahm er die Friedenspfeife an. »Schon gut. Ich geh Montag hin. Zufrieden?«

»Grüßt euch. Wir haben euch schon auf die Verlustliste gesetzt.«

Simone Remmert stand im Türrahmen und lugte Ulli und Karin neugierig entgegen. Dabei hatte sie die Tür nur einen Spalt geöffnet. Als die Besucher über die Schwelle traten, sahen sie, warum. Zwei prächtige Stubentiger lauerten in der kleinen Diele auf die Möglichkeit, den Hausflur ausgiebig inspizieren zu können. Als die Gäste die Wohnung okkupierten, verzogen sich die Katzen schleunigst ins Schlafzimmer.

Zander schnupperte aufmerksam. Es duftete verdammt gut nach Lammfleisch und Knoblauch.

Ihre Jacken landeten an der Garderobe. Erst, als sie das Wohnzimmer betreten wollten, fiel Karin auf, das sie was vergessen hatten. Der Bierkasten stand noch im Wagen.

Ulli stöhnte. Ihre Gastgeber wohnten in einem Altbau. Vierter Stock. Kein Aufzug.

Simone rettete ihn. »Kommt erst mal rein. Unsere Kühlschränke platzen auch so. Vielleicht kommen wir ja ohne eure Kiste hin.« Dabei drückte sie ihnen je eine Flasche Bier in die Hand.

Karin und Simone verschwanden in der Küche, während Ulli in das Wohnzimmer lugte. Auf Kochrezepte hatte keinen Bock.

Vom Wohnzimmer zweigte noch ein weiterer Raum ab, in dem sich der Rest der geladenen Gesellschaft aufhielt. Neugierig spitzte Zander die Ohren. Der geniale Stoppok beschwerte sich gerade in Zimmerlautstärke darüber, daß seine Frau lieber mit seinem Bewährungshelfer als mit ihm bumste und seine Kinder den Postboten 'Papa' nannten. Wenigstens die Musik schien gut zu werden.

Als er schüchtern mit seinem Pils zu den anderen trat, beachtete ihn keiner. Thilo Preuss, der in der Verwaltung der Klappse vor sich hindämmerte, dozierte gerade vor Ludger Berger und Michael Karst, den beiden obersten ÖTV-Terroristen der Klinik, über die Leistungsfähigkeit des neuen 486-Rechners, der unter dem Schreibtisch stand. Das Gefasel über 8 MB-Ram, 60 MHz, 250er Platte und externen Modemanschluß plätscherte an Zanders Ohren vorbei. Er wußte noch nicht mal, wo man so ein Ding anschaltete. Daß Preuss diese Kleinigkeit für nur knapp 3.200 Mark erstanden hatte, haute den Sozialarbeiter auch nicht aus den Socken.

»Kannst du den für den Preis auch mit ins Bett nehmen?« platzte ihm schließlich der Kragen.

Die drei Freaks nahmen ihn endlich zur Kenntnis. Wenn Preuss beleidigt war, zeigte er es mit keiner Wimper.

»Nee, so weit sind die Kisten noch nicht. Aber ich hab gehört, daß IBM an Gummipuppen mit chipgesteuerten Latexmösen arbeitet. Wird bestimmt der neue Renner.«

Zander starrte ungläubig in die Runde, bis die anderen vor Lachen platzten. Nach einer Schrecksekunde lachte er mit.

Preuss wälzte seine hundert Kilo, die sich bei seinen fast einsneunzig gut verteilten, aus dem Sessel und schaltete das Wunderwerk der Technik ab. Dann hielt er Zander seine Pranke hin.

»Grüß dich. Simone hat mir gesagt, du wärst der Neue von der Karin?«

Wieder gackerten Berger und Karst los. Die beiden gaben ein gutes Gespann ab. Während Berger den Körperbau und die Muskulatur eines Schwergewichtsboxers hatte, wirkte Karst mit seinen knapp hundertsiebzig Zentimetern Körpergröße bei maximal sechzig Kilo Gewicht und mit flusigem Milchbart in seinem Schatten wie ein Kümmerling. Pat und Pattachon ließen grüßen.

»Mach den Ulli nicht so fertig«, beschwichtigte Berger, wobei er Zander seine flache Hand auf den Rücken knallte. Dieser hatte Mühe, das Gleichgewicht zu halten.

Preuss machte sich inzwischen an seinem Hifi-Schrank zu schaffen und fischte aus einer der Schubladen eine neue Kassette. Zander war plötzlich Feuer und Flamme. Für die Anlage, die Preuss sorgfältig in einem alten Kiefernschrank hinter Glas verschlossen hielt, konnte er sich eher als für den Computer erwärmen. Ausschließlich die Nobelgeräte von Yamaha und Onkyo hatten sich hierher verirrt, lediglich das Tonband auf dem massiven Beistelltisch war von Akai. Für den Neuwert des Yamaha-Tapes leisteten sich andere Leute eine zweiwöchige Safari in Kenia. Preuss gewann bei Ulli so langsam an Punkten. Vor allem, weil nun leise die ersten Takte von Tom Waits *Blue Valantine* aus den dezibelstarken Boxen trällerten.

Bis zum Essen vertrieben sie sich die Zeit damit, Jürgen Gelsdorfs Chancen, den VfL doch noch zu einer richtigen Mannschaft zu machen, zu erörtern, und waren sich nur in dem Punkt einig, daß wenn schon ein Revierclub in der zweiten Liga spielte, es wenigstens Schalke sein sollte.

Als die Elf aus dem Ruhrstadion theoretisch schon aufgestiegen war und im Europacupfinale gegen den AC Mailand stand, bat Simone zum Essen.

Zanders Nase hatte ihn nicht betrogen. Die Lammsteaks, die auf dem Tischgrill bruzzelten, dufteten ausgezeichnet.

Der Kampf ums Essen war hart, besonders der kleine Karst war zu bemitleiden. Hätte seine ihn um Hauptesläge überragende Gattin nicht gelegentlich mit einem Häppchen versorgt, wäre er den Hungertod gestorben.

»Super«, schmatzte Berger geräuschvoll. »Echt klasse gewürzt.«

Simone lächelte dankbar.«Eigentlich wollte Thilo ja heute kochen«, gestand sie bescheiden.

»Kochen? Du?«

Karsts Gesicht war ein einziges Fragezeichen.

Preuss kräuselte bedauernd die Lippen. »Ich durfte nicht. Da wollte ich Simone mal ein bißchen Arbeit abnehmen, aber wenn sie nicht will ...«

»Witzbold«, entgegnete seine Lebensgefährtin. »Meinst du, ich hab Lust, fünf Leute mit Vergiftungserscheinungen ins Krankenhaus zu bringen?«

»Wieso?« mischte sich Karin ein. »Kochst du so schlecht?«

»Ich hätte mich an das Kochbuch gehalten«, posaunte Preuss schmunzelnd. »Hätte gar nichts schief gehen können.«

»Du kannst ja das nächste Mal kochen«, glättete Berger die Wogen. Er hatte es immer noch nicht aufgegeben, den strikten Gewerkschaftsgegner Preuss für die ÖTV zu werben. Dazu war ihm jedes Mittel recht.

»Lieber nicht«, warnte Simone. »Aber wenn ihr auf Aldi-Roulette steht, bitte.«

Zander verschluckte sich vor Lachen. Auch er hatte Klaus-Peter Wolfs *Ketchup-Rider* gelesen.

»Aldi-Roulette?« echote Karst.

»Ja«, erklärte Thilo gutgelaunt. »Dazu brauchst du nur jede Menge Konservendosen aus dem Aldi. Die schmeißt du alle in eine Badewanne voll Wasser. Und wenn sich die Etiketten abgelöst haben, zieht sich jeder eine Dose.«

»Und wo ist dabei der Witz?« erkundigte sich Berger.

»Schon mal Ravioli zusammen mit Pfirsichhälften, Hühnersuppe, Frankfurter Würstchen und Nasi Goreng probiert?« warf Zander ein. »Kommt alles in ein- und denselben Topf, zusammen mit ein bißchen Olivenöl, einer kleingehackten Zwiebel und einer zerstampften Knoblauchzehe.«

Preuss hielt ihm seine Bierflasche zum Anstoßen hin. Zander hatte einen neuen Kumpel.

»Bewerten Sie auf einer Skala von eins bis zehn Ihren Sexualtrieb.«

Sieben mehr oder weniger angetrunkene Mitspieler gackerten belustigt über Simones Frage an ihren Ehemann in spe durcheinander. Auf dem inzwischen abgeräumten Eßtisch stand *Therapie*, ein Psychospiel. Sogar Karst lachte mit. Dabei war es gar nicht sicher, ob er die Frage verstanden hatte oder nur lachte, weil die anderen lachten.

Preuss war in der Gruppentherapie gelandet. Er brauchte noch einen Sticker auf seiner blauen Couch, dann hatte er alle Wissensgebiete erfolgreich beantwortet. Die anderen waren hoffnungslos im Nachteil.

Nachdem der Herr des Hauses seine Antwort auf einen Zettel notiert hatte und verdeckt hielt, diskutierten die ›Psychologen‹ die mögliche Antwort. Man einigte sich auf eine Vier. Preuss hatte ein Neun.

»Angeber«, beschwerte sich Simone. »Davon habe ich aber schon lange nichts mehr gemerkt.«

Preuss flüchtete vor dem anschließenden Gejohle in die Küche. Sein Bier war leer.

»Das war's dann«, erklärte er bedauernd, als er zurückkam. »Die Kiste ist alle.«

Alle Augen richteten sich auf Zander. Der kapierte. »Schon gut. Wenn ich in zwanzig Minuten nicht wieder da bin, ruft 'nen Notarzt. Dann bin ich unterwegs verreckt.«

Preuss zeigte sich kollegial. »Keine Panik. Ich komm mit, Tragen helfen.«

Mit lautem Getöse stolperten sie durch den Hausflur. Die kalte Nachtluft fegte die leichten Brummschädel, die die beiden vom Alkohol und den unzähligen gerauchten Kippen bekommen hatten, augenblicklich weg. Ulli nestelte den Autoschlüssel aus seiner Hosentasche.

Mit leichten Schwierigkeiten rammte er den Schlüssel ins Kofferraumschloß, die Haube schwang langsam nach oben. Keuchend wuchtete er den Kasten auf die Straße und wollte die Klappe wieder zuschlagen, da hielt Preuss seine Hand fest. Seine Augen blinkerten in den Kofferraum.

»Sag mal, hast du ein halbes Schwein transportiert?« Seine Stimme klang ernst.

Ulli verstand erst nicht. Dann folgte sein Blick dem ausgestreckten Zeigefinger. Und plötzlich war ihm nicht nur wegen der Temperaturen kalt. »Ach du Scheiße«, hauchte er. »Was ist das denn?«

»Also, Bier ist es nicht«, stellte Preuss ruhig fest. »Sieht eher aus wie Öl. Oder Blut!«

In der linken, hinteren Ecke der Ladefläche hatte sich eine beachtliche Lache ausgebreitet, zwei der Stofflappen, die Zander für Tätigkeiten wie Ölstandmessen oder Kerzenwechseln immer neben der kleinen Werkzeugtasche liegen hatte, waren ebenfalls naß. Und wieder stieg dieser süßliche Geruch aus dem Kofferraum.

In den nächsten Minuten sagte keiner ein Wort, bis Preuss seine Zigarettenschachtel aus der Hemdtasche zog. Dankbar inhalierten sie den Rauch, vor dem die EG-Gesundheitsminister sie auf der Packung ausdrücklich warnte.

»Hast du eine Erklärung dafür?« erkundigte sich Thilo. Im Gegensatz zu Zander schlotterten seine Knie nicht. Es war ja auch nicht sein Wagen.

»Nicht die geringste. Vielleicht ist es ja auch was anderes.«

Thilo spuckte auf das Pflaster. »Wenn's kein Tomatenketchup ist ...«

Zander nickte. Ketchup kam höchstens über seine Spaghetti, aber nicht auf die Auslegeware im Kofferraum.

Preuss beugte sich in das Wageninnere und tastete vorsichtig den häßlichen Fleck mit seinen Fingern ab. Dann runzelte er die Stirn.

»Schon lange eingetrocknet«, erklärte er. »Mindestens fünf, sechs Tage alt. Wann hast du denn das letzte Mal deinen Kofferraum aufgehabt?«

Zander überlegte. Abgesehen von heute abend war das bestimmt schon drei Wochen her.

»Und danach nicht mehr?« fragte Preuss zweifelnd nach.

Ulli hob schwörend die Hand. »Nein. Und da war dieser Fleck noch nicht da.«

Preuss trat seine halbgerauchte Kippe aus. »Mein lieber Scholli, wenn das mal kein Eigentor wird.«

»Wie meinst du das?«

»Bist du wirklich so naiv?« polterte Thilo los. »Ich wette meinen Hintern, daß das Blut ist. Und dir wird kaum jemand abnehmen, daß du dir die Birne an der Klappe gestoßen hast! Vor allem nach dem Artikel heute in der WAZ.«

Zander begriff. Plötzlich wurde ihm schlecht. »Du meinst ...?« vergewißerte er sich.

»Ich meine gar nichts«, erklärte Preuss. »Allerdings würde es mich nicht wundern, wenn das Blut in deiner Karre die gleiche Blutgruppe wie unsere dahingeschiedene Kollegin Pielert hat.«

»Aber das ist doch Wahnsinn«, schrie Zander genervt. »Das hieße ja, daß ich sie ... du glaubst doch nicht etwa, ich ...?«

»Ich glaube nur, daß Martina in deinem Kofferraum gelegen hat. Daß du an dem Freitag abend zu besoffen warst, um alleine pinkeln zu gehen, hab nicht nur ich mitgekriegt.«

Ulli atmete erleichtert durch, als wären Thilos Worte schon ein Freispruch. »Und was sollen wir jetzt machen?«

Preuss deutete auf die Kiste Bier. »Die nach oben bringen. Was denn sonst?«

Die Runde um den Eßtisch sah den Gesichtern der Bierholer sofort an, daß die beiden keine Lust mehr hatten, weiterzuspielen. Abwechselnd erzählten Preuss und Zander, was sie unten entdeckt hatten.

»Meine Fresse«, staunte Berger, der den Ernst der Lage wohl noch nicht ganz geschnallt hatte. »Is ja spannender als 'n Schimanski.«

Zander warf ihm einen bitterbösen Blick zu. Nach Scherzen war ihm nicht zumute.

»Bis wann warst du eigentlich auf der Fete?« erkundigte sich Simone bei Ulli. »Zeugen für dich zu finden, dürfte ja eigentlich kein Problem sein.«

»Das ist es ja«, stöhnte der Sozialarbeiter. »Ich weiß weder, wann ich abgehauen noch wie ich nach Hause gekommen bin. Mit meinem Wagen auf jeden Fall nicht. Den hab ich erst am nächsten Morgen eingesammelt.«

»Um eins warst du garantiert noch da«, mischte sich

Preuss wieder ein. »Als ich gegangen bin, war es genau fünf nach. Zu übersehen und zu überhören warst du ja nicht.«

Ulli rutschte unbehaglich auf seinem Stuhl hin und her. »Warum?«

»Na ja, die Lautstärke, mit der du und der Michael Karst die alte DDR-Hymne intoniert habt, war schon beeindruckend. Das 'Auferstanden aus Ruinen' kam richtig gut.«

Karst duckte sich, als hätte er etwas Unanständiges getan. Begütigend streichelte seine Herzallerliebste über den spärlicher werdenden Haarschopf.

Berger beugte sich interessiert vor. »Um zwei war allgemein Schluß. Ob du allerdings bis zum Schluß noch da warst, weiß ich auch nicht mehr so genau.«

»Das gibt doch alles keinen Sinn«, zweifelte Karin. »Wie kommt das Blut in Ullis Wagen? Der Mörder müßte ja dann aus der Klinik sein. Wer sonst hätte an die Autoschlüssel kommen sollen?«

Einer nach dem anderen sah anerkennend zu ihr herüber. Preuss stoppte die Begeisterung. »Nicht unbedingt. Martina könnte sich genauso gut Ullis Wagen geschnappt haben, um dann ihren Mörder zu treffen. Vielleicht hat sie dich ja sogar nach den Schlüsseln gefragt? So weggetreten, wie du warst, hast du das bestimmt nicht mehr mitgekriegt.«

Ulli schoß vor. »Nein«, erregte er sich, »so war es bestimmt nicht. Denn am Samstag, als ich die Karre abgeholt habe ...«

In kürzen Zügen berichtete er von der Suche nach seinen Wagenschlüsseln, von den verdreckten Sitzen, den Lehmspritzern auf dem Lack und den verstellten Spiegeln. Da er schon mal dabei war, schob er auch gleich die Story von Karins Trip nach den ominösen Aspirintabletten, dem Einbruch in Martinas Wohnung und ihre Überlegungen nach, in denen Martina Pielert eine Hauptrolle als Drogenhändlerin spielte.

Preuss nagte gedankenversunken an der Unterlippe und legte den Kopf in den Nacken. »Du solltest diese merkwürdigen Pillen und das Blut in deinem Wagen mal analysieren lassen. Nur, um sicher zu gehen.«

»Witzbold«, beschwerte sich Ulli. »Wenn ich bei der Kripo anrücke und denen meinen Kofferraum und die Tabletten unter die Nase halte, buchten die mich doch sofort ein.«

»Ich hab ja auch nicht vom Polizeilabor gesprochen«, erwiderte Thilo. »Aber zur Mordkommission mußt du auf jeden Fall. Besser, du gehst alleine dahin, als daß die auf dich kommen. Dann hört sich deine Story erst recht bescheuert an. Fest steht auf jeden Fall, daß Martina kurz nachdem sie die Fete verlassen hat, umgebracht wurde. So wie es aussieht, ist sie mit deinem Wagen verschwunden.«

Zander ballte die Fäuste, obwohl er wußte, daß Thilo das einzig Vernünftige vorschlug. »Und was soll ich jetzt machen?«

Preuss griff sich sein Bier und blinzelte ihm zu. »Bring mir morgen zwei von den Pillen und einen dieser Stofflappen mit den Blutspuren vorbei. Ich kenn aus meiner Zivildienstzeit noch so 'n Karbolmäuschen, die arbeitet als MTA. Vielleicht hilft die uns weiter.«

Während er einen tiefen Schluck aus der Pulle nahm, warf ihm Simone einen eifersüchtigen Blick zu, sagte aber nichts.

»Und Montag gehst du zur Uhlandstraße, zum Präsidium«, fuhr Thilo fort. »Solange die deine Fingerabdrücke nicht auf der Leiche finden und kein Motiv nachweisen können, kann dir eigentlich gar nichts passieren.«

»Dein Wort in Gottes Ohr«, seufzte Zander. Es tröstete ihn wenig, daß Karin unter dem Tisch seine Hand suchte und sie zärtlich drückte.

12.

»Möchtest du auch etwas aus der Kantine?«

Hofmann sah von seinem Sportteil hoch. Zwar war ihm bei der Lektüre des Berichts über die letzte VfL-Vorstellung der Appetit vergangen, aber da er nicht wußte, ob er heute zum Mittagessen kommen würde, nickte er.

»Zwei Brötchen und ein bißchen Käse. Und vielleicht einen Joghurt.«

Katharina nickte und schob ab. Auf dem Gang lief sie fast Westhoff um, der ihr väterlich zublinzelte. Dann betrat er Hofmanns Büro. »Na, Kollege, was meinen Sie? Nächstes Jahr wieder gegen Bayern?«

»Wenn die Münchner nicht absteigen, mit Sicherheit«, erwiderte Hofmann.

Westhoff okkupierte den Stuhl vor der Schreibmaschine und stützte seine Ellbogen auf. Seine Hakennase bebte. »Wie sieht es bei euch aus? Habt ihr schon was?«

»Nein«, gab Hofmann zu, »außer einer Menge unerklärlicher Umstände. Ein dickes Bankkonto, ein unbekannter Freund, von dem sie ein Kind erwartet hat, und so gut wie keine Kontakte.«

Der Dezernatsleiter stöhnte gequält auf. »Verdammte Scheiße, Hofmann, knacken Sie die Nuß. Brauchen Sie mehr Leute?«

Der Angesprochene horchte auf. Westhoff stand das Wasser offensichtlich bis zum Hals. »Im Moment noch nicht«, lehnte er höflich ob. »Frau Thalbach und ich schaffen das schon.«

Westhoff nickte zufrieden, wobei seine Gedanken irgendwo waren, nur nicht bei Hofmann. »Menschenskind, der Alte hat mir am Freitag Zunder gemacht«, weinte er sich schließlich aus, »die Medien setzen uns das Messer an den Hals. Jeden Tag wollen hier Kamerateams anrücken, RTL wollte uns sogar in eine ihrer widerlichen Realityshows stopfen. Dieser Kindermörder bricht uns das Genick. Der Fall ist schon bundesweit bekannt.«

Hofmann verschränkte die Hände hinter dem Kopf und kraulte nervös seine blonde Lockenpracht. Daß sich Westhoff öffentlich abfällig über den Chef äußerte, war noch nie vorgekommen.

Sein Vorgesetzter rieb sich die Augen und streckte die Wirbelsäule. Es knackte deutlich. »Wie macht sich eigentlich die Neue? Taugt die was?«

»Ich denke doch«, versicherte Hofmann schnell. »Bisher ganz ordentlich.«

Westhoff erhob sich aus seiner unbequemen Sitzposition, als Katharina mit einer Papiertüte und einigen Briefen wieder in das Büro kam. Der Dezernatsleiter grüßte noch einmal geistesabwesend, bevor er die beiden in Ruhe ließ.

»Wollte der was Besonderes?« erkundigte sie sich.

Berthold schüttelte den Kopf. »Keinen Schimmer. Wahrscheinlich schlecht geschlafen.«

Die Polizistin plazierte das Frühstück in der Mitte des Schreibtisches und warf mit einer lässigen Handbewegung die mitgebrachten Briefe zu ihrem Kollegen.

»Ich hab schon mal unsere Post mitgebracht. Bevor wir die erst wieder heute nachmittag kriegen ...«

Die Brötchen sahen so aus, als wären sie von Freitag übrig geblieben. Hofmann hatte das Gefühl, auf einer aufgeweichten Zeitung zu kauen.

Katharina hatte es noch schlimmer getroffen. Das Vollkornbrot war durchgehend grau, der Honig alles andere als von glücklichen Bienen und die Tomate ein Wunderwerk der Gentechnik. Diese Sorte verfaulte eher, als daß sie ihre Schnittfestigkeit verlor.

Während sie mit ihrer Mahlzeit kämpften, überflog Hofmann flüchtig die Post. Am interessantesten schien das Rundschreiben über den pfleglichen Umgang mit den Dienstwaffen zu sein. Da stieß er am Ende des Stapels auf einen schlichten, grauen Umschlag. Das Kuvert hatte keinen Absender, die Adresse war mit Schreibmaschine geschrieben.

Mit seinem Buttermesser ritzte der Kriminalkommissar das Papier auf. Normalerweise wurde jeder Brief in der Poststelle geöffnet, aber der hier war an ihn persönlich gerichtet. Allerdings hatte der Schreiber seinen Namen mit zwei 'f' geschrieben. Hofmann konnte damit leben.

Zwanzig Sekunden später hatte er das miserable Frühstück vergessen. Mit einem amüsierten »Das darf doch nicht wahr sein« reichte er den Bogen an Katharina. Kurze Zeit später trafen sich ihre Blicke.

»Nimmst du das für bare Münze?« fragte sie sich schließlich. »Anonyme Mitteilungen sind eigentlich nicht das Papier wert, auf dem sie stehen.«

Hofmann nickte zustimmend. »Eigentlich nicht. Aber jetzt haben wir endlich einen Grund, diesem Sozialarbeiter auf den Zahn zu fühlen.«

Katharina rümpfte ihre Nase. »Ich weiß nicht recht. Selbst wenn der wirklich, wie hier steht, der Vater von dem Kind der Pielert war, ist das noch lange kein Motiv für den Mord.«

»Aber wenn er es war, hätte er es uns sagen können. So macht er sich doch nur verdächtig.«

Um ihre Mundwinkel kräuselte sich ein schmales Lächeln. »Vorausgesetzt, er wußte von seinem Nachwuchs.«

Berthold setzte seine Tasse wieder ab. Nachdenklich sah er zu ihr herüber. »Was soll denn das nun wieder?«

Katharina hob abwehrend die Hände. »Gar nichts. Scheint mir nur alles nicht so einfach zu sein, wie es auf dem ersten Blick aussieht.«

Hofmann winkte energisch ab. »Auf jeden Fall kaufen wir uns den gleich mal. Ruf schon mal bei der Staatsanwaltschaft an. Wir brauchen 'nen richterlichen Wisch für diese DNA-Analyse, von der Brettschneider gesprochen hat.«

Katharina setzte zum Sprechen an, verschluckte aber ihren Satz und griff sich das Telefon.

Der Staatsanwalt hatte offensichtlich gute Laune. In einer halben Stunde konnten sie das notwendige Papier abholen.

Ullis Laune war hingegen alles andere als gut. Den ganzen Sonntag über war ihm nicht aus dem Kopf gegangen, was er und Preuss in seinem Kofferraum gefunden hatten. Auch die Tatsache, daß Karin am Samstag abend das Geld für ein Taxi bis nach Dahlhausen gespart und bei ihm übernachtet hatte, konnte ihn nicht auf andere Gedanken bringen. Als er am Sonntag nachmittag den Mazda abgeholt und Preuss, wie vereinbart, zwei von den Pillen und ein Stück von der blutigen Auslegeware dagelassen hatte, war ihm ein kalter Schauer über den Rücken gelaufen. Bei der Vorstellung, Martinas Mörder könnte seinen Wagen für den Transport der Leiche benutzt haben, wurde ihm furchtbar übel.

Auch jetzt konnte er sich nicht konzentrieren. Auf seiner

Station war Visite angesagt. Alle, die meinten, etwas sagen zu müssen, scharten sich um den leitenden Arzt, ganz vorne einer der beiden Stationsärzte. Normalerweise fand Zander dieses Gehabe äußerst erheiternd, heute gingen ihm nur alle schrecklich auf den Zeiger.

Schließlich war auch das überstanden. Die Medizinmänner versammelten sich draußen auf dem Flur, während sich Zander mit dem Pflegepersonal im Dienstzimmer niederließ, um den Streß mit Kaffee wegzukippen. Er hatte seine erste Tasse gerade halb geleert, als es an der Zimmertür klopfte. Diensteifrig sprang eine Schülerin auf und bediente die Klinke.

Thalbach und Hofmann standen im Rahmen.

»Guten Morgen, die Herrschaften. Ich hoffe, wir stören nicht.« Dabei warf der Beamte einen amüsierten Blick auf die Tassen. Allerdings entging ihm nicht, daß Zander blaß und blasser wurde.

»Herr Zander, könnten wir Sie wohl mal einen Moment sprechen?« fuhr Katharina fort. »Wir haben noch ein paar Fragen an Sie.«

Ulli stand auf und sah sich hilfesuchend um, aber außer den fragenden Blicken der anderen erntete er nichts. »Natürlich«, erklärte er heiser. »Gehen wir in mein Büro.«

Hofmann grinste ihn freundlich an, wünschte dem Rest der Belegschaft noch einen schönen Tag und nahm ihn zusammen mit Katharina in die Mitte.

»Haben Sie schon etwas Neues herausgefunden?« tastete sich Ulli nervös vor, während sie auf sein Arbeitszimmer zusteuerten.

»Wir hoffen, daß Sie uns dabei behilflich sein können«, antwortete Hofmann genießerisch. »Bitte holen Sie Ihre Jacke, unser Wagen steht ziemlich weit weg.«

Ulli zuckte zusammen. »Bin ich verhaftet?« versuchte er zu scherzen. Es ging daneben.

Hofmann klopfte sich insgeheim auf die Schulter. Der Kerl platzte ja vor schlechtem Gewissen. »Nein«, entgegnete er laut. »Wir bitten Sie nur, mit aufs Präsidium zu kommen.«

»Können wir das nicht hier erledigen?« flehte Zander. »Ich hab noch ziemlich viel zu tun.«

»Bitte, Herr Zander, ich möchte Sie nicht erst vorladen müssen«, ließ ihn Hofmann, diesmal ziemlich energisch, auflaufen. »Außerdem könnte es etwas dauern, bis wir fertig sind.«

Ulli hätte am liebsten das Weite gesucht. Als er in sein Büro trat und seine Jacke vom Haken nahm, war sein Gesicht fast so grün wie seine Winterbekleidung.

»Haben Sie eine Vertretung?« fragte Katharina leise. »Es ist besser, Sie melden sich ab, bevor Sie auch noch mit Ihrem Arbeitgeber Schwierigkeiten bekommen.«

Den Sinn der wichtigsten zwei Worte erfaßte Zander sofort. Die beiden wußten etwas. Vielleicht hatten sie längst seinen Wagen abgeschleppt und untersucht, oder sie wußten von der Irrfahrt des Autos in der Mordnacht. Seine Finger zitterten beim Wählen so sehr, daß er dreimal neu beginnen mußte. Dann hatte er die Kollegin, die ihn bei Krankheit und während des Urlaubs vertreten sollte, erreicht. Als er ihr erklärte, daß er zur Polizei mußte, versagte fast seine Stimme.

Wortlos brachten ihn die beiden Kriminalen dann zu ihrem Dienstwagen, der mit quietschenden Reifen aus der Parklücke schoß.

Erst als er in ein Büro geschleust und auf einen harten Stuhl gezwängt worden war, fiel die Erstarrung von Zander ab. Mit bösem Magenkneifen beobachtete er, wie sich Hofmann und Thalbach selbstgefällig auf ihre eigenen Sitze fallen ließen. Doch statt mit der Fragerei zu beginnen, schnappte sich Hofmann das Telefon und tippte gutgelaunt eine Nummer ein. Während er darauf wartete, daß am anderen Ende jemand abhob, pfiff er fröhlich vor sich hin. Dann war es so weit.

»Hofmann hier, Tag, Herr Brettschneider. Wir haben ihn jetzt hier. Kommen Sie vorbei?« ... »Gut, dann bis gleich.«

Behäbig zog der Polizist seine Pfeife hervor, stopfte sie und rauchte an. Erst dann widmete er sich dem kleinen Häufchen Sozialarbeiter.

»So, Herr Zander, nun mal zur Sache. Wie gut kannten Sie die Tote wirklich?«

Der Kloß in Zanders Hals schwoll auf Melonengröße. »Das habe ich Ihnen doch schon gesagt«, erklärte er verzweifelt.

»Wirklich?« mischte sich Thalbach ein. »Oder haben Sie uns vielleicht nicht doch eine Kleinigkeit vorenthalten?«

»Wußten Sie eigentlich, daß die Tote schwanger war?« bombardierte ihn Hofmann von der anderen Seite.

In Ullis Kopf drehte sich alles. »Nein. Woher denn? Sie hat ja kaum etwas erzählt.«

»Dann wissen Sie natürlich auch nicht, wer der Vater des Kindes ist?« setzte Thalbach unbarmherzig nach.

»Um Himmels willen, nein.«

Hofmann nahm einen tiefen Zug und winkelte sein rechtes Bein soweit an, daß er mit der Hacke auf die Sitzfläche kam. Seine Hände verschränkte er vor dem Knie. »Nun, was sagen Sie dann dazu?« Dabei warf er ihm eine Kopie des anonymen Briefes herüber.

Ulli faltete den Bogen auseinander und begann zu lesen. Seine Augen wurden groß. »Das ist doch Unfug«, erregte er sich. »Martina und ich haben nur einmal miteinander ...«

Erschrocken brach er ab, während sich die beiden Polizisten bedeutungsvoll ansahen.

»Was haben Sie nur einmal miteinander?« forderte Katharina mit eiskalter Stimme eine Fortsetzung. Hofmann sah erschrocken hoch. Ihr Organ war bemerkenswert verwandlungsfähig.

Ulli wandt sich wie ein Aal. »Na gut, wir haben einmal miteinander geschlafen. Aber das ist schon Monate her.«

»Wieviele Monate?«

Zander rechnete. »Drei oder vier, ich weiß es nicht mehr genau.«

Hofmann klatschte sich vor Vergnügen in die Hände. »Paßt«, erklärte er. »Bei ihrer Ermordung war Frau Pielert im dritten Monat.«

»Wollte sie keine Abtreibung?« erkundigte sich Thalbach. »Oder kam Ihnen das Kind ungelegen, weil Sie inzwischen eine neue Flamme hatten? Erzählen Sie schon, Mann!«

Verzweifelt schlug sich Ulli die Hände vor das Gesicht. Er hätte sofort zur Polizei gehen sollen, er hätte alles sagen müssen, von der Kurzzeitbeziehung bis zu den Pillen, die er in Martinas Wohnung gefunden hatte. Jetzt war die Karre so verfahren, daß er schon einen Panzer brauchte, um sie wieder rauszuziehen.

»Verdammt noch mal, selbst wenn das Kind von mir war, ich wußte es nicht. Sie hätte es mir doch gesagt.«

»Das hat sie doch auch«, konterte Katharina berechnend. »Sie hat Sie doch sofort angerufen, als sie es selbst erfuhr.«

»Können Sie sich daran nicht mehr erinnern?« brauste Hofmanns schneidende Stimme durch den Raum. »Sie hat noch von ihrem Gynäkologen aus mit Ihnen telefoniert. Sie hat sich mit Ihnen für die Mittagspause verabredet. Leugnen Sie das etwa?«

»Sie hat nicht mit mir telefoniert«, kreischte Zander wie wahnsinnig. »Woher wissen Sie überhaupt, daß das Kind von mir war? Glauben Sie etwa so einem beschissenen Geschmiere?« Dabei schleuderte er Hofmann den anonymen Brief wieder zurück auf den Schreibtisch.

»Wissen Sie, was eine DNA-Analyse ist?« mischte sich Katharina wieder ein. »Sie haben recht, noch wissen wir nicht genau, ob Sie der Vater sind. Nach einer solchen Analyse aber schon.«

Hofmann nickte arrogant. »Ganz genau. Und eine solche Analyse werden wir durchführen. Ob Sie wollen oder nicht.« Dabei hielt er ein Schriftstück in die Höhe. »Der Mediziner müßte gleich da sein. Danach sehen wir weiter.«

Ulli glaubte, der Boden unter seinen Füßen wäre aus Götterspeise. »Sie halten mich wirklich für den Mörder? Sie sind ja wahnsinnig.«

»Abwarten«, grinste Hofmann. »Im Moment haben Sie von allen die schlechtesten Karten. Und wer weiß, was sich sonst noch ergibt.«

Zander sank in sich zusammen. Wenn er nüchtern seine Situation betrachtete, konnte er die Gedankengänge der Polizisten nachvollziehen. Wenn er jetzt nicht die Flucht nach vorn antrat, war es vielleicht zu spät.

»Kann ich eine Zigarette haben?« fragte er leise.

Hofmann und Thalbach sahen kurz hoch. Gewöhnlich fingen so Geständnisse an. Hofmann stand auf und kramte in seiner Jacke herum, bis er die Schachtel Lord gefunden hatte. Ulli griff gierig nach dem Glimmstengel und inhalierte tief.

»Ich habe sie nicht umgebracht«, setzte Ulli wesentlich ruhiger an. »Aber ich vermute, daß sie mit meinem Wagen transportiert worden ist.«

Hofmann saß mit einem Mal kerzengerade. »Bitte?«

Ulli nickte. Und dann erzählte er alles, was er wußte, von seinem verschwundenen Autoschlüssel, von den Dreckspritzern im Wagen und von der Tablettensammlung, die ihm selbst bei dem Einbruch wieder geklaut worden war. Auch die Blutflecken im Kofferraum ließ er nicht aus.

»Das ist alles«, beendete er schließlich seinen Bericht. »Mehr weiß ich nicht.«

»Grimms Märchenstunde«, pöbelte Hofmann. »Menschenskind, so was Blödes kauft Ihnen doch keiner ab. Lächerlich.«

Trotzdem ließ er zwei Bereitschaftspolizisten antreten, denen er Zanders Wohnungs- und Autoschlüssel in die Hand drückte. Die Tabletten und den Wagen mußte er haben. »Sofort ins Labor damit«, schleuderte er ihnen hinterher, als sie schon fast aus der Tür waren.

»So war es aber«, beharrte Ulli nach einer kleinen Pause. Jetzt, wo alles raus war, fühlte er sich entschieden besser.

»Was für einen Wagen fahren Sie eigentlich?« erkundigte sich Katharina ruhig.

»Einen Mazda.«

»Farbe und Modell?« schnappte Hofmann.

»Weiß, ein älterer 626er.«

»Lassen Sie mich raten«, bat Katharina, »hinten auf dem Kofferraumdeckel klebt ein Reklameschildchen.«

»Woher wissen Sie das?« fragte Ulli perplex. »Ja, der Vorbesitzer hat da ein Marlboroschild draufgeklebt.«

Betreten sahen die Polizisten zur Seite. Auf die Idee, mal

nachzuforschen, welchen Wagen Zander fuhr, waren sie nicht gekommen.

In die Gesprächspause hinein polterte jemand gegen die Zimmertür, die sofort darauf aufsprang. Brettschneider schob seinen Bayernschädel in den Raum, in der Hand seinen Utensilienkoffer.

»Tag zusammen. Ist er das?« Dabei richtete sich seine linke Pranke auf Zander.

»Genau. Müssen Sie ihn mitnehmen, oder können wir das hier veranstalten?«

»Auf keinen Fall. Ich habe den Sezierraum schon vorbereiten lassen. Kommt ja selten vor, daß unsereiner auf lebende Objekte stößt. So eine Gelegenheit lasse ich mir nicht entgehen.«

Dabei grinste er breit und kniff Zander ein Auge zu. Ulli atmete erleichtert auf, insgeheim hatte er schon seine Gliedmaßen numeriert.

Der Vorgang war beschämend einfach. Zander mußte seinen rechten Oberarm freimachen, der Doc holte eine Spritze hervor, deren Nadel er schließlich in eine Vene rammte. Daß der Arzt normalerweise nur Umgang mit Leichen hatte, spürte Zander unsanft bei dem Einstich. Wäre die Nadel auf der anderen Seite seines Armes wieder herausgekommen, es hätte ihn nicht gewundert.

Endlich hatte er es hinter sich. Der Gerichtsmediziner packte seine Sachen zusammen, empfahl sich und verschwand. In spätestens drei Stunden wollte er das Ergebnis mitteilen.

Zander hatte bis dahin keinesfalls Ruhe. Kaum war der Doc aus dem Raum, ging das Fragespielchen von vorne los. Thalbach machte den Anfang.

»Fangen wir noch einmal von vorne an. Was geschah an dem Abend, an dem Frau Pielert ermordet worden ist? Und vergessen Sie nicht die Kleinigkeiten.«

Ulli seufzte. »Ich habe Ihnen doch alles schon erzählt. Martina und ich sind zusammen in die Klinik gefahren. Zuerst haben wir uns noch ein wenig unterhalten, dann habe ich sie aus den Augen verloren. Und irgendwann war ich einfach zu voll, um noch etwas mitzukriegen.«

»Wissen Sie was?« ereiferte sich Hofmann. »Ich glaube Ihnen einfach nicht. Ich vermute vielmehr, Sie haben den Betrunkenen absichtlich gespielt, damit Sie ein Alibi haben. Oder damit mehrere Leute bezeugen können, daß Sie nicht mehr in der Lage waren, noch gerade gehen zu können.«

»Quatsch«, brauste Ulli auf. »Ich habe doch überhaupt kein Motiv. Selbst wenn Martina ein Kind von mir bekommen hätte, wäre das noch lange kein Grund, sie umzubringen.«

»Vielleicht nicht nur deswegen«, überlegte Thalbach. »Vielleicht spielt diese Tablettengeschichte dabei die Hauptrolle. Das wäre doch möglich. Angenommen, Frau Pielert läßt in der Klinik Medikamente verschwinden, die dann schwarz verkauft werden. Und vielleicht hängen Sie mit drin. Vielleicht kassieren Sie ja die meiste Kohle, und die Tote hat die Sachen nur für Sie besorgt.«

»Sie spinnen ja!« entfuhr es Zander. »Und der Einbruch? Vergessen Sie den Einbruch nicht. Jemand ist in ihre Wohnung eingedrungen und hat mir ein blaues Auge verpaßt. Und der hatte es nur auf die Tabletten abgesehen.«

»Behaupten Sie«, argumentierte Hofmann. »Merkwürdigerweise hat man an dem Türschloß der Pielert keine Spuren gefunden, die Tür wurde auch nicht aufgebrochen. Entweder ist jemand mit einem Schlüssel da rein gegangen, oder dieser Einbruch hat gar nicht stattgefunden.«

»Was soll denn das nun wieder?«

Hofmann breitete mit großer Geste seine Hände aus. »Und wenn die Sachen von vorneherein in Ihrer Wohnung gestanden haben? Wenn Sie mit Ihren Kumpanen, die mit in dieser Sache stecken, Streit bekommen haben? Oder wenn Sie die Sachen einfach haben verschwinden lassen und sich dann mit 'ner Bratpfanne eins aufs Auge gegeben haben, um den Verdacht von sich zu lenken? Wie sieht es denn damit aus?«

Der Kommissar war während seiner Ansprache immer lauter geworden, Zander immer kleiner. Dem Sozialarbeiter wurde immer klarer, wie dick er in der Scheiße saß.

»Himmeldonnerwetter noch mal, halten Sie uns für Idioten?« bellte Hofmann weiter. »Sie lügen uns hier die Hucke voll, behaupten einen Schwachsinn nach dem nächsten und tun ganz entsetzt, wenn wir Ihnen diesen Unfug nicht abkaufen. Am besten, Sie rufen Ihren Anwalt an. Den brauchen Sie nämlich unbedingt!«

»Ich kenne aber keinen«, gab Ulli kleinlaut von sich.

»Schlimm für Sie«, ätzte Hofmann. »Menschenskind, alleine kommen Sie da nie wieder raus.«

Pausenlos prasselten die Fragen auf ihn herab, vor Ullis Augen bildete sich langsam ein Schleier. Zuerst gab er noch Antwort, aber dann sah er ein, wie zwecklos es war. Sie glaubten ihm nicht.

Die Zeit schien endlos lang zu werden, da klingelte plötzlich von irgendwoher das Telefon. Es war der Gerichtsmediziner. Und er hatte die schlimmste Nachricht, die sich Zander denken konnte. Das Kind war von ihm, diese DNA-Analyse ließ keinen Zweifel aufkommen.

Sie gönnten ihm eine Stunde Pause, er bekam etwas zu essen und zu trinken, nachmittags ging es weiter. Ulli war fertig. Während der letzten drei Stunden des Verhörs sagte er keinen einzigen Ton mehr.

Schließlich hatten die Polizisten selbst genug. Hofmann rief einen Polizisten, der Zander abführen sollte. Er war vorläufig festgenommen. Bevor er in die Zelle kam, mußte er noch seine Fingerabdrücke verewigen lassen und vor einem unfreundlichen Fotografen posieren. Dann durfte er sich hinlegen.

»Meine Güte, ganz schön harter Brocken«, seufzte Hofmann, während er sich die geröteten Augen rieb. »Hätte ich nicht gedacht, so zäh hab ich den gar nicht eingeschätzt.«

Katharina streckte sich und öffnete dann das Fenster. Die dicken Rauchschwaden, die Hofmann mit seiner Pfeife produziert hatte, verließen fluchtartig das Zimmer. Ihre Kopfschmerzen blieben.

»Ich weiß nicht«, stöhnte sie. »Vielleicht lügt er ja doch nicht.«

Berthold lachte freudlos auf. »Hat der dich etwa eingelullt? So einen Stuß wie heute habe ich schon lange nicht mehr gehört.«

»Für so eine blöde Geschichte ist der doch viel zu intelligent. Wenn er wirklich was damit zu tun hätte, würde er uns was anderes erzählen.«

»Schluß für heute«, entschied Hofmann. »Morgen früh machen wir weiter. Irgendwann ist auch der weich.«

»Schön wär's«, entgegnete sie gähnend. Während sie die Kaffeetassen einsammelte und in dem kleinen Handwaschbecken einweichte, schlüpfte Berthold schon in seinen schwarzen Wollmantel. Der Bedarf an Kommunikation war bei beiden gedeckt. Hofmann grüßte noch kurz und war verschwunden. Katharina zog sich mißmutig ihre Jacke über die Schultern, schloß das Fenster und schnappte sich ihre Handtasche. Dieser Zander. Eigentlich war er ihr, bei ihrer ersten Begegnung, sympathisch erschienen, ein netter, natürlicher Kerl. Wie man sich doch täuschen konnte.

Sie verschloß die Bürotür hinter sich und schlenderte nachdenklich über den Flur. Schließlich entschied sie sich, noch kurz bei den Kollegen vom Erkennungsdienst vorbeizusehen.

13.

Zander sah fürchterlich aus. Die Nacht in der Zelle hatte ihm gehörig zugesetzt.

Die Pritsche, auf der er geschlafen hatte, war fast genauso mit Altlasten bestückt wie eine Industriebrache in Bitterfeld und roch bestenfalls nach einem parfümierten Hundehaufen. Wieviele Leute ihr Abwasser auf der fleckigen Matratze verklappt hatten, ließ sich nicht erahnen.

Wegen der Kälte mußte er sogar auf die Wolldecke zurückgreifen, die höchstens noch als Wischlappen für die Kabinen in einer Peep-Show getaugt hätte. Sich erholen oder gar schlafen konnten hier vermutlich nur an die Umgebung gewöhnte Schwerverbrecher.

Als solcher fühlte sich Ulli, als ihm der Hosengürtel und die Schnürsenkel seiner Turnschuhe wieder ausgehändigt wurden. Sogar die Armbanduhr hatten sie ihm weggenommen. Als ob er sich damit hätte umbringen können.

Demonstrativ zählte er vor dem Wachbeamten den Inhalt seiner Geldbörse. Da nichts fehlte, quittierte er den Empfang und marschierte hinter dem Schupo zu den Büros der Mordkommission. Dabei knurrte sein Magen verdächtig. Das Frühstück, welches noch unberührt in seiner Zelle stand, hatte er noch nicht mal mit einem Blick gewürdigt. Und der Pulverkaffee allein hatte seine Lebensgeister nicht wecken können.

Sie erreichten ihr Ziel, der Schupo drückte ihn auf die ultramoderne Holzbank aus Bismarcks Zeiten und klopfte an die Bürotür. Dann steckte er seinen Quadratschädel durch die Öffnung und meldete Zander an.

Als Ulli aufstand, um die Folterkammer zu betreten, sah er sich den Uniformierten zum ersten Mal richtig an. Über dem breiten Gesicht thronte eine kunstvoll frisierte Dauerwelle, der unvermeidliche Schnäuzer zog sich bis über die Mundwinkel. Die Oberarme brachten das sandfarbene Hemd fast zum Platzen. Der Typ hätte ohne weiteres einen guten Zuhälter abgeben können. Fehlten nur noch die Goldkettchen und der Amischlitten vor der Tür.

Hofmann machte da eine entschieden bessere Figur. Auf jeden Fall hatte er die Nacht angenehmer verbracht als Zander, er wirkte ausgeschlafen und war frisch geduscht. Seine Stimmung war auch besser als am Vortag.

»Na, Herr Zander, da sind Sie ja wieder. Kaffee?«

Ulli zwängte sich vollends an dem Beamten vorbei und nickte. Wenn Hofmann jetzt noch ein belegtes Brötchen rausrückte, würde er alles gestehen. Statt dessen entdeckte er auf dem Schreibtisch eine frische Packung Lord-extra. Seine Augen pendelten gierig zwischen den Zigaretten und dem Kriminalen hin und her.

Hofmann lachte. »Nur zu. Wir sind ja keine Unmenschen.«

Manchmal genügt sehr wenig, um ein Häufchen Elend wieder etwas aufzurichten. Nach den ersten Zügen fühlte sich Ulli schon besser.

»Legen Sie heute 'ne Einzelschicht ein?« erkundigte sich Zander, wobei er mit einem Kopfnicken auf den leeren Platz jenseits des Schreibtisches wies. Von Thalbach war nichts zu sehen, obwohl die Wanduhr über dem Aktenschrank schon auf viertel nach neun zeigte.

»Was weiß ich«, grunzte Hofmann. »Vielleicht verpennt. Oder im Stau steckengeblieben.« Dabei pflanzte er sich selbst und griff zur Pfeife. Als sie brannte, zog er eine seiner Schreibtischschubladen auf und holte ein kleines Tonband hervor. Routiniert schloß er das Mikrofon an und plazierte es vor Zanders Nase. Der stöhnte auf.

»Geht das schon wieder los?« quängelte er. »Mann, ich habe Ihnen doch schon gesagt, daß ich nichts mit dem Mord zu tun habe.«

»Und ich habe Ihnen schon gesagt, daß ich Ihnen nicht glaube«, entgegnete Hofmann. »Seien Sie doch mal ehrlich! Wenn Sie an meiner Stelle wären, würden Sie genauso handeln wie ich.«

Ulli zuckte die Achseln. Er hätte nur zu gerne getauscht.

»Wir haben übrigens die Tabletten aus Ihrer Wohnung untersucht«, schmunzelte sein Gegenüber siegesgewiß. »Ganz schönes Kaliber.«

»Und was ist es?« fragte Ulli. Dieser Punkt interessierte ihn wirklich.

Hofmann nahm einen tiefen Zug und legte den Kopf in den Nacken. »Unser Labor ist sich noch nicht sicher, welches Medikament es genau ist. Auf jeden Fall etwas aus der Familie der Opioiden. Bekannter unter der Bezeichnung Morphium.«

»Morphium?« echote Zander.

»Nicht direkt. Es ist ein morphinartig wirkendes Analgetikum. So sagt es jedenfalls unser Labor. Bei der Menge an Mittelchen, die es gibt, kann es noch einige Zeit dauern, bis wir die genaue Bezeichnung kennen. Es sei denn, Sie verraten uns, was es ist.«

Ulli ballte verzweifelt die Fäuste, wobei sich der Filter seiner Kippe gefährlich verbog. »Woher soll ich das wissen?«

Hofmann schnellte nach vorne und durchbohrte Zander fast mit seinem Zeigefinger. Aus seiner Stimme war jede Freundlichkeit gewichen. »Weil ich glaube, daß Sie und Frau Pielert zusammen ein ganz schönes Sümmchen auf die Seite gebracht haben, und zwar mit geklauten Betäubungsmitteln. Ob Sie die aus dem Krankenhaus haben mitgehen lassen oder sonstwoher beschafft haben, weiß ich noch nicht. Aber das ist egal, das finden wir auch noch heraus. Und dann haben Sie Ihrer Komplizin ein Kind angedreht, sicherlich aus Versehen. Aber sie wollte das Kind, dafür haben wir einen Zeugen. Nur Ihnen paßte das nicht in den Kram. Und weil sie keine Abtreibung durchführen wollte, haben Sie sie beseitigt. Zwei Fliegen mit einer Klappe sozusagen.«

Fassungslos schüttelte Ulli den Kopf. »Sie haben ja nicht alle Tassen im Schrank«, schrie er zurück. »Nur weil ich einmal mit ihr gepennt habe, bin ich gleich ein Dealer und Mörder. Schwachsinn!«

»Ach ja?« bölkte Hofmann. »Das werden wir ja sehen, wer hier den größeren Schwachsinn erzählt. Hier, suchen Sie sich endlich einen Anwalt. Alleine reiten Sie sich nur immer weiter in die Scheiße.«

Dabei warf er Ulli das Branchenverzeichnis in den Schoß. Die Blicke, die die beiden tauschten, waren alles andere als freundlich.

Ulli begann, ohne mit seinen Gedanken bei der Sache zu sein, in den Gelben Seiten zu blättern. Hofmann ließ ihn nicht aus den Augen.

»Ihren Wagen haben wir übrigens ordentlich auseinandergenommen«, quasselte er ungefragt weiter. »Sie hätten ja wenigstens eine Plane in den Kofferraum legen können, um nicht gar so viele Spuren zu hinterlassen.«

Zander knallte das Telefonbuch mit einem lauten Knall auf die Schreibmaschine. »Jetzt hab ich aber die Nase voll«, explodierte er wieder. »Erst am Samstag abend habe ich die Blutlache im Kofferraum gefunden. Vorher hatte ich keine Ahnung davon.«

»Natürlich nicht«, antwortete Hofmann arrogant.

Bevor Ulli erneut hochgehen konnte, flog die Tür auf. Thalbach kam mit einem fröhlichen »Guten Morgen« ins Zimmer und betrachtete die beiden Streithähne aufmerksam.

»Na, dicke Luft?«

Hofmann fiel der Unterkiefer herunter. »Schön, daß du dich auch mal blicken läßt. Ist ja erst kurz nach neun.«

Katharina hob abwehrend die Hände. »Frieden. Ich muß dich mal kurz sprechen. Allein«, ergänzte sie nach einer Pause und mit einem Seitenblick auf Zander.

Hofmann musterte seine Kollegin und scheuchte Zander mit einem Wink aus dem Zimmer. Der Bulle auf dem Flur nahm ihn wortlos in Empfang.

»Und?« grunzte Hofmann unfreundlich.

Katharina hängte ihren Mantel an den Kleiderhaken und zog ihren verrutschten modischen Angorapulli über die Jeans. Dann hockte sie sich auf ihre Hälfte des Schreibtisches. »Schick ihn nach Hause. Er war es nicht.«

»Bitte?« Berthold war platt.

»Er ist unschuldig. Und er hat ein Alibi. Wahrscheinlich ohne es zu wissen.«

Hofmann, der halb von seinem Stuhl hochgefahren war, fiel wieder zurück. »Was soll das heißen?«

»Ich war gestern abend noch unterwegs, nachdem ich mir ein Foto von Zander bei diesem netten Kollegen von der Kriminaltechnik besorgt habe. Und dann habe ich eine Rundfahrt zu den Bochumer Taxiunternehmen gestartet. Beim vierten hatte ich Glück.«

»Hat ihn einer erkannt?« fragte Hofmann resignierend.

»Nicht nur das. Auch sich lebhaft an ihn erinnert. Der Fahrer hat die Fahrt seines Lebens gemacht. Zander ist ihm auf der Castroper Straße fast vor den Wagen gestolpert. Das war um kurz vor zwei. So wie es aussieht, war unser Sozialarbeiter sogar zu benebelt, um seine Adresse zu nennen. Er hat immer was von einem großen, roten Gebäude gefaselt, das ganz in der Nähe seiner Wohnung sei. Also haben sie eine Stadtrundfahrt gemacht. Zander hat sich die ganze Zeit darüber beschwert, daß ihm jemand den Autoschlüssel geklaut hätte, laufen könne er ja nun wirklich nicht mehr. Irgendwann waren sie dann am Schauspielhaus, das hat er dann wiedererkannt. Es hat nur noch zehn Minuten gedauert, bis sie an seiner Wohnung waren. Und da ist er nicht mehr hochgekommen.«

»Sag nichts, ich ahne Schlimmes«, mokierte sich Hofmann.

»Genau. Der Fahrer hat ihn ins Bett gebracht und sogar ausgezogen, nachdem ihm Zander 'nen Hunderter in die Hand gedrückt hatte. Das waren knapp vierzig Mark Trinkgeld.«

»Und wahrscheinlich hat der Taxifahrer auch bestätigt, daß Zander besoffen war wie tausend Mann, und gesagt, daß er gerne bereit ist, bei uns vorbeizukommen und seine Aussage zu unterschreiben.«

Katharina nickte. »Genau! Er sitzt schon draußen.«

»Scheiße«, entschied Hofmann. »Es hätte alles so schön gepaßt.«

»Kismet«, tröstete ihn Katharina. »Ich habe auch schon fast geglaubt, er hätte es getan.«

Geräuschvoll schneuzte sie sich in ein Papiertaschentuch. Hofmann grübelte still in sich hinein und malträtierte dabei seine Pfeife. Ihn wurmte es, daß sie ihm nichts von ihrer Extratour gesagt hatte.

»Na gut«, seufzte er und steuerte zur Tür.

Kurze Zeit später saß Zander wieder auf seinem Stammplatz. Hofmann zeigte auf die Zigarettenschachtel und packte sein Tonband ein.

Ulli inhalierte tief und peilte die Lage. »Gibt es etwas Neues?« erkundigte er sich hoffnungsvoll.

Katharina hatte ihm freundlich zugeblinzelt, als er wieder hereingekommen war. Die erste menschliche Regung seit fast vierundzwanzig Stunden gab ihm neue Zuversicht.

»Allerdings«, bestätigte dann auch Hofmann. »Sie können gehen.«

Zanders Hustenanfall dauerte eine Weile. »Ja? Wieso denn jetzt auf einmal so schnell?«

»Weil Sie, wie es aussieht, wohl doch unschuldig sind. Darum.«

Zander sackte zusammen. Die Anspannung hatte seine Kehle zugeschnürt wie eine Schraubzwinge. Seine plötzliche Erlösung kam zu unverhofft. »Haben Sie denn den Täter?«

»Nee«, gab Hofmann fast beleidigt zu. »Bedanken Sie

sich bei meiner Kollegin. Die hat einen Entlastungszeugen für Sie aufgetrieben. Den Taxifahrer, der Sie in der Mordnacht nach Hause und ins Bett gebracht hat.«

Überglücklich schielte Ulli zur Seite. Am liebsten hätte er der Kommissarin die Füße geküßt. »Besten Dank«, krächzte er. »Wenn ich mich mal revanchieren kann ...«

Katharina winkte lächelnd ab. Daß sie bald seine Nachbarin sein würde, verschwieg sie im Augenblick lieber.

So schnell, wie er am Vortag hier gelandet war, so schnell verschwand er jetzt. Von Hofmann bekam er seine Wohnungsschlüssel zurück und nach einem höflichen Händedruck war er entlassen. Ein Gefühl wie Freitagnachmittag zur Feierabendzeit. Daß er seinen Mazda erst am nächsten Tag wiederhaben konnte, störte ihn im Moment weniger.

Als die beiden Polizisten alleine waren, herrschte eisige Stille. Hofmann trauerte seinem gelösten Fall nach, Katharina wollte ihm das erste Wort überlassen. Still wartete sie ab.

»Verdammter Mist«, schimpfte Hofmann schließlich enttäuscht. »Jetzt können wir ganz von vorne anfangen.«

»Sieh das Ganze doch mal positiv«, versuchte Katharina ihn aufzuheitern. »Zumindest können wir einen Verdächtigen von der Liste streichen.«

»Von welcher Liste?« höhnte Berthold. »Zander war der einzige Verdächtige, den wir hatten.«

»Stimmt«, besänftigte ihn Thalbach mit Engelsgeduld. »Aber trotzdem sind wir einen gehörigen Schritt weiter. Wir wissen jetzt, daß der Mörder aus dem Krankenhaus kommt und daß die Pielert vermutlich mit ihm ein Verhältnis hatte. Zander war es nicht, auch wenn das Kind von ihm war. Sie hat von ihrem Gynäkologen nicht den Kindesvater, sondern ihren Freund angerufen. Vielleicht hat sie ja wirklich geglaubt, daß das Kind von ihrem Freund ist. Auf jeden Fall hatte sie eine Beziehung, die geheim bleiben mußte, aus welchen Gründen auch immer.«

»Illegaler Medikamentenhandel«, schloß Hofmann messerscharf. »Das Labor hat mich heute morgen angerufen und mir die Analyseergebnisse von diesen Tabletten aus Zanders Wohnung mitgeteilt. Irgendetwas mit Morphium oder Opium. Bei Süchtigen läßt sich jede Menge Geld damit machen.«

»Das erklärt das dicke Bankkonto von der Pielert«, ergänzte Katharina. »Nimm mal an, sie und ihr Freund haben dieses Zeug verschachert. Um möglichst unauffällig zu bleiben, haben sie ihre Beziehung geheim gehalten, um bloß nicht aufzufallen oder miteinander in Verbindung gebracht zu werden. Aus irgendeinem Grund verkrachen sich die beiden, ob das Kind der Grund war, spielt erst mal keine Rolle. Plötzlich ist die Pielert im Weg, vielleicht will sie aussteigen und alles ausposaunen. Als Motiv für einen Mord durchaus ausreichend.«

»Gar nicht mal so abwegig«, stimmte Berthold interessiert zu. »Wie packen wir das Ganze an?«

»Ganz einfach. Ich sehe mal bei den Kollegen vom Rauschgift vorbei, ob die schon mal was über die Pielert gehört haben. Und du rufst in der Klapsmühle an. Als erstes nehmen wir uns alle Personalakten vor, hauptsächlich natürlich die der männlichen Angestellten. Wenn wir Glück haben, finden wir vielleicht eine Kleinigkeit, die uns weiterbringt.«

»Einverstanden«, nickte Hofmann. »Zum Glück hab ich Westhoff noch nichts von diesem Zander erzählt. Wenn der erfährt, was für ein Fehlschuß da passiert ist, au weia.«

»Künstlerpech«, kommentierte Katharina. »Laß lieber den Taxifahrer reinkommen, bevor der noch schwärzer wird.«

Gehorsam stand Hofmann auf und trat in den Flur. Auf der Bank vor dem Zimmer erwartete ihn der eindrucksvollste Schwarzafrikaner, den er je gesehen hatte. Und erst, als er den Mann ins Zimmer bat, wurde ihm klar, daß er im Moment nicht mehr der Boß war.

Ulli genoß die frische Luft. Seine Kleidung schien zu stinken, aber der kräftige Wind, der ihm um die Ohren blies, fegte neben seinen düsteren Gedanken auch den Muff aus den Klamotten.

Zander überlegte nur kurz, bevor er den Weg zur Klinik einschlug. Erstens hatte er keine Lust, alleine in seiner Bude herumzusitzen, und zweitens wäre es bestimmt nicht verkehrt, seinem Arbeitgeber zu signalisieren, daß er für die nächsten fünfzehn Jahren nicht aus dem Verkehr gezogen war. Und der Spaziergang durch den Stadtpark tat ihm bestimmt gut.

Bald hatte er den ständig ansteigenden Weg durch Bochums grüne Lunge hinter sich gebracht. Er warf einen flüchtigen Blick auf seine Armbanduhr. Zwanzig nach zehn. Karin hatte Frühdienst, also mußte sie auf ihrer Station sein.

Als erstes besuchte er sein Büro, wo er sich ausgiebig mit dem dort für alle Fälle deponierten Deospray einparfümierte. Nach einer Beruhigungszigarette seiner Lieblingsmarke steuerte er Richtung Karin. Sie war bestimmt schon vor Sorge vergangen.

Karin war natürlich nicht da, sie war mit irgendeiner Patientin unterwegs. Er bat eine Kollegin, ihr auszurichten, sie solle ihn auf jeden Fall anrufen, wenn sie wieder zurück sei. Dann ging er ins Erdgeschoß, in den Verwaltungstrakt, um sich zurückzumelden.

Im Personalbüro verlor er alle seine Illusionen. Es war noch nicht aufgefallen, daß er gestern morgen von der Bildfläche verschwunden war. Seine Vertretung hatte vergessen, ihn abzumelden.

Zander ließ sich einen Urlaubsschein geben. Nach dem ganzen Mist, den er in den letzten Tagen erlebt hatte, war er fix und fertig. Den Rest der Woche wollte er zu Hause verbringen.

Bevor er die heiligen Hallen verließ, schaute er auf einen Sprung bei Preuss vorbei, der zwei Türen weiter den Feierabend herbeisehnte. Zander mußte mit irgendjemandem sprechen, sonst platzte er.

Preuss hatte offensichtlich Streß. Vor ihm lag ein montags erscheinendes Nachrichtenmagazin, und die Zigarette qualmte. Ihm gegenüber saß Cremer und belästigte den Schreibtischtäter mit langweiligen Anekdoten aus seiner Studienzeit und spielte danach, als ihm der Gesprächsstoff auszugehen drohte, den Softwareritter.

Zander ließ die Tür hinter sich leise ins Schloß fallen und

lehnte sich erschöpft gegen den altersschwachen Garderobenschrank.

Preuss blinzelte ihm freundlich zu, dankbar über die Störung. Cremer hatte ihn noch nicht bemerkt. Der Mediziner ließ keine Gelegenheit aus, sich anzubiedern. »Ich sehe mal zu, was ich tun kann, Herr Preuss. Wenn mein Studienkollege noch einen Laserjet besorgen kann, lege ich ein gutes Wort für Sie ein.«

Während er seinen norddeutschen Akzent herausknödelte, kaute er unablässig auf einem seiner gefürchteten Zitronenbonbons herum. Cremer war ein Witz. Mit seinen einhundertsechzig Zentimetern hatte er fast überall einen schweren Stand. Mit der Akribie eines Besessenen arbeitete er ständig in einem Bodybuildingstudio an seiner Körperkraft, mit dem einzigen Erfolg, daß ihm sichtlich die Haare ausgingen. Den immer spärlicher werdenden Haarkranz kämmte er sorgfältig in seine kahle Stirn, wobei die freigelegten Stellen aber deutlich hindurchschimmerten. Richtig störend waren seine in Cowboystiefel gepreßten Füße, die ständig auf dem Boden hin- und herschabten. Um sich mit ihm unterhalten zu können, mußte man wegen der Nebengeräusche fast schreien.

In seinen Monolog platzte Cremers Pieper. Als er suchend an seinen Hosengürtel griff, fiel sein Blick auf Zander. Der Doc wurde kreidebleich.

»Was machen Sie denn hier?« fragte er entgeistert.

Zander runzelte überrascht die Stirn. »Stehen, was sonst?«

Cremer nestelte aufgeregt an sich herum, bis er den Pieper endlich in der Hand hatte. Als er den Ruf bestätigen wollte, rutschte ihm das Gerät aus der Hand und knallte auf das Linoleum.

»Hoppala«, grinste Preuss. »Nur die Ruhe bewahren.«

Hastig sprang Cremer auf und sammelte seinen Funk ein. »Ich muß auf die Station«, haspelte er. »Um den Drucker kümmere ich mich.«

»Hat keine Eile«, rief ihm Preuss hinterher, aber der Arzt war schon halb auf dem Flur. Die Tür knallte laut hinter ihm ins Schloß.

»Was für ein Arschloch«, stöhnte Preuss erleichtert. »Der ist mir schon seit zwanzig Minuten auf den Sack gegangen.«

»Schmeiß ihn doch einfach raus«, empfahl Zander uninteressiert, während er sich in den Besuchersessel fallen ließ.

»Kann ich nicht so einfach«, erklärte das Schwergewicht auf der anderen Seite. »Irgend ein Kumpel von dem kommt billig an Computerklammotten. 'n Laserdrucker für 600 ist ein gutes Angebot.«

»Geklaut?« fragte Ulli.

»Was weiß ich, vielleicht vom Laster gefallen. Ist doch auch wurscht. Kaffee?«

Zander nickte. Das erste vernünftige Wort, seit er die Klinik betreten hatte.

Während Thilo eine Tasse und die Thermoskanne herüberreichte, musterte er den Sozialarbeiter nachdenklich. »Ich hab übrigens ein paar Informationen für dich«, bemerkte er beinahe flüsternd. »Die Sachen, die du mir dagelassen hast ...« Abwartend sah er herüber.

»Was ist damit?« fragte Ulli höflich.

»Nun, die Bekannte von mir hat das Zeug analysiert. Schon mal Morphium geschmissen?«

»Nee«, entgegnete Zander freudlos.

»Dicker Hammer. Sei froh, daß Karin nichts passiert ist, als sie die beiden Pillen von dir gekriegt hat.«

Mit einem Schlag war Ulli hellwach. »Warum?«

»Morphine sind ein Sauzeug«, dozierte Preuss. »Du kannst damit Stimmungsveränderungen, Konzentrationsschwäche, Apathie und verringerte physische Aktivität hervorrufen. Wenn du zuviel davon nimmst, besteht die Gefahr, ins Koma überzutreten. Deswegen ist das Zeug für Süchtige so gefährlich. Manchmal wirst du davon geradezu euphorisch, also so ein Scheiß wie Wärmegefühl, Wohlbefinden, du kommst einfach gut drauf. Wenn du das aber einem Nichtabhängigen verpaßt, kann das auch zu einer dysphorischen Reaktion führen, Angst, Spannungen und so weiter. Übelkeit und Erbrechen sind noch das Beste, was dir passieren kann. Wenn du Pech hast, tritt eine Atemverlangsamung ein, der Blutdruck geht meistens auch in den Keller. Schlimmstenfalls hätte Karin draufgehen können.«

Zander war blaß geworden. »Oh mein Gott«, stammelte er entsetzt. »Dann hab ich Karin also eine Morphiumdröhnung verpaßt.«

»Nicht direkt Morphium«, verbesserte Preuss ernsthaft, »das kriegst du nur in Ampullen, zur Injektion. Meine Bekannte hat gleich 'ne ganze Hitliste von Medikamenten aufgezählt, die in Frage kommen. Frag mich aber nicht nach den Typenbezeichnungen.«

»Scheißegal, was es war. Nicht auszudenken, was da hätte passieren können.«

Preuss leerte seine Tasse in einem Zug. »Auf jeden Fall solltest du so schnell wie möglich zu den Bullen. Da läuft irgend etwas ganz Krummes. Und denk vor allen Dingen an die Blutkonserve in deiner Karre. Wenn die Mordkommission von allein darauf kommt, na dann gute Nacht.«

»Schon erledigt«, sagte Zander mit trockenem Mund. »Was meinst du, wo ich die letzte Nacht verbracht habe.«

Preuss sah verständnislos auf.

»Uhlandstraße, Kellergeschoß. Dieser Kommissar und seine Kollegin haben mich gestern morgen kassiert. Die haben genau das gedacht, was wir befürchtet haben.«

»Und?«

»Ich hab ein Alibi. Diese Polizistin hat 'nen Taxifahrer aufgetrieben, der mich in der Mordnacht zu Hause abgesetzt hat.«

Preuss blähte die Wangen und atmete geräuschvoll aus. »Junge, Junge, da hast du verdammtes Schwein gehabt.«

Zander gönnte sich eine weitere Zigarette und nippte an seinem Kaffee. »Das kannst du ruhig zweimal sagen.«

14.

»Sie wollen alle Personalakten?«

Thalbach und Hofmann starrten sich verständnislos an. So ungewöhnlich war ihnen ihr Anliegen nicht vorgekommen.

»Ja«, bestätigte Katharina der verblüfften Angestellten aus dem Personalbüro. »Gibt es da ein Problem?«

»Wir haben die nicht hier. Die werden in Herten aufbewahrt.«

Unwillig runzelte Hofmann die Stirn. »Warum das denn?«

»Wir haben eine Zentralverwaltung, hier in Bochum sind eigentlich nur Nebenstellen. Wenn Sie die Personalakten einsehen wollen, müssen Sie schon nach Herten fahren.«

Katharina kräuselte ärgerlich ihre Stirn. Wäre ja auch ein Wunder, wenn in diesem Fall etwas ohne Schwierigkeiten liefe.

Den Weg zur Klappse in Herten schafften sie in einer knappen halben Stunde. Eine weitere halbe Stunde verging, ehe sie die gewünschten Unterlagen und ein muffiges Kabuff zugeteilt bekommen hatten, in dem sie einigermaßen gestört arbeiten konnten. Da zwei Meter von ihnen entfernt der Kopierer stand, latschte ihnen fast ständig jemand auf die Füße.

Zwei weitere Stunden später qualmten ihnen die Köpfe. Neben sich hatten sie zwei verschieden große Stapel aufgebaut; der größere enthielt die unwichtigen Akten, in dem kleineren befanden sich die Personen, die vielleicht für sie interessant sein könnten. Als sie, kurz nach halb vier, mit ihrer ermüdenden Arbeit fertig waren, blieben ganze vier Angestellte in der engeren Auswahl.

»Was meinst du?« erkundigte sich Katharina resignierend. »Könnte einer von denen unser Mann sein?«

Berthold stopfte sich trotz des Rauchverbotes eine Pfeife. Sein Magen knurrte erbärmlich, aber da sie so schnell wie möglich fertig werden wollten, hatten sie auf die Mittagspause verzichtet. »Keine Ahnung. Sehen wir uns die Leute noch mal an. Dieser hier, Arnulf Bösebeck. Psychologe. Hat auf derselben Station wie die Pielert gearbeitet. Nur weil der unverheiratet ist und an zwei ledige Mütter Alimente bezahlen muß ... ich weiß nicht.«

»Komisch, daß sowas in der Personalakte steht«, wunderte sich Katharina.

Hofmann schmunzelte. »Schon. Aber wenn eine Lohnpfändung angemeldet wird, muß das dokumentiert werden.«

»Schön blöd. Wen haben wir da noch?«

Berthold schlug die nächste Akte auf, überflog die niedergeschriebenen Seiten und schüttelte den Kopf. »Der auch nicht. Peter von Zahn. Lach nicht, der heißt wirklich so. Soll angeblich mal eine Krankenschwester sexuell belästigt haben.«

Thalbachs Gesicht ruckte vor. »Und?«

»Pustekuchen. Die Schwester hatte wohl selber 'nen Knacks weg, ist danach in psychiatrische Behandlung gekommen. Die fristlose Kündigung gegen Zähnchen war schon ausgesprochen, wurde aber zurückgenommen.«

Enttäuscht lehnte sich Katharina wieder gegen die Fensterscheibe, die direkt hinter ihrem Hocker den Blick auf das gepflegte Parkgelände der Hertener Psychiatrie freigab. »Sind die nächsten auch so interessant?«

»Einen Vorbestraften gibt es. Hans Dieter Schäfers, wegen fahrlässiger Körperverletzung zu drei Monaten auf Bewährung verknackt. Hat im besoffenen Kopp mit seinem Auto 'nen Kinderwagen umgefahren. Das Kind hat überlebt. Ist schon sechs Jahre her.«

»Mist. Und der letzte?«

»Ein Vertreter der Ärzteschaft. Doktor Michael Cremer. Kommt aus Bremen, hat da im Rot-Kreuz-Krankenhaus gearbeitet ...«

Thalbach brauchte einen Moment. »Sekunde mal, die Pielert war doch auch in dem Laden beschäftigt, nicht wahr?«

Berthold nickte langsam. »Allerdings. Mhm, Cremer hat vor knapp drei Jahren in Bochum angefangen, so wie es aussieht, steht der kurz vor seinem Facharzt. Sieh doch mal bitte nach, wann die Pielert ins Ruhrgebiet gezogen ist.«

Katharina kramte in dem großen Haufen der zur Seite gelegten Akten. »Hier steht's. Ziemlich genau ein Jahr später als Cremer.«

In Hofmanns Schädel hörte man die kleinen grauen Zellen knacken. Sie hatten einen Anhaltspunkt gefunden, zwar nur einen klitzekleinen, aber immerhin.

»Mach dir für morgen früh ein Freßpaket fertig. Wir haben 'ne lange Tour vor uns.«
»Bremen?« fragte Thalbach.
»Bremen«, bestätigte Hofmann.

»Menschenskind, ich hab mir solche Sorgen um dich gemacht. Warum hast du nicht angerufen?«
Karin kuschelte sich dicht neben Zander auf die Couch. Auf dem kleinen Tisch vor ihnen dampfte heißer Glühwein.
Ulli fühlte sich ähnlich wie am Morgen, als er aus der Zelle abgeholt worden war. Der Erleichterung über seine Freilassung und seine erwiesene Unschuld war die große Ernüchterung gefolgt. Daß Martina ein Kind von ihm bekommen hätte, ging ihm nicht mehr aus dem Kopf. Seit er sich heute mittag unter seiner Wolldecke verkrochen hatte, um seinem Selbstmitleid zu frönen, hatte er sich Sätze zurechtgelegt, mit denen er Karin alles beichten wollte. Aber als sie endlich um vier in seiner Behausung aufgetaucht war, hatte ihn der Mut verlassen.
»Ich weiß auch nicht«, brummelte er endlich.
Karin blinzelte verliebt zu ihm herüber und strich über seine widerspenstigen Fransen. »Macht doch nichts. Hauptsache, du bist aus der Sache raus.«
Zander lachte freudlos auf. »Ganz toll. Wenn diese Polizistin nicht den Taxifahrer aufgetrieben hätte, säße ich immer noch im Bau. Die hatten so viel gegen mich, ich hab schon selbst geglaubt, daß ich Martina umgebracht hätte.«
»Nur, weil du die Tabletten heruntergeholt hast und sie in deinem Wagen abtransportiert wurde?«
Scheu sah Ulli zur Seite. Jetzt oder nie! »Nee, nicht nur deswegen. Ich hatte auch ein glänzendes Motiv. Martina war schwanger.«
»Schwanger? Martina? Unglaublich.«
Verdammt, sie hat es immer noch nicht kapiert, dachte Zander. »Doch. Und das Kind war von mir.«
Einen flüchtigen Augenblick blitzten ihre Pupillen entsetzt auf, instinktiv versteifte sich ihre Schulter, über die er seinen rechten Arm gelegt hatte.
»Verstehst du jetzt, warum die gedacht haben, ich hätte

es getan? Das Kind war von mir, mein Wagen hat sie zum Stausee befördert, ich hatte bis heute morgen kein Alibi, also hatte ich auch die Gelegenheit, sie zu töten. Und dann noch diese unsägliche Geschichte mit den Morphintabletten. Sah doch alles danach aus.«

Langsam entspannte sich Karin wieder, allerdings zitterte ihre Stimme deutlich. »Hast du sie geliebt?« fragte sie leise.

Zander hätte am liebsten losgebrüllt. »Nein«, erklärte er mühsam beherrscht. »Martina und ich haben einmal miteinander geschlafen, vor etwas mehr als drei Monaten. Ich habe sie gemocht, aber mehr war nicht. Ich kannte sie ja noch nicht einmal richtig.«

»Ich glaube dir«, flüsterte Karin bedrückt. »Ist aber trotzdem ein ziemlicher Hammer. Hat sie dir von dem Kind nie etwas gesagt?«

Ulli ließ sie los und hob abwehrend die Hände. »Auf Ehre und Gewissen, nein. Wahrscheinlich hat sie noch nicht einmal selbst gewußt, daß ich der Vater war. Sie hat noch aus der Praxis ihres Gynäkologen den vermeintlichen Vater angerufen, um von dem freudigen Ereignis zu erzählen. Die Polizei hat einen Zeugen, der ausgesagt hat, der Anruf wäre zu uns in die Klinik gegangen. Mich hat sie jedoch nicht angerufen.«

»Aber woher wußten die Bullen dann, daß du der Vater warst?«

»Ein anonymer Brief. Deswegen haben die mich gestern überhaupt nur mitgenommen.«

Karin spendierte eine Runde Aktive und lehnte sich in das zerschlissene Polster des Sofas.

»Weißt du, was das heißt? Einer aus dem Krankenhaus hat sie umgebracht.«

»Wieso?«

»Ist doch ganz einfach«, ereiferte sich die falsche Rothaarige. »Martina hatte mit jemandem aus dem Haus eine Beziehung, von der keiner etwas wußte. Sie hat ja noch nicht einmal mir erzählt, daß sie schwanger war. Und von allen Kollegen ist sie mit mir am besten klargekommen. Und dieser Jemand hat sie umgebracht und dann versucht, den Verdacht auf dich zu lenken.«

Bevor Ulli antworten konnte, ertönte die Türschelle.

Behäbig schälte er sich aus seinem Sitz und betätigte den Öffner. Kurz darauf waren die polternden Schritte von zwei gutgelaunten Schwergewichten zu hören. Preuss und Berger drängten sich in die kleine Diele.

»Da is ja unser Jack the Ripper«, pflaumte Berger grinsend. »Na, Ulli, noch mal knapp am lebenslänglich vorbei?«

Ulli lachte gezwungen mit und gab den Weg ins Wohnzimmer frei. Preuss schmiß sich in den Ohrensessel, und Berger quetschte sich neben Karin auf die Couch. Für Zander blieben die Stehplätze.

»Habt ihr euch verlaufen?« spottete Ulli sauer. Die beiden konnte er im Moment gebrauchen wie ein Igel ein Hufeisen.

»Nicht doch, wir sind ja gleich wieder verschwunden«, beruhigte ihn Berger mit einem Seitenblick auf Karin. »Wollten nur mal sehen, wie es dir geht.«

»Könnte gar nicht besser sein«, erwiderte Ulli. »Die letzte Nacht war das reinste Zuckerschlecken. Erst ein Vier-Gänge-Menü und danach Frauen, soviel man wollte.«

Preuss verzog sein breites Gesicht. »Kein Wunder, daß die Gefängnisse permanent überfüllt sind.«

»Jetzt mal im Ernst«, meldete sich Berger zurück. »Können wir irgendetwas für dich tun?«

Zander wollte schon 'Verschwinden' brüllen, als Karin dazwischenplatzte. »Laßt ihn einfach in Ruhe«, bat sie. »Ihr seht doch, wie fertig er ist.«

»Sag mal, stimmt eigentlich das Gerücht, du hättest die Martina geschwängert?«

Karin und Ulli fuhren zusammen. »Wer hat das erzählt?« fragte Zander perplex.

Berger pumpte sich auf. »Das ist ja der Witz. Keiner weiß es. Gestern fragt mich der Kühnel, ob ich es schon gehört hätte. Danach ging das rund wie ein Lauffeuer. Und heute mittag wußte plötzlich jeder, daß die Bullen dich kassiert hatten. Die Brenscheid hatte es vom Höffelmann, Höffelmann von der Gröne und Gröne von Schaller. Da verliert sich dann die Spur.«

»Merkwürdig, nicht wahr?« ergänzte Preuss. »Stimmt das mit der Schwangerschaft überhaupt?«

»Ja«, gab Zander widerwillig zu. »Aber bis gestern hatte ich selbst keine Ahnung. Die Bullen haben einen anonymen Brief gekriegt und hatten mich dadurch überhaupt erst in Verdacht.«

»Seltsam«, wunderte sich Preuss. »Ich glaube, da will dich einer abschießen. Kannst du dir vorstellen, warum?«

»Aber natürlich kann er das«, mischte sich Karin wieder ein. »Wenn Martinas Mörder einer aus dem Haus ist, ist es für den doch am besten, wenn Ulli verdächtigt wird.«

»Könnte sein«, stimmt Preuss zu. »Vor allem, wenn du an die Morphinsache denkst. Aber wer könnte dahinter stecken?«

Berger schwenkte die Glühweinkanne. »Eigentlich jeder von uns. Noch jemand ein Täßchen?«

Preuss nickte eifrig. Als Zander endlich begriff und noch zwei Tassen herbeischaffte, gingen die beiden Eindringlinge zum gemütlichen Teil über.

»Was war das gerade mit Morphin?« erkundigte sich Karin.

Ulli schluckte und starrte hilfesuchend auf Preuss. Der nickte und wiederholte seinen Vortrag vom Vormittag. Als Karin klar wurde, wie eng es für sie hätte werden können, erschauderte sie.

»Widerlich«, nuschelte Berger undeutlich. Das heiße Getränk hatte ihm die Lippen verbrannt. »Wieviel Kohle kannst du damit überhaupt machen, auf dem Schwarzmarkt, meine ich.«

»Was weiß ich«, erklärte Zander, der nach langem Suchen einen Platz auf der Couchlehne entdeckt hatte. »Das soll auch nicht mein Problem sein. Die Polypen sollen sich darum kümmern. Für meinen Teil hab ich keine Lust, auf eigene Faust Detektiv zu spielen.«

»Hat auch keiner von dir verlangt«, stellte Berger richtig. »Allerdings ginge es mir schon auf die Nerven, wenn mir einer auf Biegen und Brechen ein Kapitalverbrechen anhängen wollte.«

»Mir natürlich auch. Aber was soll ich denn tun? Jeden aus dem Krankenhaus beschatten, in der Hoffnung, der Mörder verrät sich eines Tages und geht mit 'nem Eispickel auf mich los? Ich bin sowieso schon völlig fertig!«

Preuss legte seine Füße auf die kleine Blumenbank, die Zander normalerweise als Ablage für seine Kippen und den Aschenbecher benutzte. »Mehr als verständlich. Aber sei dir nicht zu sicher.«

»Was soll denn der Quatsch? Und nimm deine Quanten von meinen Möbeln.«

»Ich meine ja nur, daß der Mörder vielleicht glaubt, daß du mehr weißt als in Wirklichkeit. Wenn dem nun die Düse geht, du könntest ihn verpfeifen?«

»Womit denn?« konterte Ulli bitter.

»Keine Ahnung«, gab Preuss zu. »Aber immerhin wußte er, daß du Martina ein Kind gemacht hast. Der muß doch glauben, daß ihr zwei euch über mehr unterhalten habt als über das Wetter.«

»Der kann mir doch gar nichts mehr«, redete sich Zander Mut zu. »Immerhin habe ich jetzt ein Alibi. Und wenn ich etwas gewußt hätte, was dem Typen gefährlich werden könnte, hätte ich gestern genug Zeit gehabt, der Polizei alles zu erzählen.«

»Haben die Einbrecher Martinas Morphintabletten in deiner Wohnung gefunden, oder nicht? Menschenskind, die müssen doch ständig Angst haben, daß du sie verpfeifst oder daß eine kleine Erpressung auf sie zukommt.«

»Und was sollen die deiner Meinung nach machen? Mir nachts auflauern?« amüsierte sich Zander.

»Das nicht«, spielte Preuss seinen Trumpf aus. »Wenn ich mich recht erinnere, hattest du einen Schlüssel zu Martinas Wohnung. Und sie einen zu deiner. Und wer hat den jetzt?«

Ulli überlegte. Dann wurde er blaß. »Mein Gott, das heißt ja ...«

»Genau«, setzte Preuss nach. »Du solltest dich nicht wundern, wenn plötzlich ein Schlägertrupp nachts vor deiner Koje steht und dich in die Mangel nimmt.«

»Um Himmels willen«, entfuhr es Karin. Die Angst stand ihr ins Gesicht geschrieben. »Ab sofort bleibst du nicht mehr alleine hier in der Wohnung. Du wohnst bei mir, bis die Polizei den Mörder gefaßt hat.«

»Unsinn«, wiegelte Ulli nervös ab. »Die Wohnungstür ist stabil, da kommt so schnell keiner rein. Ich muß doch nur den Schlüssel stecken lassen.«

»Klar«, höhnte Berger, der seinen Glühwein inzwischen vernichtet hatte. »Vergiß nicht, der Mörder hatte keine Skrupel, einen Menschen zu töten. Beim zweiten Mal ist die Hemmschwelle nicht mehr so hoch. Du solltest wirklich bei Karin unterschlüpfen. Schaden kann es auf keinen Fall.«

Dem geballten Druck von drei Augenpaaren konnte auch Ulli nicht standhalten. Nach einigem Hin und Her willigte er ein.

»Einverstanden. Aber tagsüber darf ich doch mal vor die Tür, oder? Den Rest der Woche habe ich nämlich Urlaub.«

»Na gut«, gestattete Preuss. »Aber halt die Augen auf.«

15.

Nervös trommelte Hofmann auf dem Lenkrad ein Stakkatosolo, aber der Typ in dem roten Benz vor ihnen ließ sich nicht beeindrucken. Stur hielt er an dem Tempo von fünfundzwanzig Kilometern pro Stunde fest und scheute sich nicht, beide Fahrspuren zu blockieren. Katharina tippte ihrem Kollegen leicht auf den Ellbogen.

»Bleib ruhig«, riet sie. »Fahr an der nächsten Kreuzung rechts ab und such dir 'nen Parkplatz. Näher kommen wir sowieso nicht an das Rathaus.«

Um zehn waren sie mit dem Kollegen von der Bremer Kripo vor dem Rathaus der Hansestadt verabredet. Die kleine Uhr auf dem Armaturenbrett zeigte ihnen, daß sie jetzt schon zwanzig Minuten hinter ihrer Verabredung herhinkten.

Berthold quetschte sich rücksichtslos neben den Daimler und bog in die nächste Seitengasse. Kurz darauf sahen sie endlich ein Hinweisschild zu einem Parkhaus. Unter der

Fassade des Kaufhauses bretterte Hoffmann schließlich die Einfahrt herunter und klaute einer Hanseatentochter die letzte Lücke auf dem ersten Parkdeck. Bevor die Frau mit ihrer Keiferei beginnen konnte, hielt ihr Thalbach ruhig den Dienstausweis vor die Scheibe.

»Mit wem treffen wir uns eigentlich?« erkundigte sich Katharina, als sie mit Riesenschritten durch die Fußgängerzone wetzten.

»Jens Rogalla heißt der, glaube ich«, antwortete Berthold genervt. Er haßte Unpünktlichkeit noch mehr als die Dämlichkeiten, die seine Mutter ihn in regelmäßigen Abständen begutachten ließ. »Hoffentlich wartet der überhaupt noch auf uns.«

Rogalla wartete. Der leichte Nieselregen schien ihn keinesfalls zu beeindrucken, obwohl sein Pepitahütchen völlig durchnäßt war. Zunächst hatten die Ruhris den norddeutschen Kollegen glatt übersehen, in seinem dunklen Trenchcoat und den ausgebleichten Jeans wirkte der gut 50jährige Beamte wie ein freundlicher Tourist. Der Mann war wie geschaffen für Observationen.

»Freut mich, Sie kennenzulernen«, grüßte Rogalla freundlich. »Schlimmer Verkehr, was?«

»Es geht«, lächelte Katharina gewinnend. »Ich hoffe, Sie sind nicht zu naß geworden.«

Der abgebrochene Friese zuckte die Schultern. Wenn er sich auf die Zehenspitzen stellte, konnte er Thalbach sogar gerade in die Augen sehen. »Polizistenschicksal. Möchten Sie erst frühstücken?«

Berthold winkte dankend ab. »Später vielleicht. Am besten bringen wir erst einmal das Dienstliche hinter uns.«

Rogalla nickte und führte sie zu seinem Wagen. Während er sicher durch die Innenstadt steuerte, hörte er sich geduldig die Sorgen der Bochumer Kollegen an. Als Katharina freimütig von ihrem Fehlschuß mit Zander berichtete, nickte er mitleidsvoll.

Der Verkehr in Bremen brauchte sich hinter dem des Reviers nicht zu verstecken.

Rogalla parkte wie selbstverständlich auf dem Klinikvorplatz, besänftigte den Rentner, den das Haus als Pförtner vor dem Hungertod rettete, mit ein paar erklärenden Worten und schritt voran.

Die Odyssee dauerte nicht lange. Im Personalbüro erfuhren sie die letzte Station, auf der die Pielert gearbeitet hatte. Nach nur zweimaligem Verlaufen standen sie im Stationszimmer der imposanten Chirurgischen Abteilung.

»Was wollen Sie?« dröhnte es ihnen vom Schreibtisch entgegen. Eine dralle Person in einem blütenweißen, etwas zu knappen Kittel war aufgestanden und deutete auf ein kleines Pappschild an der Tür. »Vor dem Eintreten bitte anklopfen«, las sie laut vor. »Wo kommen wir denn dahin, wenn hier jeder ...«

Rogalla lächelte und zeigte seinen Ausweis. »Wir bitten vielmals um Entschuldigung, Frau ... Leimbach.« Den Namen hatte er mit quergelegtem Kopf auf dem kleinen Plastikschildchen entziffert. »Rogalla, Kripo Bremen. Dies hier sind zwei Kollegen aus Bochum. Hätten Sie einen Moment Zeit für uns?«

Die Stationsschwester musterte die drei Eindringlinge böse, nickte dann aber zustimmend. Energisch scheuchte sie die Polizisten in das kleine Arztzimmer auf der gegenüberliegenden Seite des Flurs, knallte hinter sich die Tür ins Schloß und lehnte sich mit verschränkten Armen gegen die ehemals weiß getünchte Wand.

»Also? Was ist passiert?«

Rogalla lachte still in sich hinein und nickte Hofmann aufmunternd zu. Sein Part war erledigt.

»Frau Leimbach, können Sie sich noch an Martina Pielert erinnern?«

»Natürlich«, antwortete der weiße Engel. »War bis vor zwei Jahren auf meiner Station.«

»Erzählen Sie doch mal ein wenig von ihr.«

»Was denn?«

Berthold kräuselte die Stirn. »Nun, was für ein Mensch sie war, welche privaten Kontakte sie hatte, alles, was Sie wissen.«

Frau Leimbach starrte gelangweilt auf den farbenfrohen Kunstdruck, mit dem der Stationsarzt versuchte, das elende Ambiente seines Arbeitszimmers aufzufrischen. »Martina war eine gute Schwester, in der ersten Zeit jedenfalls. Selten geworden bei den jungen Dingern. Immer pünktlich zum Dienst erschienen, die Kleidung war auch korrekt. Konnte gut mit den Patienten umgehen. Was sie privat gemacht hat, interessierte mich nicht.«

»Aber vielleicht hat sie ja mal was von sich erzählt, an das Sie sich erinnern können«, mischte sich Katharina freundlich ein.

»Bei mir wird gearbeitet, nicht gequatscht. Wir haben sowieso ständig zuwenig Personal. Trödeln kann man sich da nicht leisten.«

Hofmann spitzte die Lippen und dankte seinem Schöpfer, wahrscheinlich niemals in die Fänge dieser barmherzigen Kraft zu gelangen. »Sie sagten vorhin, die Pielert wäre in der ersten Zeit eine gute Schwester gewesen. Hatte sich ihr Verhalten geändert?«

»Allerdings«, bestätigte Frau Leimbach giftig. »In dem letzten Jahr, bevor sie gekündigt hat, war sie häufig unkonzentriert und nachlässig. Fing sogar an, Widerworte zu geben. Hab ihr keine Träne nachgeweint, als sie gegangen ist.« Dabei warf sie deutliche Blicke auf ihre Armbanduhr. Immerhin hatte sie den Beamten schon fast drei Minuten ihrer Zeit geopfert.

»Frau Leimbach, können Sie sich einen Grund vorstellen, warum jemand Frau Pielert töten könnte?« erkundigte sich Hofmann so arglos wie möglich.

»Nein«, antwortete Schwester Rabiata teilnahmslos. »Fragen Sie doch ihre Freundin, die Angelika Reichert. Haben beide früher hier zusammen gearbeitet, bis die Pielert gegangen ist.«

»Ist Frau Reichert zur Zeit hier?«

»Nein. Hat sich auf eine andere Station versetzen lassen. Und im Moment hat sie mal wieder 'nen Krankenschein.«

Auf die Frage nach der Adresse verzichtete Hofmann. Die nette junge Dame aus dem Personalbüro würde das schon wissen.

»Ist denn sonst noch jemand hier, mit dem Frau Pielert zusammengearbeitet hat?« fragte Katharina.

»Keine einzige mehr«, dröhnte Frau Leimbach ungeduldig. »Wir haben eine starke Fluktuation in diesem Haus. Und wenn Sie mich jetzt entschuldigen, ich habe zu tun.«

»Natürlich«, erklärte Hofmann gönnerhaft. »Und vielen Dank für Ihre Mithilfe. Ach, sagt Ihnen der Name Michael Cremer etwas?«

»Nein, wer soll das sein?« kam die befürchtete Gegenfrage.

Hofmann winkte ab und drängte hinter den beiden anderen auf den Flur.

»Mein Gott, was für ein Drachen«, pustete Thalbach, als sie wieder in Rogallas Wagen saßen. »Der möchte ich nicht ausgeliefert sein.«

»Keine Bange«, schmunzelte Rogalla, »ich fahre vorsichtig.«

Angelika Reichert wohnte in der Nähe des Weserstadions. Allmählich ließ der Innenstadtverkehr nach, es war kein Problem, einen Parkplatz zu finden.

Hofmann malträtierte ausgiebig den Klingelknopf, ehe ihnen geöffnet wurde. Die Reichert wohnte im zweiten Stock und beobachtete sie wohl durch den Spion, denn die Haustür war verschlossen, als sie sich im Flur versammelten. Hofmann klopfte.

»Was möchten Sie?« fragte eine heisere Stimme hinter der Holzfüllung.

Rogalla präsentierte wieder seinen eingeschweißten Adler. Die Tür ging auf.

Angelika Reichert war wirklich krank. Obwohl in ihrer Wohnung eine Bullenhitze herrschte, steckte sie in einem dicken Jogginganzug, über den sie sogar noch einen Winterpullover gezogen hatte. Ihre Augen glänzten fiebrig, die schulterlangen schwarzen Haare waren schweißverklebt und fettig. Nachdem sie die Tür geöffnet hatte, marschierte sie zurück ins Wohnzimmer und pflanzte sich auf ihre Couch, auf der sie sich unter einer Wolldecke verkroch.

»Frau Reichert, wir sind sofort wieder verschwunden. Wir haben nur einige Fragen an Sie«, tröstete Katharina, wobei sie sich in den entferntesten Sessel plumpsen ließ.

»Was gibt es?«

»Martina Pielert«, erklärte Hofmann. Er hatte sich im Durchgang zum Flur aufgebaut.

Die Kranke nickte traurig und schneuzte sich in ein zerfranstes Papiertaschentuch. »Ich hab schon gehört«, antwortete sie kraftlos. »Schlimme Sache.«

»Sie waren befreundet?« hakte Berthold nach.

»Allerdings«, bestätigte die Reichert. »In der letzten Zeit haben wir uns zwar nicht mehr so häufig gesehen, aber wir haben gelegentlich telefoniert.«

»Können Sie sich einen Grund vorstellen, warum sie ermordet worden ist?« Hofmann taperte zum Fenster und starrte hinaus. Die Flutlichtmasten des Bremer Stadions waren deutlich zu erkennen.

»Keinen einzigen. Martina war lieb, sie wollte es jedem recht machen. Ich kann mir noch nicht einmal vorstellen, daß sie jemand nicht leiden konnte.«

»Hat sie Ihnen in der letzten Zeit etwas Ungewöhnliches erzählt? Oder war sie anders als sonst?«

»Keine Spur. Sie fühlte sich doch sauwohl in Bochum. Mein Bruder und sie waren doch glücklich miteinander.«

Einen Moment war es still. Katharina starrte auf Hofmann, der auf Rogalla, und letzterer runzelte irritiert die Brauen.

»Ihr Bruder?« echote Katharina schwach.

Die Reichert sah überrascht auf. »Ja, mein Bruder. Vielmehr mein Stiefbruder. Michael Cremer. Der ist doch Assistenzarzt in der Psychiatrie in Bochum.«

Hofmann schlug sich vor die Stirn. »Martina Pielert und Ihr Bruder waren befreundet?« fragte er ungläubig. »Seit wann denn schon?«

»Seit dreieinhalb Jahren etwa. Wußten Sie das noch nicht?«

Katharina schüttelte den Kopf und zerbrach dabei fast ihre Fingerknöchel. »Wissen Sie, Frau Reichert, keiner in Bochum wußte davon. Warum haben die beiden ihre Beziehung geheimgehalten?«

»Michael wollte es so. Er wollte nicht, daß über sie geredet wurde. Sie wissen ja, Ärzte und Krankenschwestern haben angeblich eine besondere Anziehungskraft aufeinander.«

»Dann ist Frau Pielert vor zwei Jahren also nur wegen Ihrem Bruder nach Bochum gegangen?«

Hofmann hatte sich an dem Fenstergriff eingehakt und fächerte sich Luft zu. Der Sauerstoffgehalt in dem Zimmer lag knapp über Null.

»Ja, natürlich«, bestätigte die Bazillensammlung unter ihrer Decke. »Michael wollte unbedingt seinen Facharzt für Psychiatrie und Neurologie machen. Hier in Bremen hatte er nicht so gute Möglichkeiten wie in Bochum. Vor etwa drei Jahren hat er hier aufgehört. Sobald er fertig war, wollten die beiden heiraten. Martina hat es aber nicht mehr ohne ihn ausgehalten. Sie hat sich in Bochum beworben und ist auch sofort angenommen worden.«

»Merkwürdig«, bemerkte Katharina nachdenklich. »Warum wollten die beiden ihre Beziehung unbedingt geheimhalten? Wirklich nur der Gerüchte wegen?«

Die Reichert lehnte sich erschöpft zurück. »Keine Ahnung. Mein Bruder war schon immer ein komischer Kauz. Martina war, soviel ich weiß, seine erste Freundin überhaupt.«

»Wußten Sie, daß Ihre Freundin schwanger war?« fragte Hofmann ohne Vorwarnung. »Als sie getötet wurde, war sie im dritten Monat.«

Angelika Reichert bekam einen krächzenden Hustenanfall. »Martina schwanger? Mensch, das hat sie sich doch immer so gewünscht.«

»Das Kind war ...« begann Hofmann, brach aber unvermittelt ab. Alles wollte er nun doch nicht ausposaunen.

Katharina reagierte blitzschnell. »Haben Sie nach dem Tod von Frau Pielert mit Ihrem Bruder telefoniert?«

»Aber klar doch. Er war völlig fertig. Hat sogar davon gesprochen, alles hinzuschmeißen und wieder nach Bremen zu kommen. Die Sache hat ihn wirklich mitgenommen.«

Katharina sah hoch und sah zu ihrem Kollegen herüber. Sie waren sich einig. Die Fahrt nach Bremen hatte sich gelohnt.

Die Weser stank vor sich hin, doch zum Glück lag zwischen ihnen und dem Brackwasser eine schützende Glasscheibe. Sie hatten im Friesenhof gut und einigermaßen preiswert gegessen, Kollege Rogalla hatte sich verabschiedet, und vor der Rückfahrt gönnten sie sich nun eine abgestandene Cola in der 'Anderen Kneipe'. Die von der Straße her unscheinbare Pinte zog sich schlauchartig über eine beträchtliche Länge. Die Theke bot locker Platz für fünfzig Leute, ohne daß Gedränge entstand; in den gemütlichen, mit Eichenholzmöbeln möblierten Nischen konnte man sich bequem niederlassen und den Lastkähnen auf Bremens berühmtestem Fluß zuschauen. Einziger Makel war der Preis von vier Mark pro Glas.

»Kaufen wir uns den Herrn Doktor heute noch, oder willst du bis morgen warten?«

Hofmann zuckte zusammen und setzte endlich sein Getränk ab. Seit sie die Isolierstation der letzten Zeugin verlassen hatten, versuchte er verzweifelt, Ordnung in das Chaos in seinem Kopf zu bringen.

»Heute abend, selbstverständlich«, antwortete er endlich. »Bin mal gespannt, was für eine hanebüchene Geschichte der uns auftischt.«

»Würde mich nicht wundern, wenn er faustdick mit drinhängt. Jeder normale Mensch wäre doch sofort zu uns gerannt, wenn seine Freundin ins Jenseits befördert worden wäre.«

»Selbstverständlich«, stimmte Berthold nachdenklich zu. »Und ich fresse einen Besen, wenn der nichts von dem Kind wußte.«

Katharina winkte der gelangweilt hinter der Theke hängenden Bedienung auffordernd zu. Nachdem sie die Quittung über sechzehn Mark — ohne Trinkgeld — in ihrem Portemonnaie verstaut hatte, griff sie zu ihrem Mantel.

»Beweg dich, Kollege. Hab keine Lust, in den dicksten Berufsverkehr zu kommen.«

»Nur die Ruhe«, besänftigte sie Berthold. »Ist doch erst kurz nach drei. Bis fünf sind wir locker wieder in Bochum.«

Hofmann irrte sich. Erst um viertel vor sechs verließen sie

reichlich genervt die Autobahn. Dafür waren Bochums Straßen ausnahmsweise relativ frei. Die Zentrale gab ihnen Cremers Adresse durch, worauf Hofmann den Wagen Richtung Königsallee lenkte. Der Arzt residierte in Stiepel.

Direkt an der harten Rechtskurve der Kemnader Straße ging die Haarholzer Straße ab. Cremer bewohnte dort ein kleines Dachappartment. Hofmann schätzte, daß der Mietpreis für eine komplette Lackierung seines schon etwas betagten Golfs gereicht hätte.

Am frühen Abend war hier der Hund vergraben, man ging höchstens noch mal raus, damit der Rassepudel den Darm erleichtern konnte.

Über der Klingel der schicken Doppelhaushälfte war die unvermeidliche Gegensprechanlage angebracht. Doch Cremer war vertrauensselig. Auf Katharinas Klingeln öffnete er fast sofort, ohne sich zu erkundigen, wer ihn denn da besuchen wollte.

Offensichtlich hatte er jemand anderen erwartet. Als der Medizinmann die Polizisten im Hausflur ausmachte, wurde sein schmales Gesicht lang und länger.

»Ja, bitte?« fragte er knapp, ohne den Eingang freizugeben.

»Kriminalpolizei«, tönte Hofmann deutlich, wobei er sich auswies. »Sind Sie Michael Cremer?«

Der Zwerg im Türrahmen nickte stumm.

»Wir hätten ein paar Fragen an Sie. Dürfen wir reinkommen?«

Wieder nur ein wortloses Nicken, aber diesmal gab er den Eingang frei. Mit einer kraftlosen Handbewegung deutete er auf sein Wohnzimmer, aus dem undeutlich das penetrante Gewinsel eines Opernhelden tröpfelte.

Cremer setzte sich in seinen Designerknautschsessel, die beiden Beamten ließen sich auf einem undefinierbaren Etwas nieder. Mit viel Phantasie konnte man auf ein Sofa schließen.

»Herr Cremer, wir kommen wegen Martina Pielert.«

Der Doc kratzte sich unbehaglich hinter seinem rechten Ohr. »Hab ich mir fast gedacht. Möchten Sie etwas trinken?«

»Nein, danke«, lehnte Berthold schnell ab. Solange sie noch die Überraschung auf ihrer Seite hatten, wollte er keine Zeit verlieren. »Wie gut kannten Sie die Tote?«

Cremer griff in die Brusttasche seines Hemdes und holte ein Zitronenklümpchen hervor. Mit ruhigen Händen entfernte er das Papier von dem Bonbon. »Warum fragen Sie mich überhaupt, wenn Sie sowieso schon alles wissen?« konterte er gelassen. »Martina und ich hatten eine Beziehung, ja. Bin ich deswegen verdächtig?«

»Deswegen nicht«, entgegnete Katharina ebenso ruhig. »Schon eher, weil Sie sich nicht bei uns gemeldet haben. Können Sie sich nicht vorstellen, daß Sie ein äußerst wichtiger Zeuge für uns sind?«

»Doch«, schmatzte der Zwerg. »Ich hätte mich schon noch bei Ihnen gemeldet. Mir ist das alles ein wenig an die Nieren gegangen.«

»Das merkt man Ihnen aber kaum an«, sagte Hofmann kalt. »Dabei wollten Sie doch die Ermordete heiraten.«

»Wer sagt das?« fragte Cremer überrascht.

»Ihre Schwester, Frau Reichert. Wir haben heute mit ihr gesprochen.

Cremers Gesichtszüge entspannten sich. »Ach, Angelika. Die weiß doch gar nichts. Zwischen Martina und mir war es aus, seit mehr als drei Monaten schon. Ich habe sie mal geliebt, aber irgendwie war sie doch nicht die Richtige. Sie konnte einem mit ihrer naiven, gutgläubigen Art manchmal ganz schön auf die Nerven gehen.«

»Dann wußten Sie natürlich auch nicht, daß sie schwanger war?«

Die Reaktion Cremers war überraschend. Erst riß er seine Augen weit auf, dann verschluckte er fast seine Vitamin C-Ladung und begann schließlich lauthals zu lachen. »Schwanger? Martina? Ehrlich?«

»Ehrlich«, bestätigte Hofmann genervt. »Wußten Sie das?«

»Nein, wirklich nicht. Aber es wundert mich nicht. Wissen sie, einer der Gründe, warum ich mit Martina Schluß gemacht habe, waren ihre ständigen Männergeschichten. Verstehen Sie mich nicht falsch, sie war keine Nymphomanin, aber wenn ihr ein Typ mit traurigen Augen über den Weg lief und sich bei ihr ausheulte, ist sie mit ihm ins Bett gegangen, vielleicht um ihn wieder aufzuheitern. Sie konnte in so einer Situation schlecht nein sagen.«

Katharina runzelte mißtrauisch ihre Augenbrauen. So einen dämlichen Spruch hatte sie schon lange nicht mehr gehört. »Was haben Sie eigentlich in der Mordnacht gemacht?« platzte ihr der Kragen. »Waren Sie auch auf dieser Fete in der Klinik?«

Cremer schmunzelte amüsiert. »Natürlich, ich habe da mal vorbeigesehen.«

»Und bis wann waren Sie da?«

»Bis ungefähr sechs Uhr morgens. Ich hatte Dienst.«

»Dienst?« hakte Hofmann nach. Es klang nicht sehr geistreich.

»Jawohl. Einer der Ärzte muß immer im Haus sein, für eventuelle Notfälle. Und in der bewußten Nacht von Freitag auf Samstag hatte es mich erwischt. Allerdings fühlte ich mich nicht besonders. Gegen halb sechs rief ich den Kollegen an, der mich ablösen sollte, ob er nicht ein wenig früher kommen könnte. Ich hatte was mit dem Magen.«

Resigniert sank Katharina in das Polster zurück. Wenn das Alibi stimmte, konnten sie wieder einen Verdächtigen streichen.

Hofmann zeigte sich nicht beeindruckt. »Hatten Sie noch zu Frau Pielert Kontakt, nachdem Ihre Beziehung beendet war?«

»Sicherlich. Martina brauchte einige Zeit, um zu verstehen, daß der Ofen aus war. Ständig rückte sie bei mir an, warum wir nicht noch einmal von vorne anfangen könnten, der ganze sentimentale Sermon. Aber vor etwa dreieinhalb Wochen hatte sie es endlich kapiert. Seitdem habe ich sie nicht mehr gesehen, außer im Krankenhaus natürlich.«

»Aber ...« begann Katharina, doch Hofmann wuchtete sich aus der Sitzgelegenheit.

»Vielen Dank, Herr Cremer, vorerst haben wir Sie genug belästigt. Es kann allerdings sein, daß wir noch einmal auf Sie zurückgreifen müssen.«

Cremer stand ebenso schnell auf wie der um einen Kopf

größere Polizist und sah plötzlich ziemlich erleichtert aus. »Keine Ursache. Wenn ich Ihnen helfen kann …«

Thalbach griff Hofmann protestierend an den Ellbogen, doch der bedachte sie mit einem bedeutungsvollen Blick. Katharina begriff und hielt den Mund.

Polternd liefen sie schließlich die Stufen Richtung Ausgang, aber erst, als sie im Wagen saßen, machte sich Thalbach Luft.

»Verdammt noch einmal, bist du übergeschnappt? Warum hast du die Vernehmung abgebrochen?«

Hofmann startete grinsend den Motor und ließ den Wagen anrollen. »Weil der Schweinepriester lügt wie gedruckt. Hast du dem etwa ein Wort geglaubt?«

»Natürlich nicht«, erregte sie sich.

»Ich auch nicht. Der hatte so viel Zeit, sich eine Geschichte zu überlegen, daß er auf alles eine Antwort gewußt hätte. Und daß dieser Mann nicht unser Mörder ist, war eh klar.«

Katharina war baff. Sie war da ganz anderer Meinung.

»Denk an den Obduktionsbericht«, half ihr Hofmann auf die Sprünge. »Demnach muß der Mörder mindestens ein Meter achtzig groß gewesen sein. Dieser Cremer ist doch nur 'ne halbe Portion. Der war es nie im Leben.«

Thalbach setzte an, brach aber unvermittelt ab. Berthold hatte recht.

»Stimmt, daran hab ich überhaupt nicht mehr gedacht.«

»Eben. Und bevor du anfingst, dem etwas über die Tabletten zu erzählen, mit denen die Pielert offensichtlich gehandelt hat, bin ich lieber dazwischen gegangen. Jetzt weiß er zumindest nicht alles, was wir wissen. Und das ist auch schon was wert.«

»Einverstanden«, erklärte Katharina. »Und jetzt?«

»Na, was wohl? Feierabend. Und morgen früh werden wir diesen schnieken Herrn Doktor mal ein wenig gründlicher unter die Lupe nehmen und als erstes sein Alibi überprüfen.«

16.

Im ersten Moment wußte Ulli nicht, wo er war. Verschlafen rieb er sich die Augen und riskierte einen Blick. Erst als er die Batterie Stofftiere über sich auf der Bettablage entdeckte, dämmerte ihm, daß er bei Karin schlief.

Karin war nicht da, sie hatte Frühdienst. Freundlicherweise hatte sie ihm ihren Wecker gestellt, aber er war nicht sauer, obwohl es erst kurz nach neun war. Im Urlaub fiel er um diese Zeit gewöhnlich in seine erste Tiefschlafphase.

Bevor er unter die Dusche stieg, setzte er in ihrer kleinen Küche zwei Tassen Kaffee an. So bescheuert er im ersten Moment den Gedanken, sich bei ihr zu verkriechen, auch gefunden hatte, desto angenehmer war es ihm jetzt. Auf dem Küchentisch lagen auf einem Pappteller zwei Apfeltaschen für das Frühstück, davor ein Zettel, auf dem Karin ihm einen schönen Tag wünschte. Auch sonst hatte sie keine Gelegenheit ausgelassen, um ihn den Streß der letzten Tage vergessen zu lassen. Der eiserne Junggeselle in Zander schwankte.

Frisch gereinigt verdrückte er mit gesegnetem Appetit Kuchen und Kaffee und wappnete sich zum Aufbruch. Er wollte nach Dortmund. Saturn hatte einige interessante Objektive im Angebot, und das kürzlich ausgezahlte Weihnachtsgeld des Landschaftsverbandes brannte ihm Löcher in die Taschen.

Was er sich mit diesem Trip antat, merkte er schon an der Bushaltestelle. Seinen Wagen bekam er erst heute nachmittag von der Polizei zurück, er war auf die *Bogestra* angewiesen. Nach zwanzigminütigem Frieren konnte er endlich den überfüllten Bus Richtung Hauptbahnhof entern. Den einzigen noch freien Sitzplatz neben einem rotnasigen, schniefenden Weltkriegsveteranen verschmähte er aus gesundheitlichen Gründen.

In der S-Bahn bot sich ihm ein ähnliches Bild. Zander war zwar nicht böse, der entnervenden Parkplatzsuche in Dortmund entgehen zu können, die Gruppe alkoholisierter

Fußballfans nivellierte seine Begeisterung allerdings wieder.

In Dortmund angekommen, drängte sich Zander hastig aus dem Bahnhof, der vor Polizisten wimmelte, weil einer der Junkies so unverfroren gewesen war, eine Beamtenwitwe anzubetteln. Der Rest der Abhängigen lungerte vor der dem Bahnhof gegenüberliegenden Geschäftszeile lustlos herum und verschreckte potentielle Käufer. Bei dem Anblick der bemitleidenswerten Gestalten erinnerte sich Zander daran, daß er Urlaub hatte. Einem Sozialarbeiter bot sich hier eine Lebensstellung.

In den Kaufhäusern wurde energisch an die Weihnachtsstimmung der Kunden appelliert. Saturn empfing Ulli mit etlichen buntbemalten Nikoläusen und Christbäumen aus umweltfreundlichem Kunststoff. Im Kaufhaus rieselte leise der Schnee, und Zander dachte sich, daß man das ehrwürdige Weihnachtslied eigentlich schon längst hätte umtexten müssen. Aber Nieselregen reimte sich nun mal nicht auf See.

Die nächste Enttäuschung erwartete ihn in der Fotoabteilung. Alle angepriesenen Sonderangebote waren leider schon vergriffen, aber natürlich konnte er, für einen etwas höheren Kaufpreis, vergleichbare Objektive erstehen. Frustriert verzog er sich in die nächste Etage und durchstöberte die Auslage mit den verbilligten CDs, bis ihm einfiel, daß er gar keinen CD-Spieler besaß. Bevor er sein dreizehntes Monatsgehalt leichtsinnig aufs Spiel setzte, flüchtete er lieber nach draußen.

Sofort wieder nach Bochum zu fahren, hatte er keine Lust. Es war auch erst kurz vor elf. Kurzentschlossen schlenderte er weiter den Westenhellweg herunter, begutachtete etliche apart dekorierte Schaufenster und trank in der Filiale einer Schnellrestaurantkette einen Kaffee.

Danach schlenderte er an der Reinoldikirche vorbei nach links zur Brückstraße. Vor der Heimfahrt wollte er sich an der holländischen Frittenbude eine dieser extrem leckeren CPMs gönnen.

Das Volk auf der Straße änderte sich. Nicht mit Einkaufstüten und Taschen bestückte Hausfrauen und Rentnerehepaare dominierten hier, sondern abgerissene Innenstadtbesucher. Auch die Schaufensterauslagen sahen anders aus. Bereits der zweite Sex-Shop konnte Ulli keinen müden Blick mehr entlocken.

Endlich stand er am Ziel seiner Expedition. Die rundliche Verkäuferin häufte einen Berg Pommes über seine Currywurst und kleckste einen dicken Schlag Mayonnaise über sein zweites Frühstück. Zum Nachspülen orderte der Bochumer noch eine Dose Cola, dann plazierte er seine Mahlzeit auf einem der Stehtische und begann mit viel Appetit zu essen.

Als er den Boden des geschmacksneutralen Papptellerchens fast erreicht hatte, sah er Cremer. Der Arzt lief, eng an die gegenüberliegende Häuserfront gepreßt, hastig an einer mit flackerndem Neonlicht werbenden Nachtbar vorbei. Sein Blick war stramm auf den Boden gerichtet, von den anderen Passanten nahm er keine Notiz.

An und für sich wäre Zander das Auftauchen des Arbeitskollegen egal gewesen. Sein Interesse wurde geweckt durch die beiden Einkaufstaschen, die Cremer in den Händen hielt. Zander hätte freiwillig die CDU gewählt, wenn er sich täuschte. Schließlich waren die Taschen aus *seiner* Wohnung geklaut worden.

Die Currywurst schmeckte Ulli nicht mehr. Er feuerte den Teller samt Essensresten in den Papierkorb, leerte die Getränkedose auf einen Zug und mischte sich unter die Passanten.

Cremer bemerkte ihn nicht, obwohl Ulli viel zu nervös war, um sich unauffällig zu verhalten. Einmal näherte er sich dem Doc bis auf etwa vier Meter, bevor er sich besann und wieder weiter zurückfallen ließ. Cremer sah sich nicht um. Als er an der folgenden Querstraße vor einer roten Fußgängerampel warten mußte, trat er ungeduldig von einem Bein aufs andere. Zander klemmte sich in den nächsten Häusereingang und spurtete erst los, als Cremer schon fast die andere Straßenseite erreicht hatte.

Der Gehweg wurde schmaler und führte leicht abwärts. Unter der Eisenbahnbrücke wagte sich Zander wieder näher an Cremer heran. In diesem Viertel war er noch nie gewesen, die Geschäfte bestanden vornehmlich aus Ehehygeneinstituten, Spielhallen und Pornokinos. Ulli staunte nicht schlecht, als sein Vorläufer den Eingang des größten Lichtspielhauses enterte und schnurstracks in Richtung der drei Kinosäle lief. Mit klopfendem Herzen folgte er Cremer in die muffigen Räumlichkeiten, schön auf Abstand bedacht. Mit aufgeblähten Nasenflügeln versuchte sich Zander zu orientieren. Die Aufsichtsperson in Nähe der Einzelvideokabinen schenkte ihm keinen Blick, wahrscheinlich war sie an schüchterne Kunden gewöhnt.

Cremer hatte einen guten Vorsprung herausgelaufen, Zander konnte ihn schon nicht mehr sehen. Immer ging von dem Raum, in dem er sich gerade befand, ein weiterer Gang ab, schließlich erreichte er einen etwas großzügigeren Verkaufsraum, der auch eine Kinokasse beherbergte. Und hier befand sich ein zweiter Ausgang.

Zander konnte sich nicht vorstellen, daß Cremer zusammengekauert den unzensierten Ausgaben des RTL-Wochenendprogramms folgte. Also stieß er die Flügeltür zur Münsterstraße auf. Er hatte sich nicht getäuscht. Cremer stand bereits an der nächsten Ampel und wartete auf grün.

Unschlüssig verharrte Ulli auf dem Asphalt und dachte nach. Außer ihm und Cremer waren keine Fußgänger zu sehen — wenn er dem Arzt jetzt nicht auffiel, dann nie. Schließlich setzte sich der Sozialarbeiter wieder in Bewegung, spurtete gegen den Autoverkehr um sein Leben, gewann und erreichte die nächste Ampel während der Grünphase. Cremer war vielleicht zehn Meter vor ihm, der grobe Betonklotz des SPD-Hauses bot ihm bereits Schutz gegen den Wind und den leichten Regen. Plötzlich verschwand er hinter einer metallenen Sichtschutzwand.

Irritiert beschleunigte Zander seine Schritte und umkreiste ebenfalls die Barriere. Nach einem Moment des Verstehens lachte er trocken auf. — Cremer hatte das Dortmunder Bordell gestürmt.

Der Doc stand am Ende der Häuserzeile vor einem der schwach beleuchteten Fenster und klopfte an eine Scheibe. Ungläubig hielt Zander inne und besah sich das Schauspiel. Da vernahm er links neben sich ein leises Pochen. Eine der hier Angestellten lächelte ihm aufmunternd zu und winkte ihn heran. Fluchtartig stakste er einige Schritte nach vorn und zündete sich zitternd eine Zigarette an.

Sein Arbeitskollege hatte inzwischen Erfolg. Eine Tür wurde geöffnet, und Cremer huschte in den Eingang. Kopfschüttelnd schlenderte Zander weiter und behielt die Tür im Blick. Abwartend lehnte er sich schließlich zwischen zwei Häusern an die Wand und hörte seinem abschwellenden Herzschlag zu.

Der Zwerg aus Bochum war offensichtlich schnell zum Schuß gekommen. Nur knapp drei Minuten, nachdem er das Haus betreten hatte, öffnete sich die Tür erneut. Kreidebleich stolperte Cremer mit leeren Händen auf die Straße, gefolgt von einem imposanten Kerl, der Zander stark an den Schupo erinnerte, der ihn aus der Zelle geholt hatte. Nur war der hier bestimmt kein Beamter.

Fluchend schmiß Zander seine Kippe auf den Boden und drehte sich um, während der mutmaßliche Zuhälter heftig auf Cremer einredete. Ulli hatte den Eindruck, daß Cremer ihn gesehen hatte. Immerhin hatte er ihm einen flüchtigen Moment voll das Gesicht zugewandt.

Zander spürte Panik in sich aufsteigen. Wegrennen wäre zu auffällig gewesen, mit dem Zuhälter an seiner Seite war Cremer außerdem stärker als er. Also steuerte er das nächste besetzte Fenster an, um der gelangweilten Blondine zuzulächeln. Die setzte ein strahlendes Lächeln auf, beugte sich vor und öffnete das Fenster.

»Na, wie wär's mit uns beiden?« offerierte sie routiniert.

»Ja, ja, schon gut«, haspelte Zander. »Laß mich rein.«

Überrascht über den schnellen Erfolg, verzog sie ihr Gesicht und deutete nach links zum Eingang. Nach den Wortfetzen zu urteilen, die Ulli in seinem Rücken hörte, waren Cremer und sein Spezi höchstens drei Meter hinter ihm, als er sich seinem Schicksal ergab.

»Mein Gott, mußt du Druck auf der Pfanne haben«, schmunzelte das Leasinggirl zur Begrüßung. »Oben spielt die Musik. Komm mit.«

Ulli trottete hinterher. Als er die schmale Treppe erreichte, die in das nächste Stockwerk führte, beobachtete er aus den Augenwinkeln, wie Cremer und Co vor dem Eingang stehenblieben, um weiter zu diskutieren. Mit weichen Knieen stolperte Zander die Stufen nach oben.

Die Prostituierte hatte inzwischen ihr Büro erreicht. Höflich wartete sie auf ihren Kunden, der sich bedröppelt an ihr vorbei ins Zimmer drückte. Das Zuschnappen der Tür kam ihm vor wie das Tor zur Hölle.

»Mach's dir doch bequem«, forderte sie ihn lächelnd auf, während sie sich ihm langsam näherte. »Möchtest du etwas zu trinken?«

»Nein, danke ... was kostet das eigentlich?« erkundigte er sich leise.

»Fünfzig für 'ne Standardnummer«, klärte sie ihn auf.

Ulli verstand nicht. »Was ist den eine Standardnummer?«

»Na ja, erst ein bißchen Französisch und dann in die Vollen. Einverstanden?«

Wortlos senkte er sein beschämtes Haupt, um zu nicken. Als er seine Geldbörse hervorholte, um zu bezahlen, fiel sie ihm aus den zitternden Fingern.

»Immer langsam, ich freß dich schon nicht«, beruhigte ihn das Mädchen lachend. »Bist du so nervös oder so geil?«

»Ich bin verheiratet«, log Zander. Etwas anderes ihm in der Aufregung nicht ein.

Seine Geschäftspartnerin zuckte die Achseln. »Aha. Nervös und so geil«, stellte sie fest. Die Betonung lag dabei auf 'und'.

Endlich hatte er einen Fünfziger aus der Scheintasche gefischt und ihr in die Hand gedrückt. Nachdem sie das Geld kassiert hatte, kam sie sofort zur Sache. Ihr Oberteil aus einem leuchtend gelben Stretchmaterial flog auf den kleinen Sessel neben dem Waschbecken, der Tanga landete auf dem Handtuchhalter. Zander hatte erst einen Arm aus dem Parka.

»Himmel, bist du zappelig. Soll ich dir helfen?«

Innerlich stöhnte Ulli auf. Nach und nach entledigte er sich seiner Kleidungsstücke, bis er wie ein Schuljunge vor ihr stand. Da er keine Kraft mehr in den Beinen hatte, ließ er sich einfach auf das Bett fallen.

»Ich heiße Jenny«, sagte Jenny. »Und du?«

»Ulli«, gab er kleinlaut zu. Er fühlte die Röte in seinem Kopf, als sie sich zu ihm setzte.

Erst jetzt sah er sie sich richtig an. Sie war hübsch, verdammt hübsch sogar. Unter ihren langen blonden Locken lachten ihn zwei blaue Augen belustigt an. Der Rest ihres Körpers hatte die Rundungen an den richtigen Stellen. Ulli hatte plötzlich das Gefühl, daß der Fuffi gut angelegt war …

Jenny rückte näher an ihn heran und legte ihre Hand auf seinen Oberarm. Ihm war, als bekäme er einen elektrischen Schlag. Behutsam drückte sie ihn auf die Matratze zurück und kramte ein Kondom aus der Hunderterpackung auf dem Nachttisch. Zander wollte gerade einwenden, daß er noch nicht so weit war, um das Präservativ überzuziehen. Ein Blick nach unten belehrte ihn jedoch eines besseren.

Eine halbe Stunde später waren Cremer und der Vertreter des überflüssigsten Berufsstandes der Welt verschwunden. Zander war immer noch schwummerig, der Gang wackelig, aber nicht mehr vor Nervosität. Jenny hätte auch das Zehnfache nehmen können, ohne unverschämt zu sein.

Als sie ihm die Tür nach draußen öffnete, fragte sie, ob er noch einmal wiederkommen würde. Einen Moment ertappte sich Ulli bei der Vorstellung, Stammkunde zu werden. Bevor er endgültig seinen Verstand verlor, nahm er die Beine in die Hand und marschierte los.

Das entspannte Gefühl in den Lenden wich sehr schnell dem schlechten Gewissen. Er kam sich dreckig und schäbig vor, obwohl er sich immer wieder einhämmerte, quasi in höchster Not diesen angenehmen Fluchtweg gewählt zu haben. Gleichzeitig mußte er sich aber auch eingestehen, daß er die letzten dreißig Minuten genossen hatte. Sein Problem hieß Karin.

Auf dem Bahnsteig im Hauptbahnhof nahm sich Zander fest vor zu beichten. An der Haltestelle Kley wurde er unsicher. Am Bochumer Hauptbahnhof entschloß er sich, sie nicht auch noch mit Jenny zu belasten. Karin machte sich eh schon genug Gedanken um ihn. Und es lief doch bisher prächtig zwischen ihnen ...

Um eins war er an der Pforte des Polizeipräsidiums. Die Entzugserscheinungen nach seinem Mazda nahmen bedrohliche Ausmaße an — seine Füße waren geschwollen, die Schuhe drückten erbärmlich. Und bestimmt würden sich die Gesetzeshüter für Cremers Beziehungen zur Dortmunder Halbwelt interessieren.

Thalbach und Hofmann machten gerade Mittagspause, als Zander schnaufend ihr Büro erreichte. Wenig begeistert ließ Hofmann seine Salamistulle sinken, legte die WAZ beiseite und musterte den Sozialarbeiter unfreundlich.

»Tag, Herr Zander. Was gibt's?«

Ulli nickte Katharina freundlich zu und hockte sich ohne zu fragen auf den freien Drehstuhl. »Ich hätte gerne meinen Wagen wieder. Auf U-Bahnen steh ich nicht so.«

Hofmann griff kommentarlos zum Telefon und fragte nach, ob der Mazda schon fertig sei. Man sah ihm deutlich an, daß er Ulli gerne wieder zu Fuß in den Regen geschickt hätte.

»Der Wagen steht unten im Hof«, informierte er ihn dann widerwillig, »Schlüssel stecken. Gute Fahrt.«

Genüßlich gönnte sich Zander eine Zigarette und lehnte sich zurück. »Nicht so eilig. Ich hab was für Sie.«

Katharina sah überrascht auf, doch Hofmann konnte er nicht aus der Reserve locken. »Und?« fragte der gelangweilt.

»Sie sollten mal einen der Klinikärzte unter die Lupe nehmen. Michael Cremer.« Zufrieden registrierte Ulli ihre langen Gesichter.

»Wie kommen Sie denn auf den?« fragte Katharina.

»Ich war heute früh in Dortmund. Plötzlich läuft mir dieser Sitzriese über den Weg, in jeder Hand eine der Taschen, die bei dem Einbruch in Martinas beziehungsweise meine Wohnung geklaut wurden. Sie erinnern sich?«

Katharina wollte begeistert nicken, aber Berthold kam ihr zuvor. »Dunkel. War das alles?«

»Keineswegs«, protzte Ulli selbstsicher. »Ich bin ihm nachgegangen. Cremer stiefelte in das Dortmunder Bordell, betrat eines der Häuser und kam etwa drei Minuten später wieder raus. Ohne Taschen.«

Nachdenklich kaute Hofmann auf einem Kugelschreiber herum, bevor er sich lässig Notizen machte. Mit einer lahmen Handbewegung beendete er die Audienz.

»OK, wir werden der Sache mal nachgehen. Vielen Dank.« Damit griff er wieder zu Brot und Zeitung.

»Ist das alles?« fragte Zander genervt.

»Wieso? Haben Sie noch etwas zu sagen?«

Fassungslos zerquetschte Ulli seine Kippe und stand verärgert auf. »Nee. Ich dachte nur, Sie wären froh, wenn ich Ihnen weiterhelfe!«

»Das sind wir auch«, beschwichtigte Katharina den aufgebrachten Besucher mit einem bösen Seitenblick auf Hofmann. »Wir verfolgen im Moment eine andere Spur. Sobald wir Zeit haben, kümmern wir uns darum.«

Zander warf einen abfälligen Blick auf den Magermilchjoghurt und den Heimwerkerkatalog auf ihrem Schreibtisch. Daß Werbeprospekte zur Aufklärung von Mordfällen beitragen konnten, war ihm neu.

»Dann will ich Sie nicht weiter bei Ihrer wichtigen Arbeit stören«, erklärte er ironisch. »Wenn Sie noch etwas wissen wollen, meine Telefonnummer haben Sie ja.«

Stocksauer stürmte er auf den Flur und schlug den Weg zum Innenhof ein. Bei einer solchen Ordnungsmacht hätte es ihn nicht gewundert, wenn sein Wagen inzwischen geklaut worden wäre.

»Sag mal, spinnst du eigentlich«, beschwerte sich Katharina, als Ulli ihr Büro verlassen hatte, »warum hast du den so abgekanzelt?«

Hofmann zerkaute den letzten Brotkrumen und musterte seine Kollegin. »Zuviel Schlammschlacht. Erst wird Zander durch 'nen anonymen Brief in die Scheiße geritten, dann revanchiert er sich bei dem Typen, von dem ich vermute, daß er uns genau diesen Brief geschickt hat.«

»Aber wenn der Cremer wirklich Kontakte zur Dortmunder Szene hat, müssen wir das doch abklären«, beharrte Thalbach.

»Natürlich«, stimmte ihr Gegenüber zu. »Aber soll ich dem mit 'nem Haftbefehl auf die Bude rücken, nur weil er einen Puff besucht? Nee, meine Liebe, bevor ich ihm nicht wasserdicht was auf den Tisch legen kann ...«

Katharina dachte nach und nickte. »Wahrscheinlich hast du recht. Trotzdem ruf ich gleich mal die Dortmunder Kollegen an, ob der da bekannt ist.«

»Tu das«, nuschelte Hofmann undeutlich.

Während Katharinas Gesicht im Zuge des Telefonats immer länger wurde, widmete sich der Kriminalkommissar lieber wieder dem Lokalteil seiner Zeitung. Auf so einfache Art bekamen sie Cremer bestimmt nicht.

17.

»Diese verdammten Mistböcke.«

Fluchend rammte Zander den Schaltknüppel nach links oben und fuhr mit quietschenden Reifen an. Die drei Uniformierten, die sich auf dem Innenhof des Präsidiums verlustierten, sahen aufgeschreckt hoch.

Ulli war stocksauer. Da setzte er seine Gesundheit aufs Spiel, um einen Verdächtigen zu verfolgen, und dann so etwas! Er schwor sich, nie mehr auch nur einen Finger für diesen aufgeblasenen Pfeifenkauer zu rühren.

Die Stopstraße am Bergbaumuseum ignorierte Zander. Vorbei an der hinter großem Buschwerk verborgenen Schrebergartenanlage bretterte er auf die Herner Straße zu. Ein Ziel hatte er nicht.

Er hatte Karin versprochen, sie von der Arbeit abzuholen, wenn er rechtzeitig aus Dortmund zurück wäre. Bis zu ihrem Schichtende blieben ihm noch gut sechzig Minuten. Ulli mußte sich abreagieren, die neunzig PS-starke Maschine schien ihm das geeignete Mittel dafür zu sein.

Eine Zeitlang kurvte er sinnlos Richtung Herne, kurz vor der Zufahrt zur A 43 wendete er und düste zurück zur Stadtmitte. Hinter ihm ahmte ein schwarzer Porsche aus Dortmund sein gewagtes Wendemanöver nach.

Zander lag knapp hinter der grünen Welle, er schaffte die

Kreuzungen jeweils erst bei Gelb. Als der Sportwagen zum dritten Mal bei Rot hinterherhuschte, wurde Ulli nervös.

An der Einmündung zum Nordring machte er die Probe aufs Exempel. Zunächst ordnete er sich auf dem Rechtsabbiegerstreifen ein, um kurz vor der Ampel halsbrecherisch nach links zu ziehen. Das wilde Hupen und die unfreundlichen Grußworte der Wagenführer, die er geschnitten hatte, waren Nebensache. Der Porsche wurstelte sich irgendwie durch den Verkehr, entkam dem LKW auf der Gegenfahrbahn und hing wieder an seinem Heck. Es gab keinen Zweifel mehr: Ulli wurde verfolgt.

Seine Zähne zerfaserten seine Unterlippe, während er fieberhaft überlegte. Sein Tank war nicht mehr allzu voll, innerhalb der nächsten halben Stunde benötigte er dringend eine gefüllte Zapfsäule. Alleine an einer Tankstelle wollte er seinem Verfolger nicht begegnen, zumal ihm plötzlich einfiel, welchen Wagentyp die Einbrecher von Martinas Wohnung benutzt hatten. Aber wohin?

Vor dem Aparthotel nahm er das Gas zurück, der Porsche kam etwas näher. Zander bemerkte zwei Personen in dem Gefährt, aber ihre Gesichter konnte er nicht erkennen. Der andere fuhr mit aufgeblendeten Scheinwerfern, die Sonnenblenden waren heruntergeklappt. Als Ulli an der Ampel zur Brückstraße hinter dem 336er Bus halten mußte, kam ihm eine Idee. Brav setzte er den Blinker nach links und fädelte sich in der Abbiegerspur ein. Direkt hinter dem orangefarbenen Ungetüm bog er ab, fünfzehn Meter weiter war die nächste Haltestelle. Der Porsche war einen Wagen hinter ihm.

Ulli zog etwas auf die Gegenspur und peilte die Lage. In Höhe des Goethe-Gymnasiums kam ihm ein Lieferwagen entgegen. Leise zählte Zander bis drei, ließ die Kupplung schnacken und trat das Gaspedal voll durch. Der Mazda schoß nach vorne und scherte direkt vor dem Bus wieder ein, die Lücke war dicht. Sein Verfolger mußte warten.

Mit Volldampf donnerte Zander zum Stadtpark, schaffte gerade noch die Grünphase am Kunstmuseum und zwang den Wagen in eine scharfe Rechtskurve.

Der kalte Schweiß lief Ulli in die Augen. Er wollte in die

Klinik, dort war er einigermaßen sicher. Und vielleicht gelang es ihm ja, die Burschen aus der Nachbarstadt zu täuschen. Den Klinikparkplatz konnte man von der Straße nicht einsehen.

Eine Minute später drehte er die Zündung aus und verschloß seinen Wagen. Er hatte noch eine gute dreiviertel Stunde Zeit, Karin war gerade in der Übergabe. Da er dabei nicht stören wollte, entschloß er sich, Preuss zu besuchen.

Der Meister im Beamtentriathlon war guter Laune. Die drei Disziplinen — knicken, lochen, abheften — hatte er mal wieder in Rekordzeit geschafft. Sein Schreibtisch war leer, die Kaffeetasse voll, und auf WDR 2 trällerte Udo Lindenberg. So konnte man es aushalten.

Preuss traktierte gerade seine Kollegin mit Anekdötchen aus seiner Jugendzeit. Die arme Frau lächelte höflich, stellte die Ohren auf Durchzug und zählte die Minuten bis zum Feierabend.

»Hey, Urlauber«, griente Preuss. »Wie hängt er?«

Zander schluckte, verdrängte seine Fünfzigsmarksbekanntschaft vom Vormittag und spreizte seinen Mittelfinger ab. Die Kollegin erkannte ihre Chance. Sie schnappte sich ein paar Akten, klemmte sie sich unter den Arm und schob ab.

Zander okkupierte den frei gewordenen Stuhl. »Der einzige, der gleich hängt, bist du«, erwiderte er mürrisch.

Preuss verzog seine Stirn in Falten. »Ist irgendwas?«

»Allerdings. Heute morgen war ich in Dortmund. Und da hab ich eine äußerst interessante Entdeckung gemacht.«

Zum zweiten Mal innerhalb kürzester Zeit gab er seine Story zum besten, wobei er seinen Boxenstop außen vor ließ. Preuss staunte nicht schlecht. »Junge, Junge«, meinte er schließlich. »Unser Doktor Cremer!«

»Und das Beste kommt noch«, ergänzte Zander seinen Bericht. »Als ich mich bei den Bullen aus dem Staub gemacht habe, hängt sich ein Porsche an meine Stoßstange. Wenn ich den nicht geschickt ausgebremst hätte, wäre der immer noch hinter mir her.«

Einen Moment blieb es zwischen ihnen still, in Zanders

Kopf hatte sich zuviel angesammelt. Soviel Streß war er nicht gewohnt.

»Was hast du jetzt vor?« erkundigte sich Preuss nach einer Weile. »Gehst du nochmal zur Polizei?«

»Nie«, wehrte Zander ab. »So wie die mich abserviert haben, auf keinen Fall.«

»Deine Sache. Ich halte es zwar für verkehrt, aber du mußt wissen, was du tust.«

»Keine Angst. In meine Wohnung geh ich in der nächsten Zeit sicher nicht. Das Versteck bei Karin ist gar nicht so schlecht.«

Plötzlich leuchtete das Mondgesicht seines Gesprächspartners auf. Vor Erregung rutschte er fast vom Sessel. »Mensch, das ist es. Wir rücken dem Cremer auf die Bude.«

»Spinnst du? Willst du dem 'nen neuen Scheitel ziehen?«

Hastig winkte Preuss ab. »Nicht mit unseren Astralleibern. Elektronisch.«

Zander schaute reichlich dämlich aus der Wäsche.

»Paß auf, die Sache ist total einfach. Cremer vergöttert seinen PC, der führt sicher sogar 'ne Statistik über seine Klobesuche. Wenn der wirklich zusammen mit Martina 'nen Schwarzmarkt aufgezogen hat, verwette ich meinen Hintern, daß er fein säuberlich alles in seinen Computer gehackt hat. Und da hören wir mal rein!«

»Und wie?«

»Nichts leichter als das. Cremer hängt an 'ner Mailbox, genau wie meine Wenigkeit. Zu Hause hab ich sogar seine Stationsnummer. Dem zieh ich das Fell über die Ohren.«

»Kommst du da denn so einfach rein?« fragte Zander erstaunt.

»Einfach nicht, du brauchst die richtigen Programme. Aber selbst wenn er die Sachen mit einem Paßwort gesichert hat, ist das keine große Sache. Schon mal vom trojanischen Pferd gehört?«

»Natürlich«, bestätigte Zander. Geschichte war einer seiner Leistungskurse in weit zurückliegenden Schulzeiten gewesen.

»Siehste!«, bekräftigte Preuss. »Es gibt Programme, die du in einen PC oder sogar eine Großrechenanlage schleusen kannst. Die fallen dem Benutzer nicht auf, fressen fast keinen Speicherplatz und verseuchen die Kiste nicht. Die haben nur eine Aufgabe. Sobald ein mit einem Code geschütztes Programm aufgerufen wird, speichern die Trojaner das bewußte Codewort. Und dann bist du drin!«

»Wahnsinn«, hauchte Ulli ehrlich beeindruckt. »Und so ein Ding hast du?«

»Jau.«

»Kriegst du das so einfach im Laden?«

»Nie im Leben, höchstens vielleicht bei 'nem kleinen Krauter, der auf jede Mark angewiesen ist. Ein Kumpel von mir hat mir das besorgt. War früher ein Superhacker.«

Zander nickte. Von solchen Spezialisten hatte er schon gehört. »Und was macht der jetzt?«

Preuss breitete seine kräftigen Arme aus. »Ist erwischt worden, als er bei der Deutschen Bank geschnüffelt hat.«

»Sitzt der im Knast?« wollte Ulli wissen.

»Nee, in Pullach, Bundesnachrichtendienst. Der hackt jetzt für Vater Staat, Besoldungsgruppe A 13.«

»Umpf«, grunzte Zander. »Auch 'ne Art, in den Beamtenstand zu kommen. Und der hat dir so ein Programm überlassen?«

Preuss schmunzelte. »Nicht direkt überlassen. Bei einem Besuch hat er eine Diskette vergessen, die er beim nächsten Mal wieder mitgenommen hat. Comprènde?«

Ulli lachte und eiste sich los. Wenn Preuss einmal in Fahrt geriet, konnte er Stunden erzählen. »Ich verzieh mich jetzt, Karin hat gleich Schluß. Ruf mich sofort an, wenn du was erfahren hast, verstanden?«

Preuss hob drei Finger. »Ehrenwort. — Am Samstag rücken wir euch eh auf die Bude, deine Herzallerliebste hat zum gemütlichen Spieleabend geladen.«

»Auch das noch«, stöhnte Ulli. »Noch nicht mal im Urlaub hat man seine Ruhe.«

»Das hat Karin auch gesagt«, konterte Preuss elegant. Zander kapierte den Spruch erst, als er schon fast im ersten Stock war.

»Halt dich fest«, empfahl Katharina siegessicher. »In Dortmund sind in der letzten Zeit unerklärlich viele Medikamente in der Szene aufgetaucht. Polamidon, Methadon, eine ganze Latte von ... Benzodiazepinen, davon massenweise Rohypnol. Der Gipfel ist ein synthetisch hergestelltes Heroin. Die Kollegen haben keine Ahnung, wer das Zeug in diesen Mengen auf den Markt bringt.«

Hofmann verschränkte die Handflächen hinter seinem Nacken und massierte die verspannte Muskulatur. »Kaum zu glauben. Ein kleiner Assistenzarzt kann doch nicht soviel beiseite schaffen, um den kompletten Markt zu versorgen. Das muß doch auffallen.«

Katharina ließ ihre Hitliste nicht aus den Augen. »Und wenn er die Sachen nicht im Krankenhaus mitgehen läßt? Wenn er eine Quelle hat, von der wir noch nichts ahnen?«

Hofmann riskierte ein Auge. Der Gedanke war neu. »Ein privates Labor? Gut möglich.«

»Oder jemand bei einem Pharmakonzern, der den Stoff ohne Schwierigkeiten besorgen kann. Die Preise für Rohypnol sind in Dortmund im letzten Jahr ständig gefallen, von fünf Mark pro Pille auf zweifünfzig. Da bringt die Masse das Geld.«

Hofmann nickte. Der Trend der Junkies, nicht mehr nur alleine von Heroin zu leben, hatte verheerende Ausmaße angenommen. Zur Zeit war Rohypnol groß in Mode. Zusammen mit Heroin verwandelte dieses Beruhigungsmittel den Konsumenten in einen verwirrten, kaum ansprechbaren Idioten, der es noch nicht einmal merkte, wenn er sich in die Hose machte. Pro Tag brauchte so ein armes Schwein ungefähr zehn Tabletten. Neben der Kohle für das Heroin noch mal fünfundzwanzig bis fünfzig Mark, die beschafft werden mußten. Die Gefahr der Komposition lag in der schnellen Wirkung des Zeugs. Man wurde davon unheimlich sorglos und glücklich, selbst bei tiefstem Winterwetter konnte man mit freiem Oberkörper herumlaufen, ohne zu frieren. Oder man wurde gewalttätig. Über siebzig Prozent der toten Junkies dieses Jahres aus Dortmund hatten neben Heroin Rohypnol im Blut gehabt. Hoffmann la Roche ließ grüßen.

»Cremer muß sich dumm und dusselig verdienen, wenn

er ein Monopol auf die Beschaffung hat. Haben wir schon seine Kontoauszüge?«

»Noch nicht«, gab Katharina zu. »Aber morgen kriegen wir sie.«

»Na gut.« Hofmann hatte keine Lust mehr. Vor ihren Bürofenstern war es bereits tiefschwarz, das fehlende Tageslicht zerrte an den Nerven. Noch eine Schicht und das Wochenende war erreicht.

»Machen wir Schluß für heute«, schlug er vor.

»Gute Idee«, stimmt seine Kollegin zu. »Kennst du einen guten Baumarkt hier in der Nähe?«

»Häh?« Ihre Gedankensprünge waren manchmal schwer nachzuvollziehen.

»Ab Montag kann ich meine Wohnung renovieren«, erklärte sie ihm. »Ich brauch noch Farbe und Tapeten.«

»Ach so. Nee, hier ist nichts. Der nächste dürfte bei der Novo sein. Weißt du, wo das ist?«

Katharina nickte. »In etwa. Also, tschüs dann.«

Eilig verstaute sie ihre Schreibutensilien in der Ablage und hechtete in ihren Mantel. Hofmann sah ihr zu. Diese langen Abende in seiner leeren Wohnung deprimierten in zunehmend.

»Sag mal, was machst du morgen abend?« erkundigte er sich, bevor sie verschwinden konnte.

Katharina drehte sich überrascht um. »Morgen abend? Nichts. Warum?«

Berthold druckste herum. »Ich wollte mal wieder was kochen. Aber ganz alleine nur für mich macht das keinen Spaß.«

Langsam verzog sich ihr Gesicht zu einem schmalen Lächeln. »Ist das 'ne Einladung?« erkundigte sie sich grinsend.

»So kann man es auch nennen. Hast du Lust?«

»Kannst du überhaupt kochen?«

»Mir brennt zumindest nichts an.«

Katharina lachte. »Von mir aus gerne. Wenn du genug Magentabletten da hast.«

Hofmann zuckte zusammen. »Bitte, kein Wort über Tabletten. Ich kann es nicht mehr hören.«

18.

Ian Hunter gab seinen wohl bekanntesten Hit zum besten. Die Aufnahme von *You're never alone with a schizophrenic* hatte Zander im Handschuhfach des Mazda wiedergefunden. Über knapp sechseinhalb Minuten zerrte der *Bastard* aus Karins kleinen Boxen, die mit den verzerrten Gitarren restlos überfordert waren. Trotzdem lehnte Ulli entspannt in den Polstern der gemütlichen Sitzgruppe und schnüffelte interessiert Richtung Küche, aus der die aromatischen Dämpfe eines Geflügelgerichtes herüberdrangen.

Geschickt balancierte seine Gastgeberin schließlich die nötigen Essensutensilien zu ihm ins Wohnzimmer. Bereitwillig nahm er die Füße von der Couch und machte ihr Platz.

»Guten Hunger«, wünschte Karin, wobei sie ihm eine beachtliche Portion Hühnerfrikasse unter die Nase stellte.

»Hast du das extra für mich gekocht?« erkundigte sich Ulli höflich.

»Nö. Ist aus dem Gefrierfach und dann in die Mikrowelle. Die beste Erfindung seit der Entdeckung des Rades.«

Zander rümpfte die Nase. »Ich weiß nicht. Ein Kumpel von mir hatte mit so 'nem Ding immer Schwierigkeiten.«

»Warum?« fragte sie kauend. »Konnte der damit nicht umgehen?«

»Schon. Nur hatte er während seiner Schulzeit einen Motorradunfall, die Ärzte mußten eine Silberplatte in den Schädel setzen. Und jedesmal, wenn seine Mutter danach zu Hause die Mikrowelle in Betrieb setzte, hat er sich in die Hose gepißt.«

Karin prustete los.

»Lach nicht, das stimmt«, erklärte Ulli todernst. »Die mußten seinen gesamten Kopf noch mal aufmeißeln, damit er Ruhe hatte.«

Die ersten Brocken des Fleisches landeten auf dem Teppich, Karin konnte ihre Gabel nicht mehr ruhig halten.

Feixend begann nun auch Ulli zu essen, obwohl er eigentlich keinen Hunger hatte — die Erlebnisse vom Vortag drückten auf seinen Magen. Obwohl er zumindest Karin gegenüber kein schlechtes Gewissen mehr haben mußte, denn er hatte gestern abend dann doch noch alles erzählt. Aber immer wieder hatte er heute hinter der Gardine gestanden, um nach dem schwarzen Porsche Ausschau zu halten. Doch anscheinend hatten seine Verfolger die Spur verloren.

»Gehst du am Montag wieder arbeiten?« riß ihn Karin aus den Gedanken. Dabei warf sie vorwurfsvolle Blicke auf sein Essen, in dem er lustlos herumstocherte.

»Ja. Gibt's in der Klappse eigentlich was Neues?«

Karin tickte mit ihrer Gabel an ihre Schneidezähne. »Unter unseren Ärzten grassiert zur Zeit wohl eine Grippewelle. Cremer hat sich krank gemeldet. Angeblich liegt er mit vierzig Fieber in der Heia.«

Ulli lachte freudlos auf. »War doch klar. Dem geht der Arsch auf Grundeis. Sollte mich nicht wundern, wenn er sich irgendwohin absetzt.«

»Ich kann immer noch nicht glauben, daß Martina ausgerechnet mit diesem Windbeutel gemeinsame Sache gemacht haben soll. An dem ist doch nichts dran.«

Bevor Zander etwas entgegnen konnte, klingelte das Telefon. Karin angelte sich den Hörer von der Gabel. »Schmitz ... Ja, der ist da. Moment.«

Seufzend reichte sie Ulli den Hörer herüber. »Es ist Thilo«, erklärte sie.

Zander griff zu. »Ich hoffe, es ist wichtig«, blaffte er statt einer Begrüßung.

»Ich bin drin«, kam die ruhige Antwort.

Ulli stutzte. »Schön für dich. Und warum telefonierst du dabei?«

Zwei Sekunden hörte er nichts. Dann legte Preuss los. »Du Arsch. Ich hab Cremers Computer geknackt. Schwing dich in deine Schüssel und komm her. Das mußt du dir ansehen.«

Zander begriff.

»In zwanzig Minuten.« Schwungvoll wuchtete er sich

aus der Couch und legte den Hörer zurück. »Zieh dich an«, bat er Karin. »Vielleicht packen wir Cremer noch heute!«

Karin verstand zwar überhaupt nicht, was los war, aber Ullis Aufregung steckte sie an. Mit fliegenden Fingern streifte sie sich die Jeans über die Hüften und sprang in die Turnschuhe. Drei Stufen auf einmal nehmend, polterten dann beide durch das enge Treppenhaus auf die Straße und schwangen sich in den Mazda.

Ulli kümmerte sich nicht um den leichten Nebel, der über den Straßen hing. Mit hundert Sachen stochte er Richtung Stadtmitte, die schwere Maschine heulte gequält auf. Zu Beginn ihrer Tour hatte er noch nervös in den Rückspiegel geblinzelt, aber von einem Porsche war nichts zu sehen. Später mußte er sich zu sehr auf den Verkehr konzentrieren. Aber vielleicht war der Spuk ja sowieso bald vorbei.

Preuss erwartete sie mit einem breiten Grinsen. Als guter Gastgeber half er Karin aus der Jacke und bot beiden ein Bier an. Ulli zählte leise bis zehn, um nicht vor Spannung zu zerplatzen.

»Ist deine Herzallerliebste nicht da?« fragte Karin bedauernd. Sie wollte den Abend nicht vor der Mattscheibe eines Computers verbringen.

»Nachtwache«, klärte Preuss sie auf. »Kommt mit, hier drüben spielt die Musik.«

Mit einem Satz warf er sich an seinen Schreibtisch, auf dem der Rechner tronte. Zander setzte sich ehrfürchtig auf die Tischkante und überließ Karin den Sessel.

»Also«, erklärte Preuss. »Vor 'ner halben Stunde hab ich mal nachgesehen, ob sich schon etwas getan hat.«

»Und?« drängte Zander ungeduldig.

»Es hat. Voilà.« Preuss tippte auf die Tastatur, der Schoner des Bildschirms sprang aus, die Benutzeroberfläche erschien. Ulli und Karin sahen sich fragend an. Chinesisch war einfacher.

»Das hier ist das Inhaltsverzeichnis von Cremers Programmen«, erklärte Preuss langsam. »Eigentlich nichts Besonderes, gängige Ladensoftware. Aber ich habe mir das mal genauer angeschaut. Der Idiot hat tatsächlich über seine krummen Geschäfte Buch geführt. Hier, in seinem Kalkulationsprogramm. Die Umsatzdatei.«

Gleichzeitig fuhr er mit der Maus auf den Dateinamen und klickte auf eine der Tasten. Das Bild verschwand, der Monitor wurde dunkel, aber nur für kurze Zeit. Dann erschien ein anderes Bild. Als Pedant hatte sich Cremer ein ordentliches Arbeitsblatt erstellt, mit Überschriften, Datumsspalte, Mengenangaben und Preisvermerken. Jeder Buchhalter hätte glänzende Augen bekommen.

»Übersetz das mal«, bat Zander nach einiger Zeit. »Ich werd nicht schlau daraus.«

Preuss zündete sich eine Fluppe an und sah stirnrunzelnd zur Seite. »Soviel gibt es da nicht zu übersetzen. Hier links stehen die Lieferdaten. Freund Cremer hat zweimal in der Woche entweder eine Lieferung bekommen oder weitergeleitet, größtenteils montags und donnerstags. Daneben hast du verschlüsselt die Art der Lieferung. Hier, das könnten die Morphine sein, die Karin geschluckt hat. RHP heißt wahrscheinlich Rohypnol, wirst du bei Fixern spielend leicht los. Und das H steht wahrscheinlich für Heroin.«

»Donnerwetter«, staunte Zander. »Ganz schön hartes Zeug.«

»Und verdammt einträglich«, fuhr Preuss fort. »Schätze, daß Cremer seinen Gewinn in die nächste Spalte gesetzt hat. Jedesmal, wenn er Heroin verhökert hat, waren das glatte 1.500 Eier. Schöner Nebenverdienst.«

Gedankenversunken blätterte er die Liste weiter durch. Cremer hatte über einen Zeitraum von drei Monaten fein säuberlich Buch geführt. Unter dem Strich blieben ihm knapp 25.000 Mark über.

Plötzlich schrie Preuss auf. »Das gibt es nicht. Seht euch das an.«

Wie elektrisiert schoben Karin und Ulli ihre Köpfe nach vorn. Thilos Zeigefinger lag auf der letzten Spalte. Hier hatte Cremer vermerkt, wer für ihn gelegentlich Botengänge übernahm. Und die Überschrift lautete schlicht und einfach: *Zahlung an MP für Auslieferung*.

»Leck mir doch die Füße«, rief Zander. »So dumm kann

der doch gar nicht sein, das alles in seinem Computer zu speichern.«

»Siehst du doch«, freute sich Preuss. »Ich hätte das ja wenigstens auf eine Diskette gepackt und nicht auf die Festplatte. Der war sich wohl ein bißchen zu sicher.«

»Aber damit kannst du doch nichts beweisen«, warf Karin ein. »Was du hier machst, ist illegal. Denk ich mir zumindest. Damit kannst du doch nicht zur Polizei gehen.«

Thilo rümpfte die Nase. »Stimmt, illegal ist das schon. Trotzdem ist das hier Beweismaterial. Und das stellen wir jetzt am besten sicher.«

»Und wie?« höhnte Zander. »Bei Cremer vorbeifahren und den Computer klauen?«

»Blödmann. Drucker einschalten und ausdrucken. Damit kannst du dann zu den Bullen latschen und erzählen, du hättest in Cremers Abfalltonne gewühlt. Im Endeffekt interessiert die das 'nen Scheißdreck, wo du das her hast.«

Mit einigen kurzen Befehlen steuerte Preuss seinen Drucker an, der sofort brav losratterte. Drei Seiten quollen aus dem Führungsschlitz, bevor der Nadelkopf Ruhe gab. Zufrieden beäugte der Hacker sein Werk. Er hatte Cremers gesamten Dateiinhalt in der Hand. Gekonnt riß er das doppelseitige Papier auseinander, das Original drückte er Zander in die Hand, der Durchschlag landete auf seinen Diskettenboxen.

»Das war's. Und jetzt spielen wir unserem lieben Doc noch einen kleinen Streich.«

Kichernd zog sich Preuss die Tastatur auf die Knie und hämmerte in Wahnsinnsgeschwindigkeit darauf herum. Schließlich schob er alles zurück auf seinen Schreibtisch und lachte hämisch.

»Klär uns mal auf«, forderte Zander ungeduldig. »Hast du den Selbstzerstörungsmechanismus aktiviert?«

»Keineswegs«, antwortete Thilo lachend. »Cremer wird die Datei bestimmt bald löschen. Also habe ich sie ihm noch einmal zur Sicherheit ein zweites Mal installiert. Und zwar in einem Programm, wo er sie bestimmt niemals vermutet.«

»Gar nicht übel«, lobte Ulli. »Hauptsache, du findest die wieder.«

»Keine Angst. Und formatieren kann er seine Festplatte auch nicht mehr. Dafür habe ich alle Programme gelöscht.«

Als die beiden fragend die Brauen hochzogen, setzte Timo zu einem zehnminütigen Monolog an. Zander stellte die Ohren auf Durchzug, aber Preuss hatte sich sein Zuckerchen redlich verdient.

Die Anspannung fiel von Ulli ab. Endlich hatten sie etwas in der Hand, mit dem sie Cremer festnageln konnten. Karin und Ulli tranken noch ein Bier mit dem selbstzufriedenen Preuss und verzogen sich dann langsam Richtung Heimat. Gemütlich kutschierte Zander den Wagen nach Hause. Erst als sie das Schauspielhaus passiert hatten, fand Karin ihre Sprache wieder.

»Wann gehst du zur Polizei?«

Ulli beobachtete die Tachonadel, welche um die fünfzig Kilometer pendelte, und zog die Schultern hoch. »Wahrscheinlich erst am Montag. Morgen und übermorgen ist doch mit Sicherheit keiner da.«

»Meinst du, die verhaften Cremer sofort?«

»Nehme ich an. Zum Verhör werden sie ihn bestimmt einkassieren. Und da kommt er bestimmt nicht mehr raus.«

»Hoffentlich«, seufzte Karin. »dann haben wir endlich wieder Ruhe.«

Ulli nickte und sah zu ihr herüber. Dabei fiel sein Blick in den Rückspiegel. Zwei kreisrunde Scheinwerfer bohrten sich in seine Pupille. Sein Verfolgungswahn bekam neue Nahrung.

Doch gutes Zureden half nicht. Auch die Tatsache, daß kein Porsche hinter ihm war, sondern, wie er im Dunkeln meinte erkannt zu haben, ein Astra, beruhigte Zander nicht. Der Wagen blieb stur hinter ihm.

Je weiter sie stadtauswärts fuhren, umso spärlicher wurde der Verkehr. Der Abstand zwischen dem Mazda und seinem Verfolger blieb beinahe gleich. Beschleunigte Ulli, wurde auch der andere schneller, bremste der Japaner ab, fiel auch der andere zurück. Zander wurde immer nervöser.

»Sieh mal nach hinten«, bat er Karin.

Das Mädchen drehte sich gelangweilt um und starrte zurück. »Und? Ist da was?«

»Der Wagen hinter uns. Der ist mindestens schon seit drei oder vier Kilometern hinter uns.«

Karin runzelte die Stirn. »Fang nicht an zu spinnen. Der hält sich an die Höchstgeschwindigkeit, mehr nicht.«

»Ich spinne nicht«, erregte sich Zander. »Immerhin bin ich vorgestern schon einmal verfolgt worden.«

Impulsiv stieg der Wunsch in ihm hoch, das Gaspedal durchzutreten, aber das war Unsinn. Der Astra hätte ihm leicht folgen können. Statt dessen schnurrte er mit fünfundfünfzig über den Zeppelindamm und setzte den Blinker. An der nächsten Querstraße mußte er abbiegen.

Der Röderschacht lag vor ihnen, mit Abstand Bochums steilste Straße. Ulli bremste ein wenig ab und schaltete in den dritten Gang zurück. Der Hang hätte sich auch bestens als Anfahrtspiste für Skispringer geeignet.

Ein Blick in den Rückspiegel reichte, der Opel war noch da. Nur hatte sich der Abstand verringert. War der andere bisher höchstens auf zehn Meter an sie herangekommen, so schloß er jetzt fast völlig auf. Ulli trat das Gaspedal ein wenig weiter durch, der Mazda erreichte eine für diese Straße gefährliche Geschwindigkeit, die leichte Linkskurve, die am Ende des Gefälles lag, kam immer näher.

Plötzlich heulte hinter ihnen der Motor auf. Der Astra schoß wie ein Blitz nach vorne und rammte das Heck von Zanders Wagen. Der Mazda sprang bockig vor, Karin schrie laut auf. Ulli hatte alle Mühe, den Wagen in der Spur zu halten. In der Kurve erwischte sie der andere ein zweites Mal. Mit Vollgas zerknautschte der Astra den Kofferraum. Ulli verlor die Gewalt über sein Fahrzeug, die Bäume in der Kurve bauten sich riesig vor ihnen auf. Genau zwischen zwei Steinpollern schlidderte der Mazda über den Gehweg, dann verlor Ulli endgültig die Kontrolle. Eine Böschung hinter dem Bürgersteig fiel vielleicht zehn Meter schräg abwärts, ein paar junge Birken standen direkt in der Einflugschneise.

Krachend schepperte das Dach gegen einen der Bäume, das Blech wurde tief eingedrückt. Etwas Scharfes schnitt

Ulli über die Wange, heißes Blut lief über sein Gesicht. Bevor er ohnmächtig wurde, hörte er noch Karins entsetzte Schmerzensschreie. Dann wurde es dunkel.

Verlegen umklammerte sie den Wein in der rechten Hand und drückte zaghaft auf den Klingelknopf. In ihrer dicken Winterjacke fror sie nicht, trotzdem rieselte ihr ein leichter Schauer über den Rücken. Katharina war nervös.

Der Summer ertönte, mit der Schulter drückte sie gegen die Tür und betrat den dunklen Hausflur. Hofmann wohnte im zweiten Stock, ein schwacher Lichtschein drang durch seine geöffnete Wohnungstür zur ihr herunter. Dann fand sie den Schalter für das Flurlicht.

Sie kam sich bescheuert und töricht vor. Schon gestern abend war ihr nicht klar gewesen, warum sie seine Einladung angenommen hatte. Ihr Kollege war ihr zwar nicht unsympatisch, aber trotzdem hielt sie privat nicht viel von ihm. An dem Abend, an dem sie nach Feierabend zusammen in einer Pizzeria ihren gröbsten Frust weggegessen hatten, lag er ihr eine geschlagene Stunde mit seiner Mutter in den Ohren, die nicht aufhörte, wie eine Glucke über ihn zu bestimmen. Katharina hatte gelangweilt zugehört, die fettige Lasagne geschaufelt und sich nur nach ihrem Bett gesehnt. Und wie er sich während ihrer ersten Tage in Bochum aufgeführt hatte, war auch noch nicht vergessen.

Berthold stand im Türrahmen, eine Schürze vor der Bundfaltenhose. Hektisch trocknete er seine Hände am Geschirrtuch ab.

»Grüß dich«, schnaufte Katharina. »Bin ich zu früh?«

»Nein, nein«, wehrte Hofmann hastig ab. »Ich bin nicht rechtzeitig fertig geworden. Komm doch rein.«

Tapsig trat er zurück in seine Diele und gab ihr den Weg frei. Katharina drückte ihm den Burgunder in die Hand und zog ihre Jacke aus.

»Ich hoffe, der Wein paßt. Du hast ja nicht verraten, was es zu essen gibt.«

»Chianti wäre passender gewesen. Aber egal, trotzdem besten Dank. Geh schon mal ins Wohnzimmer, ich komme sofort.«

Seine Wohnung entsprach überhaupt nicht ihrer Vorstellung. Am ehesten hätte sie bei Hofmann coole Designermöbel, spärliche Einrichtung und Zweckmäßigkeit erwartet. So pedantisch, wie Hofmann die Alufolie seiner Büroverpflegung glattstrich und zusammenfaltete, um sie mindestens ein zweites Mal verwenden zu können, so schlampig war er in seinen eigenen vier Räumen. Das große Bücherregal zwischen den beiden Fenstern barst vor Unordnung, auf dem kleinen Glastisch türmten sich Pfeifen, verschiedene Tabakwaren und Zeitschriften. Seine Ledergarnitur schien aus dem Versandhaus zu stammen und war schon reichlich abgewetzt. Zu gerne hätte Katharina auch die anderen Räume gemustert, aber der Anstand siegte.

Statt dessen kniete sie sich vor die kleine Stereoanlage und durchstöberte seine CDs. Enttäuscht kräuselte sie die Nase. Hofmann hatte eine imposante Sammlung klassischer Werke. Dann lieber absolute Stille.

»Nichts dabei?« erkundigte sich Hofmann, der mit den notwendigen Essutensilien den Wohnzimmertisch ansteuerte. Achtlos schob er ein paar Sachen beiseite und deckte den Tisch. Katharina atmete auf. Ihre schlimmste Befürchtung — ein Dinner bei Kerzenschein — schien sich nicht zu bewahrheiten.

»Nicht unbedingt«, antwortete sie laut. »Seit meinen aufgezwungenen Klavierstunden kann ich Klassik nicht ab.«

»Kein Problem«, meinte Hofmann. »In der untersten Schublade im Wohnzimmerschrank sind meine Kassetten. Vielleicht ist da was dabei.«

Neugierig wechselte Thalbach ihre Position, während ihr Gastgeber wieder in der Küche verschwand. Ganz aus Versehen öffnete sie, bevor sie sich um die Musik kümmerte, auch die anderen Schubladen. Das übliche Zeug wie Versicherungspapiere, Rechnungen, Zeugnisse und so weiter quoll ihr entgegen. Interessant war nur das kleine Fotoalbum, das ganz hinten unter einer Lebensversicherungspolice versteckt war.

Die Polizistin in Katharina gewann die Oberhand. Mit einem Ohr lauschte sie den Geräuschen aus der Küche, während sie schnell das Album durchblätterte. Klein-Berthold im Kindergarten mit kurzen Hosen, mit seiner Zuckertüte bei der Einschulung, später Urlaubsfotos. Selten war Hofmann dabei in weiblicher Begleitung zu sehen, einen Teil seiner Urlaube verbrachte er wohl immer noch mit seiner Mutter. Jedenfalls schien die etwa 60jährige Matrone, die ihr aus etlichen Bildern entgegenlächelte, nicht seine Geliebte zu sein. Ödipussi ließ grüßen.

Bevor Katharina ertappt werden konnte, legte sie das Album wieder an den alten Platz und begutachtete dann seine Kassetten. Besser war das Angebot hier auch nicht; Berthold schien ein Verehrer von Musicals zu sein. Schließlich kramte sie die alte Legende *Thommy* hervor. So verstaubt, wie die Hülle aussah, hatte Hofmann sie schon jahrelang nicht mehr abgespielt.

Der Küchenchef war fertig, die Schürze hatte er anscheinend in der Küche gelassen. Zwischen überdimensionalen Backhandschuhen balancierte Hofmann eine Schüssel Nudelauflauf, der teuflisch dampfte. Ein Viertel der Menge hätte völlig ausgereicht.

Gekonnt häufte Berthold jedem eine Portion auf den Teller, öffnete den Wein und setzte sich. Katharina zwängte sich unbehaglich auf einen Sessel und griff sofort zum Besteck.

»Na?« lauerte Hofmann.

Die ersten Nudeln hatten ihr den Gaumen verbrannt, hastig schnappte sie ihr Weinglas, um zu löschen. »Gut. Heiß, aber gut«, log sie tapfer. Der Pamp vor ihr schmeckte nach nichts.

»Dann hau kräftig rein. Aber laß noch Platz für den Nachtisch.« Dabei begann er selbst eifrig zu essen.

Katharina würgte einige Bissen herunter und sah sich hilflos um. Der Abend fing beschissen an, und an eine Besserung glaubte sie kaum. Hofmann konzentrierte sich völlig auf seine Mahlzeit, die Kassette im Tape leierte, der Auflauf war unter aller Sau, und der Wein schmeckte nach Korken. Sie hätte sich selbst mit einer BVB-Fahne im Schalker Fanblock besser amüsiert.

»Wo hast du kochen gelernt?« brach sie schließlich das Schweigen.

Hofmann schluckte einen dicken Bissen herunter und sah unsicher zu ihr herüber. »Nirgendwo. Hab ich mir alles selbst beigebracht, nach Kochbuch und nach eigenem Geschmack. Schmeckt's wirklich?«

Verlegen stocherte er dabei auf seinem Teller herum. Wie immer, wenn er selbst eine Verabredung getroffen hatte, war er sich im Weg. Gerne hätte er ihr gesagt, daß ihr die hautenge schwarze Jeans und der helle, cremefarbene Pullover ausgezeichnet standen, daß er froh war, endlich einmal privat und nicht nur im Büro mit ihr zusammensitzen zu können. Aber statt dessen fragte er andauernd, ob sein Essen schmeckte und sonst gar nichts. Hofmann kam sich äußerst bescheuert vor.

Das Essen schleppte sich mühsam dahin. Artig nahm Katharina einen kleinen Nachschlag und ignorierte dabei das aufkeimende Sodbrennen. Der Nachtisch, ein undefinierbarer grünlichgelber Pudding, war auch nicht besser als das Nudelgericht.

Als die Teller leer waren und sich Katharina weigerte, noch einen Bissen seiner Kochkunst zu sich zu nehmen, waren Hofmanns Finger plötzlich ohne Beschäftigung.

»Soll ich dir beim Abwaschen helfen?« bot sich Katharina selbstlos an.

»Ach was, das mache ich morgen. Möchtest du noch etwas Wein?«

»Lieber nicht, ich muß noch fahren. Zwei Gläser reichen.«

Bedauernd kratzte sich Hofmann am Kinn. Ihr zu erzählen, daß er extra frische Bettwäsche aufgezogen hatte, machte wohl keinen Sinn.

In der Diele tutete das Telefon. Aufatmend spurtete Hofmann los. Aber als er den Hörer in der Hand hielt, wurden seine Knie weich. Seine Mutter.

Katharina hörte deutlich die Gesprächsfetzen. Berthold wehrte sich tapfer, mußte aber versprechen, am nächsten Abend bei ihr vorbeizusehen. Nein, heute ginge es nicht, er hätte Besuch. Ja, eine junge Dame … nein, er würde sie nicht mitbringen … ja, er würde sich benehmen … bis morgen.

Als er wie ein geprügelter Dackel ins Wohnzimmer zurückschlich, war es mit Katharinas Selbstbeherrschung vorbei. Sie lachte, bis sie keine Luft mehr bekam. Hofmann wurde rot, atmete tief durch — und lachte mit.

»Du Armer«, japste Katharina. »Das ist ja schlimmer als lebenslänglich.«

Berthold zuckte die Schultern. »Was soll ich machen? Auf ihre Art meint sie es herzensgut.«

»Mach ihr doch einfach mal klar, daß du erwachsen bist. Das bist du doch, oder?«

Hofmann schmunzelte gequält. »In ihren Augen nicht. Ich kann mich noch bestens an den Kampf erinnern, als ich zu Hause ausgezogen bin. Mein Gott, war das ein Theater.«

»Wie lange ist das denn her?«

»Anderthalb Jahre. Seitdem lädt sie regelmäßig zwei bis dreimal im Monat irgendwelche Schnallen ein, die sie für heiratsfähig hält. Angeblich führe ich ein Lotterleben und muß schnellstens unter die Haube.«

»Mein Beileid«, meinte Katharina.

»Geschenkt. Allerdings ...«

Unvermittelt brach er ab, weil das Telefon erneut klingelte. »Au weia, jetzt fragt sie bestimmt, ob ich genug zu essen im Haus habe und ob die Heizung aufgedreht ist oder sonst irgend einen Scheiß. Bin gleich wieder da.«

Kopfschüttelnd sah ihm Katharina nach und erwartete die Fortsetzung des Familiendramas. Doch dieses Telefonat verlief anders als das erste. Hofmann hörte lange zu, stellte leise Zwischenfragen und fluchte. Das hörte sich alles sehr dienstlich an.

»Schlechte Nachrichten«, erklärte er schließlich. »In Dahlhausen hat es einen merkwürdigen Unfall gegeben, zwei Schwerverletzte.«

»Und was haben wir damit zu tun?«

»'ne ganze Menge. Dieser Zander ist mit seinem Wagen über eine Böschung gerast, zusammen mit seiner Freundin. Und ein Zeuge hat berichtet, daß ein Opel den Mazda mehrere Male gerammt hat. Absichtlich.«

»Scheiße«, entfuhr es Katharina.

»Kannst du wohl laut sagen. Spring in deine Jacke, wir

müssen los.« Und das ausgerechnet jetzt, wo das erste Eis gebrochen ist, setzte der Kripobeamte im Stillen hinzu.

19.

Der Ausweis konnte den abgespannten Chirurgen nicht im mindesten beeindrucken. Uninteressiert zeigte er Thalbach und Hofmann den Weg in den Ruheraum neben dem OP, wo er sich gähnend auf einen der Stühle fallen ließ. Eine nicht minder geschaffte Krankenschwester reichte ihm einen Becher Kaffee und verzog sich danach.

»Schießen Sie schon los«, forderte er müde die beiden Beamten auf. »Die nächste Stunde möchte ich mich ganz gerne aufs Ohr legen.«

»Wie sieht es aus?« erkundigte sich Hofmann knapp. »Ernste Verletzungen?«

»Teils, teils«, kam die schleppende Antwort. »Der Fahrer hat unverschämtes Glück gehabt. Nur ein paar Prellungen, Hautabschürfungen, 'ne kleine Gehirnerschütterung und die Schnittwunde durch das Gesicht. Wenn er sich 'nen Vollbart wachsen läßt, sieht er damit richtig kernig aus. Das Mädchen macht mir Sorgen.«

Unkonzentriert spielte er mit einem Kugelschreiber, den er aus der Tasche seines fleckigen Kittels geklaubt hatte.

»Lebensgefahr?« fragte Katharina leise.

Der Doc schnaufte verächtlich. »Wie man es nimmt. Ich befürchte nicht, daß sie stirbt. Schlimmer wäre es, wenn sie überlebt.«

Die Staatsbediensteten wechselten einen kurzen Blick.

»Bei ihr ist so ziemlich alles zu Bruch gegangen, was nur kaputt gehen kann«, fuhr der Mediziner fort. »Abgesehen von den inneren Verletzungen, die wir noch nicht genau bestimmen können, ist der Trümmerbruch im Schädel das Schlimmste. Ihr Gehirn scheint in Mitleidenschaft gezogen zu sein.«

»Was genau meinen Sie damit?«

Hofmanns Stimme klang seltsam belegt.

»Wenn ich das wüßte«, resignierte der Äskulapjünger.

»Wenn sie Pech hat, verbringt sie den Rest ihres Lebens als sabberndes Etwas in einem Pflegeheim. Wenn sie Glück hat, stirbt sie. Wir müssen sie künstlich beatmen, das Rückgrat ist vermutlich ebenfalls gebrochen. Ich würde die Maschinen am liebsten ausschalten.«

Eine peinliche Stille breitete sich in dem kleinen Aufenthaltsraum aus. Der Operateur sinnierte über den zweifelhaften Segen der Apparatemedizin, während Thalbach und Hofmann unbehaglich Löcher in die Gegend starrten. Katharina fing sich als erste.

»Und der Fahrer? Wann können wir mit ihm sprechen?«

»Mhm? Ach, der. Wenn Sie Glück haben, wacht er vielleicht bald auf. Und dann können Sie ihn von mir aus verhaften.«

Hofmann sah auf. »Warum das denn?«

Der müde Körper schoß vor Wut in die Höhe. »Weil es mich ankotzt, wenn solche Typen grundlos andere Menschen ruinieren. Der ist doch mindestens mit achtzig irgendwo vorgedonnert, nur um seiner Freundin zu zeigen, was für ein toller Kerl er ist.«

Katharina lehnte sich gegen den kleinen, verschrammten Schrank, in dem die Besatzung der Station ihre Kaffeetassen, Knabbersachen und Alkoholika aufbewahrte. Ihr Gesicht grinste freudlos.

»Ganz so war es nicht«, klärte sie den Arzt auf. »Die beiden sind gerammt worden, absichtlich. Wir haben zwei Augenzeugen, die den Unfall gesehen haben. Herr Zander, der Fahrer des Unfallwagens, ist ein wichtiger Zeuge in einer Mordsache. Irgendjemand war wohl der Meinung, daß er zuviel wußte.«

Der Arzt bekam vor Staunen die Kinnlade nicht wieder hoch. »Ach so ist das«, meinte er überrascht. »Na dann, gutes Gelingen. Ich muß jetzt in die Falle, bevor der nächste Notfall kommt. Gute Nacht.«

Kurz darauf standen die beiden Polizisten auf dem Krankenhausflur. Berthold steuerte die nächste Sitzecke mit Aschenbecher an und stopfte hastig ein Pfeifchen. Als die ersten Rauchschwaden aus seinem Kopf stiegen, ging es ihm wieder besser.

»Und jetzt?« fragte Katharina.

Hofmann gönnte sich noch einen Lungenzug. »Du wartest hier am besten, bis Zander aufwacht. Ich scheuche Westhoff aus dem Bett. Und dann Großfahndung nach Cremer und Konsorten.«

»Donnerwetter, du hast es aber eilig. Ich denke, der kann nicht unser Mann sein.«

»Ist er auch nicht. Aber die ganze Sache wird mir zu blutig. Wenn wir den erst mal richtig in die Zange nehmen, packt er auch aus.«

»Das hättest du aber auch schon vor ein paar Tagen haben können«, ereiferte sich Katharina. »Dann wäre dieser Unfall nicht passiert.«

Hofmann hob beschwichtigend die Hand. »Denk dran, wir haben nicht die Spur eines Beweises. Kein Staatsanwalt hätte mir einen Haftbefehl bloß auf vage Vermutungen hin ausgestellt. Soll ich denen erzählen, ich habe einen Verdächtigen, weil ein Arzt, der nach eigener Aussage einmal mit dem Mordopfer befreundet war, ein Bordell aufgesucht hat? Die lachen mich doch aus.«

»Beweise hast du auch jetzt noch nicht«, giftete Katharina.

Hofmann sah sie einen Augenblick abschätzend an, blinzelte und grinste. »Hat einer der Augenzeugen nicht gesagt, der Fahrer wäre relativ klein gewesen, mit kurzen Haaren, die glatt nach hinten gekämmt waren? Nach der Beschreibung könnte das ohne weiteres Cremer sein.«

»Du spinnst ja«, fauchte Katharina. »Das kauft dir doch keiner ab!«

»Wetten? Westhoff wird uns um den Hals fallen, wenn wir ihm einen Verdächtigen präsentieren. Und genau das tun wir jetzt.«

»Von mir aus, blamier dich ruhig. Ich warte hier, bis Zander aufwacht. Danach komme ich ins Präsidium.«

»Einverstanden.«

Ohne ein weiteres Wort schob Hofmann ab. Katharina starrte ihm wütend hinterher. Bisher hatte sie sich zurückgehalten, Hofmann war der Platzhirsch. Am liebsten hätte sie Cremer schon nach ihrer Bremenfahrt vorgeladen und so lange durchlöchert, bis das Weichei zu plaudern anfing. Aber nein, Kollege Hofmann wollte subtil vorgehen, möglichst die Hintermänner gleich mitkassieren. Seit zwei Tagen waren sie nicht einen Schritt weitergekommen. Und deswegen lag, nur einige Meter entfernt, ein Mädchen im Sterben.

Wütend stampfte sie mit dem Fuß auf und marschierte zum Aufzug. Zander lag zwei Stockwerke unter der Intensivstation. Katharina angelte sich die Nachtwache. Die weißgekleidete Person brachte sie zu Zanders Zimmer, schaltete das schwache Nachtlicht ein, besorgte ihr einen Stuhl und etwas zu trinken, dann ließ sie die Beamtin allein. Als sich Katharina neben Zanders Bett setzte, war es zwanzig nach vier.

Zander sah furchtbar aus. Die rechte Gesichtshälfte war vollständig zugepflastert, sein geschundener Körper stank nach diversen Salben, einige Partien waren hinter weißen Mullbinden versteckt. Im Schlaf stöhnte er ein paar mal vor Schmerzen auf, bei jedem Unfallopfer ein gutes Zeichen. Die Nervenverbindungen schienen alle intakt zu sein.

Katharina machte es sich auf ihrer unbequemen Sitzgelegenheit so gemütlich wie möglich, müde war sie nicht. Zuviel Ärger hatte sich in ihr angestaut. Nachdenklich ruhten ihre Augen entweder auf dem Verletzten oder wanderten aus dem Fenster. Um viertel nach sechs wurde Zander wach.

Zuerst zuckten seine Beine unter der leichten Bettdecke, die Finger zerknautschten das Laken. Dann flatterten seine Augenlider. Schließlich waren seine geröteten Augen zu erkennen.

»Guten Morgen«, flötete Katharina sanft. »Sie machen ja Sachen. Wegen Ihnen müssen wir uns die Nächte um die Ohren schlagen.«

Ulli war noch halb weggetreten. Zuerst registrierte er nur das Brennen in seiner rechten Wange, dann die übrigen Schmerzen. Die Person neben seinem Bett kam ihm irgendwie bekannt vor. Karin war es nicht, die war rothaarig. Aber wer war es dann?

Die Erinnerung traf ihn mit voller Wucht, schlagartig war

er hellwach. Instinktiv wollte er seinen Oberkörper aufrichten, aber der stechende Schmerz in der Brust brachte ihn zur Vernunft. Kraftlos sank er in die Kissen zurück und betastete sein lädiertes Antlitz. Unter dem Mull pochte es teuflisch.

»Wo bin ich?« krächzte er mühsam. Sogar das Sprechen war eine Qual, seine Wange nahm ihm jede Bewegung übel.

Katharina stand auf und hockte sich auf die Bettkante. Impulsiv griff sie nach seiner rechten Hand und tätschelte sie. »Im Bergmannsheil. Ruhig, Sie dürfen sich nicht soviel bewegen. Erkennen Sie mich?«

Zander kniff die Augen zusammen und starrte sie an. Dann nickte er. »Ja. Wo ist Karin?«

Ihre Pause machte ihn nervös, verlegen wich sie seinem Blick aus. Erregt verkrampften sich seine Muskeln, wobei er ihre Finger fast zerquetschte. »Verdammt, wo ist Karin?« stieß er unter Schmerzen hervor. »Antworten Sie mir.«

Katharina befreite sich aus seinem Griff und wich vorsichtshalber ein kleines Stück zurück. »Auf der Intensivstation«, antwortete sie leise. »Es sieht nicht gut aus. Gar nicht gut.«

Ulli vergaß die Schmerzen und schoß hoch. »Was soll das heißen?« keifte er. »Ist sie tot?«

»Nein, sie lebt. Aber sie ist schwer verletzt. Bitte, versuchen Sie sich zu beruhigen. Sie können ihr im Moment nicht helfen.«

Hastig schlug er die Bettdecke zur Seite, der Luftzug fegte das Engelhemdchen nach oben. Klar, einen Schlafanzug hatte er bei der Einlieferung nicht dabei gehabt. Ein Knie war dick geschwollen, das andere schmerzte schon beim Hinsehen. Laufen konnte er nicht.

Stöhnend fiel er zurück ins Bett und kämpfte mit den Tränen. Katharina sah diskret zur Seite und gab ihm eine Minute.

»Herr Zander, was ist da eigentlich passiert? Haben Sie den anderen erkannt?«

Am liebsten hätte er sie angeschrien, sie solle sich verpissen und ihn in Ruhe lassen, aber er konnte nicht. Er fühlte, daß er ihr leid tat und daß sie ihm helfen wollte. Mit letzter Kraft riß er sich zusammen und sah sie an.

»Ich weiß nicht, wer es war«, stammelte er. »Der Astra hat uns schon eine ganze Zeit verfolgt, bevor er uns abgeschossen hat. Der ist brutal in uns reingerast.«

Katharina nickte, die Augenzeugen hatten Ähnliches erzählt. Und den Opel hatten sie längst gefunden. Drei Straßenzüge weiter, mit laufendem Motor und verbeulter Frontpartie. Und natürlich gestohlen. Die Zündung war kurzgeschlossen worden.

»Haben Sie einen Verdacht?«

»Cremer, dieser alte Drecksack. Entweder er oder einer seiner Kumpane.«

Elektrisiert beugte sich Katharina vor. »Warum sind Sie so sicher? Warum gerade Cremer?«

Ulli schnaufte und atmete tief durch. Sein Herzschlag hatte sich normalisiert, und der dicke Kloß im Hals war weg.

»Weil der doch meterdick drinsteckt. Haben Sie die Liste nicht gefunden?«

»Was für eine Liste?«

»Die Blätter hinten auf meiner Rückbank. Ein Bekannter ist mit seinem Computer in den vom Cremer reingekommen. Und da hat er Daten gefunden, die alles beweisen. Die Tage, an denen Cremer geliefert hat, was er dafür kassierte und wieviel er an Martina für Botengänge gezahlt hat. Abgeliefert hat er das Zeug in diesem Dortmunder Puff. Das habe ich doch selbst gesehen.«

Erschöpft schloß der Sozialarbeiter die Augen und schnaufte. Die lange Rede hatte ihn geschwächt, die Verletzung im Gesicht pisakte ihn hartnäckig. Auf seinem Nachttischchen stand eine Schnabeltasse. Er nickte kurz in diese Richtung, Katharina begriff.

Vorsichtig stützte sie seinen Kopf ab, während sie ihm einen Schluck zu trinken gab. Mehr als die Hälfte schlabberte dabei auf die Bettdecke, weil Ulli nicht richtig schlucken konnte. Das kühle Zeug tat ihm ungemein gut.

»Heißt das, Sie können alles beweisen?« hakte Katharina

euphorisch nach. »Die Drogenlieferungen und Zahlungen?«

»Aber natürlich«, wiederholte Zander. »Am Montag hätte ich bei Ihnen auf der Matte gestanden und die Sachen vorbeigebracht. Von alleine wärt ihr doch nie dahinter gekommen.«

»Von Ihrem Wagen ist nicht viel übrig geblieben«, erklärte die Polizistin. »Gibt es noch ein zweites Exemplar von dieser Liste?«

Ulli runzelte nervös die Stirn. »Kriegt der Kollege auch keine Schwierigkeiten? Immerhin hat Cremer ihn nicht eingeladen, seinen Computer zu benutzen.«

Katharina winkte ab. »Unwichtig. Wenn wir dadurch 'nen Mord aufklären können, drücken wir da schon ein Auge zu.«

Zander seufzte. Dann gab er ihr Thilos Adresse.

Um viertel nach acht erreichte Katharina wieder das Präsidium in der Uhlandstraße. Eine Viertelstunde hatte es gedauert, bis sie diesen Thilo wachgeklingelt hatte, weitere zehn Minuten hatte sie gebraucht, bis sie endlich besagte Liste von Cremers Lieferungen bekommen hatte. Zur Entschädigung schmierte ihr Preuss ein Brötchen.

Die Stärkung hatte ihr gutgetan. Zwar spürte sie allmählich, daß sie seit fast sechsundzwanzig Stunden auf den Beinen war, aber die Liste in ihrer kleinen Handtasche beschleunigte ihre Schritte. Bereits zehn Meter vor ihrem Büro hörte sie das dröhnende Organ Westhoffs.

Mit Schwung betrat sie das Arbeitszimmer, in dem Hofmann gerade abgekanzelt wurde. Westhoff dozierte mit hochrotem Kopf, während Hofmann zerknittert in seinem Sessel hockte. Anläßlich ihres Eintretens verschluckte der Vorgesetzte seine nächste Gemeinheit und musterte sie verärgert.

»Ach, da ist ja die andere Hälfte. Kommen Sie jetzt bloß nicht an und lügen mir auch die Hucke voll. Das hat dieser Hilfspolizist schon versucht.«

Seelenruhig zuckte Katharina die Achseln und bestieg ihren Stuhl. Bevor sie Westhoff eine Antwort gönnte, atmete sie tief durch.

»Warum sollte ich?« erkundigte sie sich. »Cremer ist in der Tat dringend tatverdächtig.«

Westhoff ging hoch. »Unsinn«, schnaubte er. »Wenn Sie glauben, ich könne keine Berichte lesen, haben Sie sich getäuscht. Dieser Kerl kann es nicht gewesen sein.«

»Ich weiß. Aber er hängt mit drin.«

»Sie wollen dem mit einer getürkten Aussage auf die Pelle rücken? Sie spinnen doch!«

Hofmann sah zu ihr herüber, aber Katharina ignorierte ihn. »Was halten Sie denn davon?«

Dabei öffnete sie ihre Tasche und zerrte die drei Blätter ans Tageslicht. Westhoff runzelte die Stirn und kam näher.

»Was ist das?« fragte er schnell.

»Lieferdaten, Mengen und kassierte Zahlungen. Die Tote hat für Cremer den Laufburschen gespielt und ein bißchen von dem großen Kuchen abbekommen. Unser Sauerbruch hängt ganz dick in der Drogenszene.«

Interessiert studierte Westhoff die Liste und grinste. Hofmann verstand nur Bahnhof.

»Wo haben Sie das her?« fragte Westhoff um drei Ecken freundlicher.

»Cremer hat nicht nur Freunde.« Mehr sagte sie nicht.

Der Dezernatsleiter sah anerkennend auf und nickte schließlich. »Also gut, meinetwegen. Holen Sie sich Ihren Haftbefehl. Aber ich will Ergebnisse sehen. Das gilt vor allem für Sie, Hofmann.«

Selbstzufrieden lehnte sich Katharina zurück und genoß das zerknitterte Gesicht ihres Kollegen. Berthold beobachtete wie ein geprügelter Hund den Abgang ihres Vorgesetzten und atmete hörbar durch.

»Heilige Scheiße, hat der mich angemacht. Wo hast du das Zeug wirklich her?«

Ehe sie antwortete, öffnete Katharina das Fenster. Hofmanns Rauchschwaden zogen in den kalten Morgen. »Ein Kumpel von Zander hat gestern abend Cremers Computer geknackt, frag mich nicht, wie. Cremer hat über seine Lieferungen genau Buch geführt. Das dürfte eigentlich reichen, findest du nicht?«

»Offensichtlich. Gute Arbeit.«

Katharina hätte ihm am liebsten den ausgestreckten Mittelfinger gezeigt.

Hofmann leierte die Großfahndung nach Cremer an. Fünfunddreißig Minuten später ging die Suchmeldung an alle Streifenwagen und Dezernate, zwei Zivilbeamte postierten sich unauffällig in einem Fahrzeug unweit seiner leeren Wohnung. Das Kennzeichen von Cremers Wagen tauchte in allen Fahndungscomputern auf. Die Jagd hatte begonnen.

20.

Die Krankenschwester war eine Sadistin. Sie hatte ihm nicht nur dieses für seinen Zustand ungenießbare Frühstück serviert, sondern auch noch den Fernseher eingeschaltet. RTL brachte Gewaltverherrlichung par excellence. Die Zeichentrickserien gehörten zweifelsfrei auf den Index.

Ulli fühlte sich miserabel. Die Schnittwunde auf der Wange brachte ihn fast um den Verstand, sein Schädel brummte in allen Frequenzen, und die Glieder fühlten sich wie flüssiges Feuer an. Kurz nach acht hatte ihn der diensthabende Arzt besucht und ihm fröhlich offenbart, daß er weder Knochenbrüche noch Syphillis hatte. Nach zwei, drei Tagen Beobachtung könne er wieder nach Hause. Wie es Karin ging, sagte er ihm nicht. Auch nicht, als Ulli ihn vor Wut anschrie.

Von draußen drang kräftiger Sonnenschein auf sein Bett. Es war ein herrlicher Tag, keine Wolke am Himmel, ein paar verspätete Vögel zwitscherten in einem der wenigen verbliebenen Bäume auf dem Krankenhausgelände lärmend herum. Als Zander kurz davor war, seinen Verstand zu verlieren, flog die Tür auf. Preuss schob seinen Quadratschädel durch den Rahmen.

»Moin. Wie geht's?« Abwartend stand Preuss im Eingang und starrte entsetzt auf die halb eingewickelte Mumie.

Zander verzog das schmerzende Gesicht und hob grüßend die Hand. Noch vor zwei Wochen hätte er nicht geglaubt, daß er sich einmal freuen würde, von Preuss Besuch zu bekommen. »Komm rein und mach die Tür zu. Es zieht.«

Preuss tat, wie ihm geheißen, und postierte sich vor dem unteren Bettende. »Ist was gebrochen?«

»Nee. Nur Prellungen und Hautabschürfungen. Weißt du, wie es Karin geht? In diesem Sauladen erfährt man ja nichts.«

Preuss angelte sich einen Stuhl und brachte seine Statur auf Zanders Augenhöhe. »Schlecht geht es ihr. Genaues weiß ich nicht, sie liegt noch auf der Intensivstation. Wie ich gehört habe, hat sie schlimme Kopfverletzungen. Aber was genau ist …« Bedauernd kräuselte er die Stirn.

»Hast du sie gesehen?« fragte Zander leise.

»Nein. Aber vor einigen Jahren habe ich hier mal gearbeitet und kenne noch einige Leute, die ich interviewen konnte. Sie liegt oben, von Apparaten eingerahmt, und wird künstlich beatmet.«

»Scheiße«, fluchte Zander. »Wenn ich Cremer in die Finger kriege, kann der was erleben.«

»Glaubst du wirklich, Cremer hätte den anderen Wagen gefahren? Ohne zwei Sitzkissen kann der doch nicht mal übers Lenkrad gucken. Und sowas traue ich dem nicht zu. Ich glaub auch nicht, daß der Martina umgebracht hat.«

»Wer denn sonst?« erregte sich Ulli. »Martina und er haben gemeinsame Sache gemacht, soviel steht fest.«

»Trotzdem«, beharrte Preuss. »Cremer ist ein Hosenscheißer. Wenn er im Nachtdienst einen durchgedrehten Patienten sedieren muß, läßt er doch vorher 'nen Mannschaftswagen samt Inhalt anrücken. Und bis die Bullen da sind, versteckt er sich hinterm Pflegepersonal. Glaubst du wirklich, Martina hätte sich von dem den Schädel einschlagen lassen? Niemals.«

»Unsinn«, fauchte Ulli sauer, »der kann sie doch von hinten niedergeschlagen haben.«

»Womit denn? Mehr als 'nen Kugelschreiber kriegt er

ohne fremde Hilfe doch gar nicht angehoben, trotz Bodybuilding. Und der Wagen, der euch gerammt hat, war geklaut und kurzgeschlossen, hat mir diese nette Polizistin gesteckt. Ich wette, daß Cremer ohne fremde Hilfe noch nicht mal 'ne Rolle Klopapier wechseln kann.«

Zander wendete den Kopf zur Seite und schlug die Hände vor das Gesicht. Wieder schossen ihm die Tränen in die Augen. Das alles wuchs ihm über den Kopf, soviel wie in den Tagen seit Martinas Verschwinden war in seinem ganzen bisherigen Leben nicht passiert.

Preuss ließ ihn in Ruhe und packte sein Mitbringsel aus. Als Ulli den Zigarettenqualm roch, wurde er wieder lebendig. »Gib mir auch eine. Und mach das Fenster auf, damit der Qualm abzieht.«

Der erste Zug verursachte den befürchteten Hustenanfall mit schlimmen Schmerzen, der zweite Zug schmeckte bereits, trotz der Preßlufthämmer im Kopf.

»Schönen Dank übrigens für den Wecker mit Ohren«, frotzelte Preuss grinsend. »Hab nicht schlecht aus der Wäsche geguckt, als die Kommissarin mich aus dem Bett geschmissen hat.«

»Hast du ihr das Zeug gegeben?«

»Klar. Die war ganz happy. Hat sich artig bedankt und ist dann gleich weiter. Freund Cremer wird wohl schon mit Hochdruck gesucht.«

»Hoffentlich.«

Hastig qualmte Ulli seine Zigarette bis zum Filter herunter und reichte Preuss die Kippe, der sie elegant aus dem Fenster schnippste. Seine eigene flog gleich darauf hinterher.

»So, ich schieb wieder ab. Kann ich noch was für dich tun?«

Zander überlegte nicht lange. »Fahr in meine Wohnung und besorg mir ein paar Klamotten. Ich will hier raus.«

»Du bist ja wahnsinnig«, protestierte Preuss energisch. »Hast du schon mal in den Spiegel geschaut? Du siehst aus, als ob Schwarzenegger dich als Sparringspartner mißbraucht hätte.«

»Ist mir doch egal. Zu Hause kann ich genauso liegen wie hier. Bitte, hol mir was zum Anziehen.«

Preuss überlegte einen Moment. »Auf deine Verantwortung. Wo ist dein Wohnungsschlüssel?«

Zander wußte es nicht. Er war zu durcheinander. Preuss runzelte die Stirn und trat an das Nachtspindchen. In der Schublade lag Ullis Schlüsselbund.

»Lauf nicht weg, in 'ner halben Stunde bin ich wieder da. Am besten bring ich gleich Verstärkung mit, alleine kriege ich dich nie die Treppen hoch. Zumindest nicht lebend.«

Um fünfzehn Minuten nach zehn stieß einer der beiden Zivilbeamten vor Cremers Haus seinen Kollegen mit dem Ellbogen an. Der Gesuchte schlenderte geduckt aus einer Nebenstraße Richtung Hauseingang, wobei er sich mehrere Male vorsichtig umsah. Die beiden Polizisten stiegen aus und paßten Cremer direkt vor der Haustür ab. Mit dem Dienstausweis in der Hand nahmen sie ihn fest. Cremer leistete keinen Widerstand.

Scheppernd knallte Hofmann den Telefonhörer zurück auf die Gabel und ballte die Fäuste. »Sie haben ihn. Er wollte gerade in seine Wohnung.«

Katharina schrak hoch. Ihre Füße hatte sie auf den Heizkörper gelegt, und sie war tatsächlich ein wenig eingedöst. Von der unnatürlichen Haltung schmerzten ihr alle Glieder. Mit kreisenden Bewegungen vertrieb sie das taube Gefühl in ihrem Nacken und sah auf die Uhr. Langsam wurde es Zeit für eine heiße Dusche und zehn Stunden Schlaf.

»Wann sind sie hier?« nuschelte sie undeutlich.

»Zwanzig Minuten, höchstens.«

»Gut«, seufzte Katharina und schlich zum Waschbecken neben der Tür. Einige Spritzer kaltes Wasser wirkten manchmal Wunder. Sie sah furchtbar aus. Das spärliche Make-up vom Vorabend war zum Teil zerlaufen, unter ihren Augen lagen dicke Ringe. Es tröstete sie wenig, daß Hofmann ähnlich zerknautscht aussah.

Bis der Verdächtige endlich in ihr Büro gedrängt wurde, sprachen sie kein Wort, beide waren zu nervös. Wenn

Cremer den Harten spielte, konnte die Vernehmung Stunden dauern. Fraglich, wer die bessere Kondition hatte.

Als Cremer endlich auftauchte, bestätigten sich ihre schlimmsten Befürchtungen. Vor Erregung zitterten seine Finger, die Adern an seinem dürren Hals quollen deutlich hervor. Der Mann war kampfbereit.

»Setzen Sie sich«, herrschte Hofmann ihren Gast unfreundlich an. »Herr Cremer, wo waren Sie gestern abend, so um neun Uhr?«

Der Arzt riß fragend die Augen auf. »Bei einem Bekannten. Warum fragen Sie?« Seine Stimme klang erstaunlich fest.

Katharina seufzte und schüttelte ihr müdes Haupt. Cremer hatte eine Geschichte, da war sie hundertprozentig sicher. Sonst wäre sein Auftreten nicht so energisch. Sie mußten den Anfangsvorteil ausnutzen.

Mit einer lässigen Handbewegung warf Thalbach dem Doc Kopien von der Liste, die sie heute morgen von Preuss bekommen hatte, vor die Nase. Cremer zuckte zusammen, sagte aber nichts.

»Unter anderem deswegen«, schnauzte sie wütend. »Kommt Ihnen die Aufstellung nicht bekannt vor?«

Scheinbar uninteressiert beugte sich Cremer nach vorn und warf einen flüchtigen Blick auf die Papiere.

»Nie gesehen. Was ist das?«

»Das sollten Sie doch am besten wissen«, mischte sich Hofmann wieder ein.

»Ich weiß gar nichts. Nur, daß ich einen Anwalt will. Darf ich Ihr Telefon benutzen?«

Hofmann zwickte sich ärgerlich in den Oberschenkel und sah zu seiner Kollegin herüber. Thalbach schnaubte und schob den Schwenkarm mit dem Telefon herüber.

»Bitte. Dem können Sie dann gleich erklären, warum Sie eine Datei, die aus Ihrem Computer stammt, nicht wiedererkennen.« Dabei lächelte sie hinterhältig. Preuss hatte nicht vergessen, ihr von seinem kleinen Streich zu erzählen.

Cremer nahm den Köder an. »Sie sind ja verrückt«, entgegnete er freundlich. Das Zittern seiner Stimme konnte er allerdings nicht ganz unterdrücken. »Sie werden in meinem Computer nicht die kleinste Spur von so einer Liste finden.«

»Da wäre ich an Ihrer Stelle nicht so sicher«, erklärte Katharina siegesgewiß.

Unbehaglich rutschte Cremer auf seinem Hosenboden hin und her. Das Telefon rührte er nicht an. »Was soll das überhaupt für eine Aufstellung sein?«

Hofmann stand auf und marschierte hinter Cremers Stuhl auf und ab. »Herr Cremer, spielen Sie nicht den Dummen. In dieser Liste haben Sie Ihre Lieferungen eingetragen, wann Sie wieviel übergeben und wieviel Sie dafür kassiert haben. Martina Pielert hat für Sie Botengänge durchgeführt und ein paar Blaue auf die Hand gekriegt.«

»Was, um Himmels willen, soll ich geliefert haben? Kochrezepte?«

»Drogen und Medikamente für Süchtige«, fiel ihm Hofmann ins Wort. »Und Ihr Abnehmer sitzt in Dortmund in einem Bordell. Menschenskind, Sie sind gesehen worden.«

»Ach, das ist ja interessant«, eiferte Cremer nervös. »Jemand hat gesehen, wie ich Drogen verkauft habe?«

»Unser Zeuge hat Sie beobachtet, als Sie mit zwei prall gefüllten Einkaufstaschen ein Dortmunder Bordell betreten haben und kurz danach ohne diese Taschen wieder herausgekommen sind. Diese beiden Taschen waren voller morphiumhaltiger Medikamente und wurden bei einem Einbruch in die Wohnung der Frau Pielert gestohlen. Können Sie sich jetzt erinnern?«

Katharina schlug wütend mit der Faust auf ihre Schreibtischunterlage. Ihren Frontalangriff hatte dieser arrogante Schnösel bestens pariert.

»Quatsch«, bemerkte Cremer lächelnd. »Ich habe ein Bordell besucht, ja. Allerdings bin ich mit der Dame nicht handelseinig geworden, der verlangte Preis war ein wenig hoch. Ihr Zuhälter kam dazu und wollte mich rausschmeißen. In der Aufregung hab ich die angeblich gestohlenen Taschen vergessen, mehr war nicht.«

Zufrieden lehnte er sich zurück und verschränkte die Arme hinter dem Kopf. Hofmann hätte ihm sein belustigtes Grinsen am liebsten geradegeprügelt.

»Das kauft Ihnen doch keiner ab«, meinte er lahm.

»Das werden wir ja sehen.«

Katharina verzog ihre Lippen zu einem schmalen Strich. Herrgott, hilf, dachte sie. »Zander hat Sie übrigens auch gestern abend erkannt. Er schwört jeden Eid, daß Sie es gewesen sind.«

Cremer schoß nach vorne und spießte Katharina fast mit seinem Zeigefinger auf. »Keine Chance«, empörte er sich ein wenig zu laut. »Ich habe für gestern ein Alibi. Ich war bei einem Bekannten und habe auch dort übernachtet. Die Sache können Sie mir nicht anhängen.«

In Gedanken spendete sie der Mutter Gottes ein Dutzend Kerzen. Schnippisch kicherte sie auf und lachte Cremer ins Gesicht. »Welche Sache können wir Ihnen nicht anhängen?«

Hofmann sah genauso fragend zu ihr herüber wie Cremer.

»Na, dieser Unfall gestern«, erklärte der Doc unsicher.

»Woher wissen Sie davon?« spielte sie ihren höchsten Trumpf aus.

Cremer wurde rot. Viel zu spät erkannte er die Falle. »Na, ich hab davon gelesen. In der Zeitung.«

»Wir haben noch keine Information an die Presse gegeben«, meldete sich Hofmann zurück, der endlich verstanden hatte. »Und selbst wenn, der Name der Insassen würde niemals in der Zeitung veröffentlicht.«

Bingo. Sie hatten ihn. Cremers Fassade brach zusammen. Sein Herz klopfte wild, hastig öffnete er seinen obersten Hemdknopf, der Halsausschnitt war ihm plötzlich zu eng.

Eine Zentnerlast fiel von Katharina vom Herzen. Am liebsten hätte sie Cremer in eine Zelle stecken lassen, um sich danach sofort irgendwo in ein Bett zu verkriechen. Aber das war undenkbar. Ihr Opfer durfte keine Chance zur Erholung bekommen.

»Wollen Sie nicht lieber ganz von vorne anfangen?« bat sie ruhig. »Es hat doch keinen Zweck, Sie machen alles nur noch schlimmer.«

Hofmann unterbrach seine Wandertour und pflanzte

sich wieder an den Schreibtisch. In Windeseile hatte er sein fertig aufgebautes Tonband auf Aufnahme geschaltet.

Cremer saß apathisch auf seinem Besucherstuhl, seine Gesichtsmuskeln zuckten heftig. Mehrere Male setzte er zum Sprechen an, aber erst der vierte Versuch brachte mehr als ein heiseres Krächzen.

»Fragen Sie«, hauchte er undeutlich, »ist sowieso alles egal.«

Hofmann ließ sich die Chance nicht mehr nehmen. »Haben Sie Martina Pielert getötet?«

»Nein«, jaulte Cremer. »Ich war es nicht. Das mit den Drogen geb ich zu, ja. Aber ich bin kein Mörder.«

»Der Reihe nach«, mischte sich Katharina ein. »Fangen wir mit den Drogen an.«

Cremer räusperte sich resignierend. Erst erzählte er leise, stockend, aber dann gewann seine Ansprache an Fluß. »Ein Bekannter hat mich in ein Bodybuildingstudio in Dortmund mitgenommen. Die zwielichtigen Typen, die mitunter dort trainierten, haben mich anfangs nicht beachtet, bis sie erfuhren, daß ich Arzt von Beruf bin. Der Studiobesitzer lud mich nach meinem Training immer öfter auf einen Kaffee oder einen Orangensaft ein, bis er eines Tages mit einer Bitte herausrückte. Ob ich ihm nicht Anabolika besorgen könnte, einige seiner Kunden seien mit der normalen Muskelvermehrung nicht zufrieden. Zuerst lehnte ich entrüstet ab, aber der Besitzer bot mir Geld, sogar eine ganze Menge. Ich hatte zu der Zeit noch etliche tausend Mark an Bafög-Schulden, ich konnte das Geld gut gebrauchen. Irgendwoher wußte er, daß ich einen alten Freund bei einem Pharmagroßhändler habe, der problemlos an das Zeug herankommt. So stieg ich in das Geschäft ein. Ein paar Wochen lieferte ich Anabolika für die Muskelpakete und bekam regelmäßig meine Provision.

Irgendwann tauchte dann dieser Zuhälter in dem Laden auf und nahm mich nach meinem Training in der Sauna zur Seite. Ob mein Freund nicht auch etwas anderes besorgen könne als anabole Steroide, bestimmte Medikamente zum Beispiel. Die Szene in Dortmund sei riesengroß, die Absatzchancen unglaublich gut. Besonders hatte er es auf Rohypnol und Benzodiazepine abgesehen.

Ich wollte die Sauna sofort verlassen, aber der Kerl wurde deutlicher. Wenn wir nicht lieferten, könnte ich meine Karriere als Arzt vergessen, dafür würde er schon sorgen. Einem Lieferanten von Dopingmitteln würde man die Approbation schneller entziehen, als sie erteilt wird. Entweder dehnten wir unsere Lieferungen aus, oder wir seien erledigt.

Ich hatte Angst, diesem brutalen Kerl zu sagen, er solle mich in Ruhe lassen. Ich bearbeitete meinen Bekannten, der die Anabolika besorgte und damit genauso in der Falle saß wie ich. Wir ließen uns auf die Sache ein.

Es war zu einfach. Mein Freund zapfte ein paar Quellen an und lieferte alles, was das Herz begehrte. Bei den Stückzahlen, die täglich von den gewünschten Pillen hergestellt wurden, fiel die abgezweigte Menge überhaupt nicht auf. Ein Cousin von dem Zuhälter vermittelte uns sogar einen heruntergekommenen Chemiker, der Alkoholiker war und keine vernünftige Stelle mehr bekam. Der stellte in seinem Kellerlabor synthetisches Heroin her, ein Verfahren, das ursprünglich in England entwickelt wurde. Der künstliche Stoff kostet in der Herstellung nur ein paar Pfennige. Ich mußte mit dem Mann in Verbindung treten und spielte den Boten.

Als einige Zeit später Martina in Bochum auftauchte, war alles bereits zur Routine geworden. In dem Jahr, in dem ich allein hier war, haben wir uns kaum gesehen, sie war mir fremd geworden. Ich schaffte es nicht, meine Geschäfte vor ihr geheimzuhalten. Fassungslos wollte sie sich von mir trennen und zur Polizei gehen, aber ich hab sie rumgekriegt. Sie war immer noch hoffnungslos in mich verliebt, also erzählte ich ihr, ich liebte sie auch noch und wollte das so verdiente Geld sparen, damit wir ohne finanzielle Sorgen heiraten und eine Familie gründen könnten.«

Cremer brach ab, seine Stimme war rauh und belegt. Katharina angelte einen Pappbecher von der Fensterbank und spendierte ihm einen Schluck abgestandenen Mineralwassers. Dankbar nahm er den Becher und kippte das Zeug hastig herunter.

»Irgendwann war sie mit der Geschichte einverstanden«, fuhr er nach einer Denkpause fort. »Ich bat sie, auch weiterhin nichts von unserer Beziehung zu erzählen, zu niemandem. Es sei zu riskant, wir könnten sonst vielleicht auffliegen.«

»Aber warum hat sie angefangen, für Sie den Boten zu spielen?« hakte Hofmann interessiert nach. »Auch aus Liebe?« Dabei machte er sich nicht die Mühe, seinen Zynismus zu unterdrücken.

Cremer schüttelte den Kopf. »Nein. Die Szene verlangte mehr, fast täglich erschienen neue Süchtige in Dortmund. Es hatte sich herumgesprochen, daß man dort leicht an Rohypnol und andere Sachen kommen konnte, die Preise waren dort auch niedriger als in den anderen Städten. Ich schaffte es nicht mehr alleine, den Bedarf zu decken. Immerhin nahm mich die Ausbildung zum Facharzt ganz schön in Anspruch. Eines Tages fragte ich sie, ob sie nicht eine Lieferung für mich machen könne. Erst sträubte sie sich, aber sie hat es mir doch nicht abgeschlagen. Später fuhr sie dann immer häufiger nach Dortmund, um den Stoff abzuliefern.«

»Und wodurch kam es zum Bruch?« drängte Katharina, um Cremer wieder auf den Punkt zu bringen. Die Nebensächlichkeiten konnten sie später klären.

»Irgendwann wollte sie nicht mehr, sie bekam psychische Probleme. Tagsüber arbeitete sie mit Patienten, die zum Teil auch Suchtprobleme hatten, nach Feierabend versorgte sie Dealer mit Stoff. Wir stritten uns immer häufiger, sie wollte, daß wir aufhörten. Ich vertröstete sie von einer Lieferung auf die nächste. Verstehen Sie, ich konnte einfach nicht aufhören. Die hätten uns fertig gemacht, wenn ich plötzlich die Quelle abgedreht hätte. Richtig ernst machte Martina, als sie schwanger wurde.«

»Also haben Sie uns den anonymen Brief geschickt, nicht wahr?« stellte Hofmann fest. »Woher wußten Sie eigentlich, daß Zander der Vater war und nicht Sie?«

»Ich hasse Kinder. Ich kann dieses Gequake und Geschreie nicht ab. Vor fünf Jahren habe ich mich sterilisieren lassen. Martina wußte nichts davon. Sie mußte doch glauben, ich sei der Vater. Außerdem dachte ich, sie blufft, damit ich aussteige. Daß Zander der Vater war, weiß ich erst seit drei Wochen. An dem Abend, als es passierte, hat sie es erzählt.«

Katharina rechnete im Kopf nach. »Vor drei Wochen ist sie ermordet worden.«

»Stimmt«, bestätigte Cremer. »Auf dieser Betriebsfete kam es zum Eklat. Sie hat mir ein Ultimatum gestellt, unser Kind sei ihr wichtiger als das Geld, das sie nebenbei machte. Ich lachte sie aus, sie solle endlich mit dieser utopischen Babygeschichte aufhören, ich könne gar keine Kinder kriegen. Immerhin hing sie genauso in der Sache wie ich, sie käme genauso in den Knast. Da wurde sie hysterisch. Sie schrie herum, wollte sofort zur Polizei. Erst da begriff ich, daß sie wirklich schwanger war. Wir gingen raus, auf den Parkplatz hinter der Klinik. Ich spielte den Bestürzten, log ihr vor, daß ich krankheitsbedingt keine Kinder kriegen könne und mich nicht getraut hätte, ihr davon zu erzählen. Sie drehte völlig durch, beichtete mir ihren Seitensprung mit Zander nach einem Streit mit mir. Eine Lieferung hatte sie noch in ihrer Wohnung, eine weitere sollte sie am nächsten Morgen noch vor ihrem Dienst abholen. Ich versprach ihr, augenblicklich Schluß zu machen, diese beiden Sachen würden wir noch über die Bühne ziehen, dann sei es vorbei. Sie war begeistert, wollte alles sofort erledigen. Von Zander lieh sie sich den Schlüssel für seinen Wagen, der war schon so betrunken, daß er nichts mehr merkte.«

Nachdenklich hielt Cremer inne und starrte ins Leere, so, als liefen die Geschehnisse der Mordnacht noch einmal vor seinen Augen ab. Die beiden Polizisten wurden unruhig.

»Und was war weiter?« forderte Hofmann die Fortsetzung, als es ihm zu lange dauerte.

Cremer schrak hoch. »Hm? Ach so. Es lief natürlich alles schief. Wir holten die Lieferung. Als wir sie einluden, faselte sie plötzlich wieder davon, doch zur Polizei zu gehen. Sie könne nicht damit leben, Menschen ins Unglück zu stürzen. Ich glaube, sie hatte einen Nervenzusammenbruch, wir konnten sie nicht beruhigen. Und dann ist es halt passiert. Eigentlich wollten wir sie nur zum Schweigen bringen.«

»Das ist Ihnen ja auch nachhaltig geglückt«, zischte Katharina böse. »Und wer hat sie nun umgebracht?«

»Sagte ich das nicht?« fragte Cremer überrascht.

»Nein«, entgegnete Hofmann gespannt.

»Der Cousin von dem Zuhälter.«

»Und wer ist das?«

Cremer sagte es ihnen.

21.

Bruce Springsteen erzählte melancholisch von der Arbeitslosigkeit in seiner Heimatstadt. Zander lauschte andächtig. Als die Orgel im Zwischenpart einsetzte, schossen ihm wieder die Tränen ins Gesicht.

Die anderen schwiegen betreten. Berger und der kleine Karst standen dichtgedrängt im Türrahmen zur Küche, Preuss hockte in dem Ohrensessel und produzierte Rauchringe. Der Kaffee in ihren Tassen war inzwischen kalt und immer noch unberührt.

Ulli hatte seine Flucht aus der nahegelegenen Bettenburg wider Erwarten überlebt. Das Kollektiv der Krankenhausbesatzung hatte ihn zwar einstimmig für verrückt erklärt, aber er ließ sich nicht beirren. Bevor sie das Krankenhaus verließen, war er auch endlich an Informationen über Karins Zustand gekommen. Eine mitfühlende Krankenschwester auf der Intensivstation war so nett, ihn aufzuklären. Seitdem pendelte er gedanklich zwischen zwei Alternativen. Entweder Cremer die Eier abzubeissen oder ihn stückchenweise in einer Friteuse zu sieden. Alles ohne Betäubung natürlich.

»Mensch, Ulli, vielleicht wird ja noch alles gut«, fiepste Karst leise von seinem Besucherplatz. »Du glaubst gar nicht, was heute alles medizinisch möglich ist.«

Karst sprach aus eigener Erfahrung. Für eine hochgepäppelte Frühgeburt sah er erstaunlich gut aus.

»Hast du nicht gehört, was die Schwester gesagt hat?« jaulte Ulli los. »Sie hat eine Gehirnquetschung. Die wissen doch selbst noch nicht, was alles kaputt ist.«

»'ne gute Rehaklinik hat schon Wunder wirken können. Warte ab, in 'nem halben Jahr merkst du fast gar nichts mehr«, tröstete Berger, obwohl er es besser wußte. Schon zu lange war er Krankenpfleger, um nicht zu erkennen, wann jemand kurz davor stand, über die Wupper zu gehen. In Wahrheit gab er Karin höchstens noch ein paar Tage.

»Trübsal blasen hilft dir auch nicht weiter«, stellte Preuss richtigerweise fest. »Überleg dir lieber, wie du ihr helfen kannst.«

»Was soll ich denn jetzt noch machen«, jammerte Ulli voller Selbstmitleid. »Mein Gehirn spenden? 'ne Kerze anzünden? Was?« Seine Stimme überschlug sich fast.

»Du könntest zum Beispiel viel bei ihr sein«, erklärte Berger ruhig. »Sie wird es spüren, selbst wenn sie im Koma liegt. Und es wird ihr gut tun.«

»Und du kannst ihr helfen, wenn sie entlassen wird«, ergänzte Karst pastoral. »Sie wird Hilfe brauchen. Tun kannst du genug. Es ist eher die Frage, ob du willst. Es wird schwierig und anstrengend. Aber wenn du sie wirklich lieb hast, kannst du viel dazu beitragen, daß sie wieder auf die Beine kommt.«

Zander wandte sich ab und starrte an die Decke. Hatte es wirklich soweit kommen müssen? Gestern abend war noch alles in Ordnung gewesen. Sie paßten gut zusammen, Karin war die erste Frau, bei der er nicht das Gefühl hatte, eingezwängt zu werden. Ihre Natürlichkeit war so anziehend, er war einfach gerne mit ihr zusammen. Er hatte sich zum ersten Mal bei dem Gedanken ertappt, daß eine Familiengründung vielleicht doch nicht so schlimm sei. Und jetzt sollte alles vorbei sein, bevor es richtig angefangen hatte?

Preuss zündete die nächste Zigarette an, Berger setzte neuen Kaffee auf. Karst sah sich unruhig um, bis er die Toilette entdeckte. Eilig stürmte er auf den Lokus. Als er das Licht anschalten wollte, gab es einen leisen Patsch. Die Birne war hinüber.

Vorsichtig sah er um die Ecke. »Äh, hast du vielleicht irgendwo eine Ersatzbirne?«

»Mensch, häng deinen Struller einfach in die Senkrechte«, pöbelte Berger von der Kaffeemaschine. »So groß bist du auch nicht, daß du daneben pissen mußt.«

Karst gehorchte und ließ die Tür halb geöffnet, damit er etwas sehen konnte. Während er leise vor sich hinplätscherte, schmunzelten sich die anderen unbewußt an.

Als der letzte Strahl abgelassen war, schob sich vom Flur her ein Schlüssel in Zanders Türschloß. Elektrisiert sprang Preuss aus seinem Sessel. Die Tür flog auf und zwei beachtliche Körpermassen drängten sich in die Diele.

Unangenehm war nicht der beißende Mundgeruch, den der eine verströmte, auch das protzige Goldkettchen um den Hals des anderen störte wenig. Die Baseballschläger in den Pranken der ungebetenen Gäste waren das Problem.

Sie schlugen ohne Warnung zu. Preuss bekam einen Hieb auf die linke Schulter und ging ächzend zu Boden. Berger schoß aus der Küche und warf sich gegen den vorderen der beiden Brutalos. Der Hintere, den er aus der Küche nicht gesehen hatte, zögerte keine Sekunde. Sein Peacemaker landete in Bergers Kniekehle. Sie führten zwei zu null.

Ulli hatte sich mühsam hochgerappelt und versuchte, das Telefon zu erreichen. Kettchen trat einen Schritt vor und verpaßte ihm einen gezielten Haken auf die Mullbinde in seinem Gesicht. Sofort platzte die frisch genähte Narbe auf, der weiße Verbandsstoff verfärbte sich tiefrot.

Die Schläger beherrschten die Szene. Berger hockte fluchend auf dem Teppich und hielt sich das lädierte Knie, Preuss umklammerte in ähnlicher Position seine lädierten Knochen. Zander sah Sterne.

In der Diele war ein dritter Mann erschienen. Umsichtig schloß er zunächst die Wohnungstür, sah dann ins Schlafzimmer und warf einen flüchtigen Blick in das halb geöffnete dunkle Badezimmer. Erst dann trat er aus dem Halbschatten ins Wohnzimmer.

»Guten Tag, Kollegen.«

Es war Schaller.

Zander vergaß für einen Moment seine Schmerzen, auch

seine beiden Kumpel starrten entsetzt auf den Arzt. Der lächelte freundlich.

»Überrascht, mich zu sehen?«

»Was willst du hier?« giftete Preuss, während er sich langsam erhob und auf den Sessel zurückzog.

»Klar Schiff machen, was sonst«, antwortete Schaller ruhig. »Allerdings hatte ich nicht erwartet, euch alle hier anzutreffen. Eigentlich will ich nur Ulli besuchen.«

Zander wollte antworten, aber in seinem Mund schwamm alles vor Blut. Wütend spuckte er die rote Flüssigkeit auf seinen Teppich und versprühte finstere Blicke.

Schaller griff lässig in die Tasche seines Mantels und zog eine Pistole hervor, ein böse aussehendes Gerät. Provozierend schraubte er einen Schalldämpfer auf den Lauf.

»Ich will euch nicht dumm sterben lassen«, grinste er. »Ob ich nur Ulli oder euch alle abknalle, ist eigentlich egal. Euer Pech, daß ihr hier Stallwache haltet.«

»Laß mich mal raten«, bat Preuss nervös. »Du hast Martina getötet, nicht wahr? Du steckst hinter der ganzen Sache. Hinter den Drogenlieferungen.«

»Erraten«, bestätigte Schaller. »Nehmt das ganze nicht persönlich, aber ich kann euch nicht leben lassen. Wenn Cremer diese dumme Kuh nicht angeschleppt hätte, wäre das alles nicht nötig. Übrigens, Ulli, wenn du deinen Wagenheber vermissen solltest, den habe ich mit Martina in den Stausee geworfen. Konnte doch nicht riskieren, daß man meine Fingerabdrücke auf der Tatwaffe findet. Und um deine kleine Freundin tut's mir wirklich leid. Wir konnten ja nicht wissen, daß sie gestern bei dir im Auto saß.«

»Du mieses Schwein«, fauchte Zander. »Irgendwann kriegen sie dich.«

Die beiden Bodyguards lachten.

»Ts, ts, ts, nicht solche Ausdrücke«, schleimte der Doc. »Wenn ihr tot seid, kann uns gar nichts mehr passieren. Cremer ist präpariert, selbst wenn die Bullen ihn finden, ist das egal. Seine Geschichte hat er schön auswendig gelernt.«

»Sei nicht so voreilig«, ergriff Preuss die Flucht nach vorn. »Immerhin haben die Bullen Cremers Liste, in der er seine Lieferungen und das Schwarzgeld aufgelistet hat. Es war mir eine Freude, seinen Computer zu knacken.«

Die drei Eindringlinge sahen sich überrascht an.

»Erzähl nich son Scheiß«, gröhlte das Vorher-Model für einen Zahnarztspot.

Schaller fuchtelte energisch mit der Pistole durch die Luft. »Michael hat bestimmt alles gelöscht. Das können die nie beweisen.«

»Aber sicher können die das. Er müßte seine Kiste schon auf den Müll geschmissen haben, anders wird er die Daten nicht los.«

Einer der Schläger sah unsicher zu Schaller. Der Pistolero zögerte einen Moment. Die drei Verletzten hielten den Atem an.

»Keine Chance«, entschied Schaller schließlich. »Auf den Trick falle ich nicht rein. Macht's gut, wir sehen uns irgendwann.«

Gleichzeitig hob er die Pistole und legte sie auf Berger, der ihm am nächsten saß, an. Als er den Abzug durchdrücken wollte, stürzte sich Karst mit einem Schrei aus der Toilette und warf sich in seinen Rücken.

Schaller verlor das Gleichgewicht und ließ die Knarre fallen. Blitzschnell schoß Berger vor und angelte sich die Waffe. Bevor die Baseballspieler reagieren konnten, sahen sie in den Lauf der Mündung.

»Na, du Arsch, wie gefällt dir das«, brüllte Zander los, wobei ihm rötlicher Speichel aus dem Mund entwich. »Wer ist jetzt hier der Verlierer, häh?«

»Ruhig«, stöhnte Berger erleichtert. »Ihr da, weg mit den Dingern.«

Polternd fielen die Holzstäbe auf den Boden. Auf Bergers Drängen landeten die Hände in der Nähe der Zimmerdecke.

Mit der Waffe in der Hand hockte sich Berger auf die Lehne von Ullis Sofa. Schaller und seine Bodyguards sahen sich nervös an.

»Kannst du noch laut genug sprechen, um zu telefonieren?« erkundigte er sich bei seinem Gastgeber.

Zander bewegte vorsichtig seine Kiefer. Es ging.

»Dann ruf die Polizei.«

»Mein Gott, bin ich müde«, stöhnte Hofmann geschafft. »Ich will nur noch ins Bett.«

Katharina stimmte ihm zu. Es war halb zwei Uhr nachmittags, Cremer saß wohlbehalten in einer Zelle, die Fahndung nach Schaller und seinem Cousin, dem Zuhälter, lief auf vollen Touren. Daß ihr erster gemeinsamer Fall zum Abschluß kam, war nur noch eine Frage der Zeit.

»Tut mir leid, daß du mich noch nach Hause bringen mußt«, entschuldigte sich Berthold. Bei ihrem überstürzten Aufbruch aus seiner Wohnung waren sie mit ihrem Wagen gefahren, sein Golf stand in der Garage.

»Kein Problem«, erwiderte Katharina müde. »Ich fahre aber noch eben im Bergmannsheil vorbei. Ich hab diesem Zander versprochen, ihn zu informieren, wenn wir etwas herausbekommen haben. Und ich will wissen, wie es dem Mädchen geht.«

»Geht klar«, antwortete Hofmann. »Übrigens, allererste Sahne, wie du den abserviert hast.«

»Danke«, bemerkte Katharina knapp.

Ehe ihr Hofmann während der Fahrt eine Unterhaltung aufzwängen konnte, schob sie eine Kassette in den Radiorekorder und drehte die Lautstärke auf. Der alalalalalonge Sommerhit der letzten Saison plärrte ohrenbetäubend durch die Karosserie. Hofmann verzog schmerzlich das Gesicht, hielt sich aber zurück.

Samstagsnachmittags bekam man sogar am Bergmannsheil ohne Schwierigkeiten einen Parkplatz. Das Krankenhaus lief auf Sparflamme, auf den Stationen arbeitete nur die Wochenendbesetzung. Die typische Besuchszeit hatte noch nicht angefangen.

Zanders Zimmer war leer, das Bett war ordentlich zurechtgemacht. Auf den verwaisten Fluren war niemand zu sehen. Im Stationszimmer fanden die Kripobeamten eine gelangweilte Krankenschwester.

»Entschuldigen Sie bitte«, bat Hofmann, während er mit seinem Ausweis winkte, »wo ist denn Herr Zander?«

Die junge Frau in der modernen Uniform überlegte nicht

lange. »Meinen Sie das Unfallopfer? Der ist vor einer Stunde entlassen worden. Wollte partout nicht hierbleiben.«

»Ist er jetzt zu Hause?«

»Nehme ich an. Ein paar seiner Freunde haben ihn abgeholt.«

»Danke«, sagte Katharina genervt. »Fahren wir doch mal nach oben«, bat sie Hofmann.

»Moment noch«, rief die Krankenschwester. »Hat Ihnen Ihr Kollege nicht Bescheid gesagt?«

»Was für ein Kollege?« fragte Hofmann unkonzentriert. »Wir haben niemanden vorbeigeschickt.«

»Aber sicher doch«, beharrte sie. »Vor einer Viertelstunde war jemand von der Kripo da und hat auch nach Herrn Zander gefragt.«

Katharina riß alarmiert die Augen auf. Hastig zog sie Hofmann am Ellbogen und spurtete los. In halsbrecherischem Tempo donnerten sie durch das Treppenhaus und rannten zu ihrem Wagen. Als Katharina auf das Gaspedal trat, qualmten die Reifen.

Sie brauchten noch nicht einmal eine Minute; Zanders Wohnung lag vielleicht fünfhundert Meter Luftlinie vom Krankenhaus entfernt. Mit quietschenden Bremsen stoppte Katharina vor den Verladerampen der Spedition. Noch während sie auf die Haustür zuliefen, rissen sie ihre Pistolen hervor. Die Tür war nur angelehnt, sichernd schlichen sie hintereinander durch das Treppenhaus.

Hinter Zanders Wohnungstür hörten sie laute Stimmen, dazwischen einige wimmernde Töne. Katharina baute sich rechts, Hofmann links von der Tür auf. Mit dem Pistolenknauf klopfte Hofmann laut an die Holzfüllung. Mit dem Nachhall der Treppenhausakkustik kam sein »Aufmachen, Polizei« echt gut.

Die Diskussion auf der anderen Seite brach ab, statt dessen hörten sie tapsige Schritte. Instinktiv umfaßten die Beamten ihre Pistolen fester. Die Tür öffnete sich, und Karst stand im Türrahmen und feixte sie unverschämt an.

»Donnerwetter, ihr habt euch ja richtig beeilt. Wir haben doch eben erst angerufen.«

Katharina sah undeutlich hinter dem Zwerg drei Männer, die, an den Händen fest verschnürt, an der Wand lehnten. Stirnrunzelnd drängte sie sich an Karst vorbei, Hofmann kam zögernd nach.

»Was ist denn hier los?« rief Thalbach.

Mit dem Bild, das sich den Polizisten bot, hatten sie nicht gerechnet. Zander hielt sich einen Waschlappen auf die Wange, um den Blutfluß auffangen zu können. Preuss grinste in dem klobigen Ohrensessel vor sich hin und preßte seine Linke auf seine Schulter, während Berger, sein lädierter Fuß lag auf dem Tisch, mit einer Pistole in der Hand auf einem der Küchenstühle saß und das Dreierpaket in Schach hielt.

Karst hüpfte aufgeregt durch die Gegend, erzählte alles auf einmal und verhaspelte sich vor Aufregung. Hofmann tippte ihm schließlich auf die Schulter und brachte ihn mit einer Handbewegung zum Schweigen.

»Kann mir jemand mal sagen, was hier passiert ist?« bat er. »Wer sind die drei Vögel?«

»Hier haben Sie Ihren Mörder«, rief Preuss euphorisch. »Der mit der Intellektuellenbrille ist Schaller. Auf sein Konto geht der Mord an Martina.«

»Das wissen wir doch schon längst«, unterbrach Katharina. »Was machen die in Ihrer Wohnung, Herr Zander?«

Ulli legte den Waschlappen beiseite und kniff sein Gesicht zusammen. Konnte er die Zunge wirklich durch das Loch in der Wange stecken oder kam ihm das nur so vor? »Unsere Freunde wollte Zeugen beseitigen«, nuschelte er. »Die drei standen plötzlich im Zimmer und haben wild drauflos geschlagen. Schaller zog eine Pistole und prahlte damit, wie er Martina umgebracht hat. Dann wollte er uns erledigen, aber Zwergnase hat ihm die Waffe geklaut.«

Katharina steckte ihre Pistole weg und marschierte zum Telefon.

»Nicht nötig«, mischte sich Karst wieder ein. »Ihre Kollegen müßten schon unterwegs sein.«

»Ich will für Ihre Kollegen einen Krankenwagen bestellen, Sie Dummkopf. Am besten gleich einen ganzen Sanitätszug. Hier sieht's ja aus wie im Schlachthaus.«

In diesem Moment hielten vor dem Haus zwei Streifenwagen, vier Bereitschaftspolizisten sprinteten im Höchsttempo aus ihren Autos. Ihre polternden Tritte und die nervösen Rufe waren gut zu hören. Als der erste Grünuniformierte in der Diele erschien, sah er fragend in die Runde. Wen er verhaften sollte, hatte man ihm nicht gesagt.

Katharina und Berthold brachten Ordnung in die Runde. Schaller und seine Gehilfen wurden abgeführt; Berger, Preuss und Zander landeten in den nach und nach eintreffenden Krankenwagen.

Es war vorbei.

Beinahe jedenfalls.

22.

Der Montag war trübe, Regen prasselte unaufhörlich an die Scheiben seiner Wohnung. Ulli hockte auf dem Teppich und versuchte, mit einem Scheuerlappen und einem Fleckenmittel die Flecken aus seinem Bodenbelag zu bekommen. Zwei Drittel waren bereits erledigt, zum Glück hatte er damals eine relativ unempfindliche Auslegeware gekauft.

Er war allein, so allein wie nie zuvor. Berger und Preuss teilten sich ein gemütliches Doppelzimmer im Krankenhaus und wurden von einem Haufen Krankenschwestern und Pflegern umsorgt. Karst war in der Psychiatrie und erzählte jedem, der es nicht wissen wollte, immer und immer wieder von seiner Heldentat.

Die Lokalpresse hatte die Geschichte groß rausgebracht, in der WAZ war die Story von den vier tapferen Freunden der große Aufmacher, die Bild brachte sie sogar auf dem Titelblatt. Zwei Reality-Shows wollten ihr Abenteuer in Szene setzen — gegen ein saftiges Honorar, versteht sich. Zumindest hatte Ulli die Vögel, die von einer Story über die moderne Ausgabe der vier Musketiere träumten, am Telefon so verstanden. Zander hatte angewidert aufgelegt.

Schaller und seine Komplizen sangen wie die Nachtigallen, dieser Hofmann hatte ihn gestern abend noch angerufen. Ulli kannte jetzt die ganze Geschichte.

Martina mußte ihre Dummheit und Leichtgläubigkeit mit dem Leben bezahlen. Schaller hatte sie vor seiner Haustür mit Zanders Wagenheber niedergeschlagen und sie für tot gehalten. Cremer und er mußten improvisieren. Sie zogen sie aus und verfrachteten sie in den Kofferraum des Mazdas. Zuerst setzte Schaller Cremer wieder an der Klinik ab und beförderte dann die Schwerverletzte zum Stausee. Im DLRG-Haus borgte er sich den erstbesten Gegenstand, um die angebliche Leiche zu beschweren, und versenkte Martina im See. Schaller fuhr sofort zurück zur Psychiatrie und löste Cremer ab. Zu seinem Glück tauchte morgens Zander in der Klinik auf, die beste Gelegenheit, um den Autoschlüssel wieder zurückzugeben. Während Ulli in der Kantine seinen Schlüsselbund suchte, beförderte Schaller an der Garderobe das gute Stück in seinen Parka.

Nervös wurden die Verbrecher erst, als ihnen die prallgefüllten Medikamententaschen in Martinas Wohnung wieder einfielen. Schaller schickte Cremer zusammen mit seinem Cousin Werner Ebbing, dem Porschefahrer, in ihre Wohnung. Doch sie fanden die Taschen in Zanders Wohnung. Sie wurden unsicher. Hatte Martina Zander etwa erzählt, womit sie ihr Taschengeld aufbesserte? Durchaus denkbar, immerhin hatte sie mit ihm geschlafen. Cremer und Schaller begannen mit dem Ablenkungsmanöver. Zander wurde angeschwärzt, schließlich wußten sie ja, daß er der Vater von Martinas Kind sein mußte. Die Sache mit seinem überraschenden Alibi paßte ihnen überhaupt nicht in den Kram.

Kurz darauf verfolgte Zander Cremer in Dortmund bis ins Bordell. Zufall? Kaum anzunehmen. Der wußte was und wollte bestimmt abkassieren oder sie auffliegen lassen — so dachte die Bande. Ebbing fuhr auf blauen Dunst mit dem anderen Schläger, seinem Partner, nach Bochum und wartete vor dem Polizeipräsidium. Und tatsächlich rannte ihnen Zander fast in den Wagen. Ihr Entschluß stand fest. Der Kerl mußte weg.

Einmal verloren sie ihn aus den Augen, aber Schaller kam der Gedanke, er könne bei seiner neuen Freundin untergekrochen sein. Karin wurde beschattet. Und tatsächlich tauchte Zander wieder auf. Kurzentschlossen klauten sie einen Wagen und provozierten den kleinen Unfall. Cremer und Schaller erfanden eine deckungsgleiche Geschichte, die ihnen jeweils ein Alibi verschaffen sollte. Aber Zander überlebte. Das Finale fand dann in Ullis Wohnung statt.

Der Unfallarzt hatte seine Wange wieder zusammengenäht und ihn nach Hause geschickt. Ulli mußte sich mehr oder weniger flüssig ernähren, und jeder Zentimeter seines Körpers brachte sich bei der kleinsten Bewegung nachdrücklich in Erinnerung. Aber in seiner Wohnung konnte er sich beschäftigen. Er mußte nicht immer nur nachdenken.

Gestern morgen um zehn vor vier war Karin gestorben. Herz-Kreislaufversagen. Man hatte nicht versucht, sie zu reanimieren, ihre Verletzungen waren zu schwer.

Immer wieder redete sich Ulli ein, daß es für sie besser sei, auf jeden Fall mußte sie nicht als hirnloser Krüppel den Rest ihrer Jahre im Rollstuhl oder im Bett verbringen. Trösten konnte er sich damit nicht. Sie hatten so verdammt wenig Zeit miteinander gehabt.

Wenigstens sah er sie nicht als verunstaltetes Etwas vor sich. Nach dem Unfall hatte er sie nicht mehr gesehen. So blieb sie in seiner Erinnerung, wie sie wirklich war. Dabei besaß er noch nicht mal ein Foto von ihr.

Einer seiner Fingernägel blieb an einer Teppichschlaufe hängen und riß ein. Fluchend feuerte er den Scheuerlappen in eine Ecke und nuckelte an der Wunde. Das meiste hatte er nun geschafft, den Rest wollte er sich für den nächsten Tag aufbewahren. Oder für die kommende Nacht. Wenn er nicht schlafen konnte.

Stöhnend stand er auf und wankte ins Bad. Es war Zeit, die Prellungen mit dieser fettglänzenden Salbe einzuschmieren. Den alten Jogginganzug konnte er sicher hinterher wegschmeißen. Die Fettränder malten sich bereits jetzt deutlich auf dem grauen Stoff ab.

Nachdem er sich verarztet hatte, legte er eine neue Platte auf und drehte die Lautstärke fast auf Minimum. Pink Floyd tat den *Final cut*, die einzig wirklich gute LP der hoffnungslos überschätzten Formation. Die Musik kam ihm selbst kitschig vor, tat aber wahnsinnig gut.

Kurz nach dem Aufschlagen der Cruise Missile zu Beginn der zweiten Seite hörte er in der Wohnung über sich Schritte. Erschrocken sah er hoch, beruhigte sich aber wieder. Im Laufe der letzten Woche hatte Martinas Schwester die Wohnung räumen lassen, der neue Mieter konnte mit dem Renovieren beginnen. Einen kurzen Moment überlegte er hochzugehen, Small talk zu machen und eine Kanne Kaffee anzubieten. Dieses Alleinsein ging ihm auf die Nerven.

Frustriert starrte er stattdessen aus dem Fenster. Es war bereits stockdunkel, der Winter rückte immer näher. In knapp fünf Wochen war Weihnachten. Ulli hatte sich insgeheim schon auf das Fest gefreut. Da er nicht mehr zu seinen Eltern ging, war er in den letzten Jahren Heiligabend meist sturzbetrunken in einer Szenekneipe versackt. Dieses Jahr hätte es anders werden können.

Aus dem Hausflur hörte er Schritte von oben herunterkommen, kurz danach schellte es bei ihm. Dankbar und verärgert zugleich rappelte er sich mühsam hoch. Die beiden Krücken, die ihm im Krankenhaus mitgegeben worden waren, leisteten ihm wertvolle Hilfe.

Ohne durch den Spion zu sehen, öffnete er. Draußen stand Katharina Thalbach in einem bekleckssten Overall. Ulli starrte sie verständnislos an.

»Ist das eure neue Dienstkleidung?« fragte er nach einer Weile.

»Nee. Zum Streichen aber ideal. Darf ich mal kurz reinkommen?«

»Klar«, antwortete Ulli. »Noch ein paar Fragen?«

Katharina schmunzelte. »Ich hab Feierabend. Wollte mich als gute Nachbarin nur mal kurz vorstellen.«

»Häh?«

»Ich ziehe oben ein. Genau über Ihnen ... Oder sollen wir das Sie vergessen?«

»Meinetwegen«, grunzte Ulli. Endlich gab er ihr den Weg frei. Ächzend ließ er sich wieder auf seine Couch fallen, Katharina hockte sich in den Sessel.

Verlegen druckste sie herum. »Wie geht's dir?«

»Beschissen«, erklärte Zander ehrlich.

»Kann ich mir vorstellen. Kanntet ihr euch schon lange?«

Statt einer Antwort zeigte Ulli auf die Thermoskanne. In der Küche verkochte fast ein gesamter Kaffeemaschineninhalt. Katharina füllte das Getränk um und brachte sich selbst auch eine Tasse mit.

»Nur ein paar Wochen«, nahm Ulli den Faden wieder auf. »Mein Gott, ich begreife das alles immer noch nicht. Warum ausgerechnet sie? Warum hat es nicht mich erwischt? Sie hatte doch gar nichts damit zu tun.«

»Ich glaube, in zehn Jahren wirst du dir die Frage immer noch stellen, ohne eine Antwort zu finden«, tröstete sie wenig effektvoll. »Wenn sie an deiner Stelle überlebt hätte, würde sie sich die gleichen Gedanken machen.«

»Aber ich lebe, ich muß damit klarkommen«, beschwerte sich Ulli aufgebracht. »Immerhin habe ich den Wagen gefahren, in dem sie verunglückt ist.«

Katharina legte den Kopf auf die Seite und sah ihn an. »Du konntest es nicht ändern«, erklärte sie nach einer langen Pause. »Ob du es jemals vergessen kannst, weiß ich nicht. In jedem Fall wird es lange dauern. Aber du mußt es versuchen.«

»Mein Gott, es tut so weh«, stotterte Ulli brüchig. Dann war es mit seiner Selbstbeherrschung vorbei. Die Tränen liefen in Strömen, schluchzend legte er einen Arm über das Gesicht und heulte sich den Frust und seine Wut von der Seele.

Katharina zögerte einen Moment. Aber dann stellte sie ihre Tasse beiseite, griff nach seiner Hand und hielt sie fest.

Bis es ihm ein wenig besser ging.

Krimis von Theo Pointner

Rosenmunds Tod
ISBN 3-89425-268-5
Hacker Basti wird Augenzeuge von ›Rosenmunds‹ Ermordung

Ein Tropfen Blut
ISBN 3-89425-246-4
Eine Frau wird vergewaltigt, ein Mann kommt von seinen Spielschulden nicht herunter, ein Kripomann droht vom Dienst suspendiert zu werden – es gibt Tote und also viel Arbeit für das Bochumer KK 11.

... und du bist weg!
ISBN 3-89425-231-6
Katharina Thalbach erschießt irrtümlich eine Kollegin, ein Obdachloser wird brutal ermordet und ein Priester muß sterben, weil die Leute vom KK 11 seine Worte nicht ernst nehmen.

Rechts-Außen
ISBN 3-89425-214-6
Eine militante rechtsradikale Gruppe verbreitet Angst und Schrecken - auch im Ruhrgebiet. Ausgerechnet jetzt hat hier die Fußballnationalmannschaft ihr Trainingslager aufgeschlagen, und die Sturmhoffnung Kaltenbach erhält prompt Drohbriefe. Die Bochumer Kripo-Leute müssen Leibwächter spielen, doch die Gegenseite ist ihnen stets einen Schritt voraus.

Einer nach dem andern
ISBN 3-89425-204-9
In Bochum geht ein Serienkiller um. Erst bei der dritten Leiche stoßen Kommissarin Katharina Thalbach und ihre Kollegen auf eine Verbindung. Alle Opfer waren Mitglieder einer Sekte. Sind die ›Befreiten des Lichts‹ wirklich nur eine Gruppe harmloser Spinner?

Scheinheilige Samariter
ISBN 3-89425-043-7
»Ein hinreißend spannender Krankenhaus-Krimi, in dem der Täter am Ende durch einen Computer-Bastler enttarnt wird, der sich per Datenleitung in den Heim-Computer eine Arztes einschaltet und dort die Beweise für Mord und Drogenhandel findet ...« (Radio Ruhrgebiet, WDR 5)

Tore, Punkte, Doppelmord
ISBN 3-89425-031-3
»Kripo-Kommissar Wielert und sein Kumpan Bach decken 20 Jahre nach Gregorio Canellas' Enthüllungen einen neuerlichen Kicker-Skandal auf, der sich gewaschen hat. Bis es soweit ist, wird ordentlich betrogen und gelogen, werden Spieler verkauft und Schiedsrichter gekauft ... beachtliches Krimi-Debut ...« (Unicum)

grafit